史夢蘭集（五）

古今風謡補注
古今諺補注
古今風謡拾遺
古今諺拾遺

（清）史夢蘭◎輯
王文才◎點校

天津古籍出版社
天津出版傳媒集團

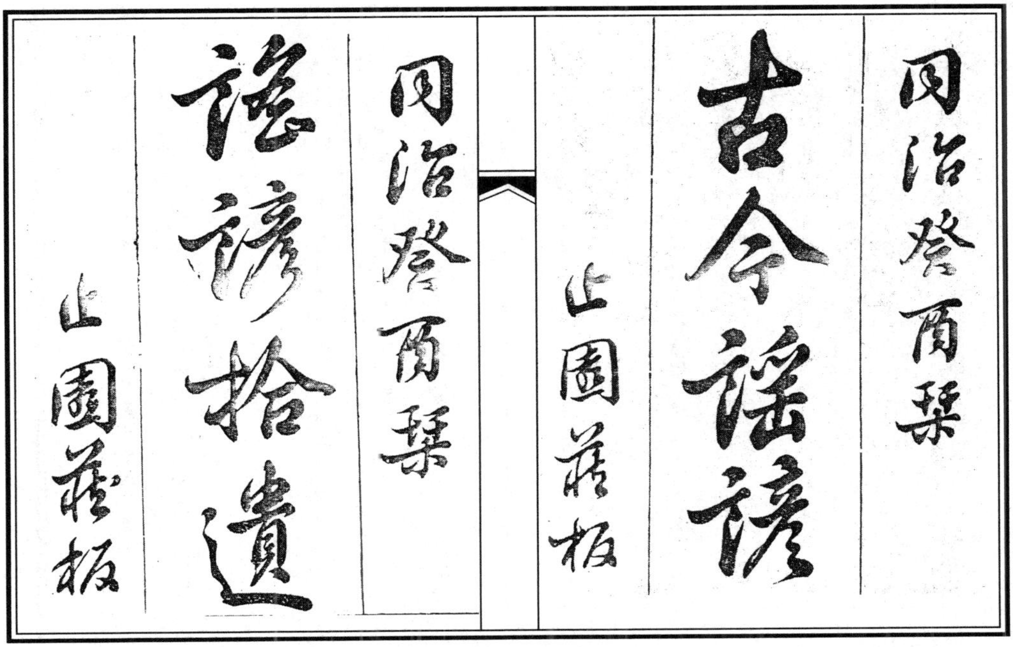

同治癸酉栞

古今謠諺

止園藏板

同治癸酉栞

謠諺拾遺

止園藏板

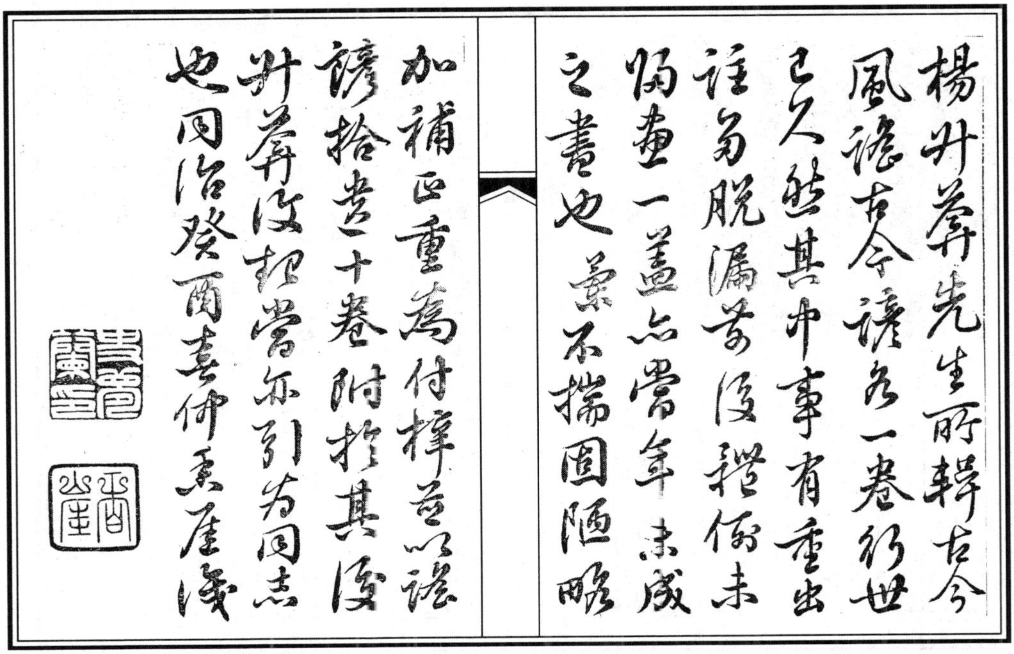

楊升菴先生所輯古今風謠古今諺各一卷行世已久然其中事有重出注多脫漏茲復證佐未備查一蓋亦當年未成之書也秉不揣固陋加補正重為付梓並以謠諺拾遺十卷附於其後升菴復起當亦引為同志也同治癸酉春何秉屋識

◎《古今風謠補注》《古今諺補注》《古今風謠拾遺》《古今諺拾遺》書影

古今風謠

明成都楊慎升菴纂　樂亭後學史夢蘭補註

堯時康衢童謠蘭案列子堯治天下五十年微服遊於康衢聞兒童謠云云

立我蒸民莫非爾極不識不知順帝之則

中候稷起謠緯詩

蒼耀稷生感迹

昌握契謠緯詩

元鳥翔水遺卵流娀簡狄吞之生契封

包山諺楊方吳越春秋○沈懷園南越志曰牛女之分揚之末土也爰有大山州實曰秦望又有石簣峻起壁立內有金簡玉字

禹得金簡玉字書藏在洞庭包山湖

西海童謠

吳王出遊觀震湖龍威丈人名隱居北上包山入靈墟乃造洞庭竊禹書天地大文不可舒此文長傳百六初今强取之喪國廬今强取之四字一作若强取出

殷末謠三首

代殷者姬昌日衣青光春秋元命包

殷惑妲己玉馬走殷尚白也陳子昂詩昔日殷王子玉馬遂朝周○走音近起○論語比讖

上天弗恤夏命其卒呂覽○蘭案呂氏春秋慎大覽云桀迷惑於末嬉不恤其衆民心積怨皆曰云云據此當作夏末原作殷末誤

古今諺拾遺卷三

樂亭　史夢蘭　香厓輯

祠田祝辭劉向說苑

下田洿邪得穀百車蟹堁者宜禾又云蟹堁者宜禾洿邪者百車傳之後世洋洋有餘

田家五行諺

日頭趕雲障晒殺老和尚日外自雲障中起主晴○以下論日

烏雲接日明朝不如今日

日落雲沒不雨亦寒

日落雲裏走雨在半夜後

日落烏雲半夜枵明朝晒得背皮焦此言半天原有黑雲日落雲外其雲夜必開散明必甚晴也

今夜日沒烏雲洞明朝晒得背皮痛此言天雖有雲及日沒下去都無雲而見日狀如岩洞者也

月照後壁人食狗食新月落北主米貴

一個星保夜晴雨後天陰但見一兩星此夜必晴

明星照爛地來朝依舊雨言久雨正當黃昏卒然雨住雲開便見滿天星斗豈但明日有雨當夜亦未必晴

西南轉西北搓繩來絆屋以下論風

半夜五更西天明拔樹枝

日晚風和明朝再多

◎《古今風謠補注》《古今諺補注》《古今風謠拾遺》《古今諺拾遺》書影

目録

點校説明

一、本書以同治癸酉刊樂亭史氏止園藏板《古今謠諺》《謠諺拾遺》爲底本。

二、本書的點校工作遵循古籍整理的一般規則。

三、原書史夢蘭所加按語，均前加『◎』符號以標識。

四、原書一個條目下或列有數條謠諺者，各條均分行排列。

五、原書一條謠諺下的小注或有並列引用兩條及以上文獻者，自第二條文獻始，均前加『◎』符號以標識。

六、小注中若單純引用文獻，或全引或摘引，均不加引號，僅在所引文獻名目後以冒號標識。所引文獻中的人物對話和一些需要特別標注的詞語，以及引文中的引文，則加引號予以標識。轉述文獻，亦從此例。

自序

楊升菴先生所輯《古今風謡》《古今諺》各一卷，行世已久。然其中事有重出，注多脱漏，前後體例未歸劃一。盖亦當年未成之書也。蘭不揣固陋，略加補正，重爲付梓，並以《謡諺拾遺》十卷附於其後。升菴復起，當亦引爲同志也。同治癸酉春仲，香厓識。

古今風謡補注

古今風謠補注

明成都楊慎升菴纂
樂亭後學史夢蘭補注

堯時康衢童謠 ◎蘭按，《列子》：『堯治天下五十年，微服遊於康衢，聞兒童謠云云。』

立我蒸民，莫非爾極。不識不知，順帝之則。

中侯稷起謠《詩緯》。

蒼耀稷，生感迹〔一〕

昌握契謠《詩緯》。

玄鳥翔水，遺卵流娀，簡狄吞之生契封。

包山諺 楊方《吴越春秋》。沈懷園〔二〕《南越志》曰：『牛女之分，揚之末土也。爰有大山，州實曰秦望。又有石簣，峻起壁立，内有金簡玉字。」

禹得金簡玉字書，藏在洞庭包山湖。

校按：

【一】『沈懷園』當爲『沈懷遠』之誤。

西海童謡

吴王出遊觀震湖，龍威丈人名隱居。北上包山入靈墟，乃造洞庭竊禹書。天地大文不可舒，此文長傳百六初，今强取之喪國廬。『今强取之』四字，一作『若强取出』。

殷末謡 三首。

代殷者姬昌，日衣青光。《春秋元命包》。

殷惑妲己玉馬走。殷尚白也。陳子昂詩：『昔日殷王子，玉馬遂朝周。』『走』音近『起』。《論語比讖》【一】。

上天弗恤，夏命其卒。《吕覽》。◎蘭按，《吕氏春秋·慎大覽》云：『桀迷惑於末嬉，不恤其衆，民心積怨，皆曰云云。』據此，當作『夏末』。原作『殷末』，誤。

校按：

【一】『《論語比讖》』應爲『《論語比考讖》』。

隨雒二謡《詩緯》。

昌受符，厲倡嬖，斯十之世權在室。

刻者配姬以放賢，山崩水潰納小人，家伯罔主異哉震。『刻者』，指豔妻也。孔穎達曰：刻、豔，古今字耳。

白雲謡《穆天子傳》曰：天子觴西王母於瑶池之上，西王母爲天子謡，天子答之。

白雲在天，山陵自出。道里悠遠，山川間之。將子無死，尚能復來。『山陵』當作『邱陵』。

穆天子謡

予歸東土，和洽諸夏。萬民平均，吾顧見汝。比及三年，將復而野。

黄澤辭《穆天子傳》曰：天子東遊於黄澤，使宫樂謡云：

黄之陁，其馬歕沙，皇人威儀。黄之澤，其馬歕玉，皇人壽穀。

周宣王時童謡《國語》作『童謡』。《漢書·五行志》有『女』字。◎蘭按，《史記·周本紀》云：『昔自夏后氏之衰也，有二神龍止於夏帝庭，夏帝請其漦而藏之。夏亡傳殷，殷亡傳周。比三代，莫敢發。至厲王之末，發而觀之。漦流於庭，不可除。厲王使婦人裸而譟之，漦化爲黿，以入王後宫。後宫之童妾既齓而遭之，既笄而孕，無夫而生子，懼而棄之。宣王之時，童女謡云云。於是宣王聞

之，有夫婦賣是器者，使執而戮之。逃於道，而見鄉者後宫童妾所棄妖子，哀而收之，遂亡奔於褒。褒人有罪，請入童妾所棄女子者於王，是爲褒姒。」

檿弧箕服，實亡周國。山桑曰檿；弧，弓也；箕，竹名；服，矢房也。《列子》：「良弓之子，必學爲箕。」箕，蓋矢房。舊説以爲簸箕之箕，非。顔師古曰：「服，盛箭者，今之步叉。箕草似荻而細，織之爲服也。」按，「箕」字韋昭以爲木名，師古以爲草名。

魯國童謡《左氏傳》。魯文、成之世童謡也。至昭公時，有鸜鵒來巢。公攻季氏敗，出奔齊，居外野，次乾侯。八年，死於外，歸葬。魯昭公名稠。公子宋立，是爲定公。

鸜之鵒之，公出辱之。鸜鵒之羽，公在外野。往饋之馬，鸜鵒跦跦。公在乾侯，徵褰與襦。鸜鵒之巢，遠哉遥遥。稠父以勞，宋父以驕。鸜鵒鸜鵒，往歌來哭。

論語比考讖

子欲居九夷，從鳳嬉。

晉獻公時童謡《春秋左傳》曰：晉獻公伐虢，圍上陽[一]，問於卜偃曰：「吾其濟乎？」偃以童謡對，曰：「克之。」

丙之晨，龍尾伏辰。袀服振振，取虢之旂。鶉之賁賁，天策焞焞。火中成軍，虢公其奔。

校按：

【一】『上陽』原作『下陽』，據楊伯峻編著《春秋左氏傳注》（中華書局一九八一年版）改。

晉惠公時童謡

《漢書·五行志》曰：晉惠公賴秦力得立，立而背秦，内殺二大夫，國人不説。及更葬其兄恭太子申生而不敬，故詩妖作也。

恭太子更葬兮，後十四年，晉亦不昌，昌乃在其兄。

楚昭王時童謡

《家語》。◎蘭按，《家語》：『楚昭王渡江，江中有物觸王舟，舟人取之。王遍問群臣，莫之能識。王使使聘於魯，問於孔子。孔子曰：「此萍實也，可剖而食之，唯霸者爲能獲焉。」魯大夫問曰：「夫子何以知其然？」曰：「吾昔之鄭，過乎陳之野，聞童謡云云。此楚王之應也，是以知之。」』

楚王渡江得萍實，大如斗，赤如日，剖而食之甜如蜜。

周末時童謡

《家語》。◎蘭按，《家語》：『齊有一足之鳥，下止於殿前，舒翅而跳。齊侯大怪之，使問於孔子。孔子曰：「此鳥名商羊，水祥也。昔童兒有屈其一脚，振訊兩肩而跳且謡。今齊有之，其應至矣。」』

天將大雨，商羊鼓舞。

春秋時長春謡《易妖占》。

豐其屋，下獨苦。長狄生，世主虜。

齊人謡《春秋寳乾圖》。

移河爲界在濟吕，填閼八流以自廣。《書》「九河」注疏引之。言齊桓公閼八流拓境，塞其東流八枝，并使歸於徒駭也。

齊人東郭謡

◎蘭按，《管子·戒篇》。此管仲告桓公語，並非童謡。

東郭有犬，嘊嘊日夕，欲噬我猳。西郭有犬，嘊嘊日夕，欲噬我猳。北郭有犬，嘊嘊日夕，欲噬我猳。指竪刁、易牙、開方三子也。

吴夫差時童謡

梧宫秋，吴王愁。

燕昭王時童謡

《戰國策》：田單攻狄不下，童謡曰。◎蘭按，《戰國策》：「田單攻狄，三月不克，齊嬰兒謡云云。」註：「壘，軍壁也。言大不能降一壘，小不能枯一丘，言無人物。」補註曰：「吴氏《韻補》：『能，叶年題反；丘，叶一其反。』廬陵劉氏讀「壘枯丘」，謂空守一丘爲壘。《説苑》：「攻狄不能下，壘於梧丘。」齊景公田於梧，地名也。一本引《北堂書鈔》同《説苑》，無「能」字。一本「壘枯骨成丘」，《通鑑》從之。各有不同，似「梧丘」義長。」據此，則題當作『齊嬰兒謡』。

大冠若箕，修劍拄頤。攻狄不能，下壘枯邱。

趙殺李牧童謠

◎蘭按，《風俗通》：「趙王遷信秦反間之言，殺其良將李牧而任趙括，遂爲所滅，此童謠云云。」

秦爲笑，趙爲號。以爲不信，視土上生毛。

秦皇時民謠

楊泉《物理論》。

生男愼勿舉，生女哺用脯。不見長城下，尸骸相支拄。

三户謡

懷王爲張儀所欺，客死於秦。至王負芻，遂爲秦所滅。百姓哀之，爲之語曰。◎蘭按，《史記·項羽紀》注：張晏曰：「三户，地名，在梁淇西南。」韋昭曰：「三户，楚三大姓，昭、屈、景也。」《正義》：三户，漳水津也。

楚雖三户，亡秦必楚。

甘泉謡

運石甘泉口，河水不敢流。千人唱，萬人謳，金陵餘石大如漚。

虞美人帳中歌

《史記正義》。

漢軍已略地，四面楚歌聲。大王義氣盡，賤妾何聊生。

平城歌

《漢書·匈奴傳》：高帝自將兵三十二萬擊韓王信。帝先至平城，步兵未盡到，冒頓縱精兵三十餘萬，圍帝於白登。七日，漢軍中外不得救餉，天下皆歌之。白登在平城東南十餘里。

平城之下亦誠苦，七日不食，不能彀弩。

畫一歌

◎蘭按，此本《史記·曹參傳》。

蕭何爲法，顜若畫一。曹參代之，守而勿失。載其清靜，民以甯一。顜音較，讀作獵較之較。《漢書》作『講』，《史記》作『顜』，言法之畫一，若斗斛顜量也。

戚夫人歌

◎蘭按，《漢書·外戚傳》：『高祖得定陶戚姬，愛幸，生趙隱王如意。惠帝立，吕后爲皇太后，迺令永巷囚戚夫人。髡鉗，衣赭衣，令舂。戚夫人舂且歌。太后聞之，大怒，遂有人彘之禍。』

子爲王，母爲虜。終日舂薄暮，常與死爲伍。相離三千里〔一〕，當誰使告汝？

校按：

【一】『三千里』，原作『三十里』，據《漢書·外戚傳》（中華書局一九六二年版）改。

淮南王謡

一尺布，暖融融。一斗粟，飽蓬蓬。兄弟二人不見容。此與《漢書》《史記》所載不同，見《淮南子·敘録》。

◎蘭按，《漢書·淮南厲王傳》：『民有歌云：「一尺布，尚可縫；一斗粟，尚可舂。兄弟二人不相容。」』

潁川歌 《漢書》：灌夫任俠，爲權利横潁川，潁川兒歌之。

潁水清，灌氏甯。潁水濁，灌氏族。

茂陵中書歌

都荔遂芳，美磑鼓行。

廣陵王歌 廣陵厲王胥，武帝第五子也。昭帝無子，胥有覬心，迎女巫下神咒詛。事發覺，當死，胥置酒夜飲，鼓琴歌舞。◎蘭按，此本《漢書》。

欲久生兮無終，長不樂兮安窮。奉天期兮不得須臾，千里馬兮駐待路。黄泉下兮幽深，人生要死，何爲苦心。何用爲樂心所喜，出入無蹤爲樂亟。蒿里召兮郭門閲，死不得取代庸，身自逝。

燕王歌 燕王，武帝第四子也。昭帝時謀事不成，妖祥數見。發覺，王置酒坐飲，王自歌，華容夫人起舞。坐者皆泣，王自殺。

歸空城兮，狗不吠，雞不鳴。横術何廣廣兮，固知國中之無人。

華容夫人歌

◎蘭按，以上二歌皆出《漢書·燕剌王旦傳》。

髪紛紛兮寘渠，骨籍籍兮亡居。母求死子兮，妻求死夫。裴回兩渠間兮，君子將安居！孟康曰：寘音䍥，謂髪挂渠也。

廣川王歌

廣川王去，爲愛姬陶望卿作。◎蘭按，《漢書》：『廣川王去，繆王齊太子也。』《西京雜記》作『去疾』。

背尊章，嫖以忽。謀屈奇，起自絶。行周流，自生患。諒非望，今誰怨！愁莫愁，生無聊。心重結，意不舒。内茀鬱，憂哀積。上不見天，生何益！日崔隤，時不再。願棄軀，死無悔。

京兆謡

《漢書·尹賞傳》。

何所求死子，桓東少年場。生時諒不謹，枯骨竟何葬。

匈奴歌

《十道志》曰：焉支、祁連二山，皆美水草，匈奴失之，乃作此歌。◎《漢書》：元狩二年春，霍去病將萬騎出隴西討匈奴，過焉支山千有餘里。其夏又攻祁連山，捕首虜甚衆。祁連山即天山，匈奴呼天爲祁連，故曰祁連。焉支山即燕支山也。◎習鑿齒《與燕王書》曰：山下有紅藍，足下先知否？北方人採其花染緋黄，挼取其上英鮮者作胭脂，婦人採將用顔色。吾少時再三過，見胭脂。今日始親紅藍，後當足致其種。

失我焉支山，令我婦女無顔色。失我祁連山，使我六畜不蕃息。

長安謡《漢書·佞倖傳》曰：成帝初，石顯與妻子徙歸故鄉。其党牢梁、陳順皆免官，諸所交納，以顯爲官皆廢罷。少府五鹿充宗左遷元菟太守，御史中丞伊嘉爲雁門都尉。長安謡云：

伊徙鴈，鹿徙菟，去牢與陳實無價。◎蘭按，《太平御覽》引作「去牢與陳石無徒」；《漢書》「價」作「賈」。師古曰：「賈讀曰價。」

牢石歌《漢書·佞幸傳》曰：元帝時，石顯爲中書令，與僕射牢梁、少府五鹿充宗結爲党友，諸附倚者得寵位。民歌之，言其兼官據勢也。

牢邪石邪，五鹿客邪？印何纍纍，綬若若邪？

五侯歌《漢書》曰：成帝河平二年，悉封舅大將軍王鳳庶弟譚爲平阿侯，商，成都侯，立，紅陽侯，根，曲陽侯，逢時，高平侯。五人同日封，故世謂之「五侯」。時五侯群弟，争爲奢侈，後庭姬妾，各數十人。羅鐘磬，舞鄭女，作倡優，狗馬逐馳。大治第室，起土山漸臺，洞門高廊閣道，連屬彌望，百姓歌之，言其奢侈如此。傳稱，成都侯穿長安城，引内澧水，注第中大陂。曲陽侯第，園中土山漸臺類白虎殿。則穿城引水非曲陽，與歌辭不同。高都、外杜，皆長安里名。

五侯初起，曲陽最怒。壞決高都，連竟外杜。土山漸臺西白虎。

漢成帝時歌謠

《漢書·五行志》曰：成帝時歌謠也。桂，赤色，漢家象。華不實，無繼嗣也。王莽自謂黄象，黄爵巢其顛也。

邪徑敗良田，讒口亂善人。桂樹華不實，黄爵巢其顛。昔爲人所羡，今爲人所憐。

漢成帝燕燕童謠

《漢書·五行志》曰：成帝時童謠。後帝爲微行出遊，常與富平侯張放俱稱富平侯家人。過河陽主作樂，見舞者趙飛燕而幸之。故曰『燕燕尾涏涏』，美好貌也。『張公子』，謂富平侯也。『木門倉琅根』，爲宫門銅鍰，言將尊貴也。後遂立爲皇后，與弟昭儀賊害後宫皇子，卒皆伏辜。所謂『燕蜚來，啄皇孫。皇孫死，燕啄矢』者也。

燕燕尾涏涏，張公子，時相見。木門倉琅根，燕飛來，啄皇孫。皇孫死，燕啄矢。◎蘭按，《漢書》作『涏涏』。涏，堂練切，音電。

更始時南陽童謠

《後漢·五行志》曰：更始時，南陽有童謠。是時更始在長安，世祖爲大司馬，平定河北。更始大臣並僭專權，故妖謡作也。後更始遂爲赤眉所殺，是更始之不諧在赤眉也。世祖自河北興。

諧不諧，在赤眉。得不得，在河北。

王莽時汝南童謠

《漢書》曰：汝南舊有鴻隙大陂，郡以爲饒。成帝時，關東數水，陂溢爲害。翟方進爲相，與御史大夫孔光共遣掾行視，以爲決去陂水，其地肥美，省隄防費而無水憂，遂奏罷之。及翟氏滅，鄉里歸惡，言方進請陂下良田不得而奏罷陂。王莽時常枯旱，郡中追怨方進。時有童謠。子威，方進字也。

壞陂誰，翟子威，飯我豆食羹芋魁。反乎覆，陂當復。誰云者？兩黄鵠。

王莽末天水童謡

時隗囂初起兵於天水，後意稍廣，欲爲天子，遂破滅。囂少病蹇。吴門，冀郭門名也；緹群，山名也。◎蘭按，此本《漢書·五行志》。【一】

出吴門，望緹群。見一蹇人，言欲上天。令天可上，地下安得民？

校按：

【一】此條見於《後漢書·五行志》，不見於今本《漢書·五行志》。

漢博南謡

明帝永平十年，置哀牢、博南二縣，割益州郡西部都尉所領六縣，合爲永昌郡。始通博南山，度蘭倉水，行者苦之，歌曰。◎蘭按，《後漢書·西南夷傳》作『永平十二年』。

漢德廣，開不賓。度博南，越蘭津。度蘭倉，爲它人。

建安六年蜀中童謡

◎蘭按，《漢書·五行志》：『世祖建武六年，蜀童謡云云。【一】是時公孫述僭號於蜀，時人竊言王莽稱黄，述欲繼之，故稱白；五銖，漢家貨，明當復也。述遂誅滅。』

黄牛白腹，五銖當復。

校按：

【一】此條見於《後漢書·五行志》，不見於《漢書·五行志》。

逢萌新乎歌

逢萌首戴瓦盎哭於市。◎蘭按，此本《後漢書·逸民傳》。

新乎！新乎！新，莽也。

會稽童謡

《後漢書》曰：張霸，永元中爲會稽太守。時賊未解，郡界不甯，乃移書開購，明用信賞。賊遂束手歸附，不煩士卒之力，於是有童謡。

棄我戟，捐我矛。盗賊盡，吏皆休。

後漢順帝末京都童謡

◎蘭按，《後漢書·五行志》：『順帝即位【一】，孝質短祚，大將軍梁冀貪樹疏幼，以爲己功。太尉李固以爲清河王雅性聰明，敦詩悦禮，加又屬親，立長則順，置善則固。而冀建白太后，策免固，徵蠡吾侯，遂即至尊。固是日幽斃於獄，暴屍道路。而太尉胡廣封安樂鄉侯，司徒趙戒廚亭侯，司空袁湯安國亭侯云。』

直如弦，死道邊。曲如鉤，反封侯。

校按：

【一】『順帝即位』，今本《後漢書·五行志》作『順帝即世』。

後漢桓帝初小麥童謡

《後漢·五行志》曰：桓帝之初，天下童謡。按元嘉中，涼州諸羌，一時俱反，南入蜀漢，東抄三輔，延及并、冀，大爲民害。命將出衆，每戰常負，中國益發甲卒，麥多委棄，但有婦女獲刈也。『吏買馬，君具車』者，言調發重及有秩者也。『請爲諸君鼓嚨胡』者，不敢公言，私咽語也。

小麥青青大麥枯，誰當穫者婦與姑，丈夫何在西擊胡。吏買馬，君具車，請爲諸君鼓嚨胡。

後漢桓帝初京都童謠

《後漢·五行志》曰：桓帝之初，京都童謠。至延熹末，鄧皇后以譴自殺，乃以竇貴人代之。其父名武，字游平，拜城門校尉。及太后攝政，爲大將軍，與太傅陳蕃合心戮力，惟德是建。印綬所加，咸得其人。豪貴【一】大姓，皆絶望矣。

游平賣印自有平，不避豪賢及大姓。

校按：

【一】『豪貴』，今本《後漢書·五行志一》作『豪賢』。

後漢桓帝初城上烏童謠

《後漢·五行志》曰：桓帝之初，京都童謠。『城上烏，尾畢逋』者，處高利獨食，不與下共，謂人主多聚斂也。『公爲吏，子爲徒』者，言蠻夷將畔逆，父爲軍吏，其子又爲卒徒，往擊之也。『一徒死，百乘車』者，言前一人往討胡既死矣，後又遣百乘車往也。『車班班，入河間』者，言桓帝將崩，乘輿班班入河間迎靈帝也。『河間姹女工數錢，以錢爲室金爲堂』者，靈帝既立，其母永樂太后好聚金以爲堂也。『石上慊慊舂黄粱』，言永樂雖積金錢，慊慊常若【一】不足，使人舂黄粱而食之也。『梁下有懸鼓，我欲擊之丞卿怒』者，言永樂主教靈帝，使賣官受錢，所禄非其人，天下忠篤之士怨望，欲擊懸鼓以求見，丞卿主鼓者，亦復諂順，怒而止我也。

城上烏，尾畢逋。公爲吏，子爲徒。一徒死，百乘車。車班班，入河間。河間姹女工數錢，以錢爲室金爲堂。石上慊慊舂黄粱【二】。梁下有懸鼓，我欲擊之丞卿怒。

校按：

【一】『若』，今本《後漢書·五行志一》作『苦』。

【二】『粱』原誤作『梁』，據《後漢書》改。

後漢桓帝末京都童謡

《後漢書·五行志》曰：桓帝之末，京都童謡。按解犢亭屬饒陽河間縣也。居無幾何而桓帝崩，使者與解犢侯皆白蓋車從河間來。『延延』，衆貌也。是時御史劉儵建議立靈帝，以儵爲侍中，中常侍侯覽畏其親近，必當間己。白拜儵太山太守，因令司隸迫促殺之。朝廷少長，思其功效，乃拔用其弟郃，致位司徒，此爲合諧也。

白蓋小車何延延，河間來合諧，河間來合諧。◎蘭按，『延』音『征』。

漢元帝時童謡

◎蘭按，此本《漢書·五行志》。

井水溢，滅竈煙。灌玉堂，流金門。漢成帝建始二年三月，北宫中井泉稍上溢出。『井水』，陰也。『竈煙』，陽也。『玉堂』『金門』，至尊之居，象陰盛而滅陽，竊有宫室之應也。後有王莽之禍。

桓帝延熹二年四侯謡

漢以誅梁冀功，封宦者單超、左琯、具瑗、徐璜、唐衡爲五侯，在帝左右，縱其姦慝。家有數侯，子弟列布州郡，賓客雜襲騰翥，海内愠曰：『一將軍死，五將軍出。』其後超死，四侯轉横，天下爲之語曰。◎蘭按，此本《後漢書·宦者傳》。

左回天，具獨坐。徐卧虎，唐兩墮。『回天』，言勢動人主也。『獨坐』，言驕貴無偶也。

後漢桓帝末時謡

茅田一頃中有井，四方纖纖不可整。嚼復嚼，今年尚可後年鐃。一作『鐃』。嚼，平聲，京都飲酒相强之辭。◎蘭按，《後漢書·五行志》：『《易》曰：「拔茅茹以其彙，征吉。」「茅」喻群賢也。「井」者，法也。「茅田一頃」者，言群賢衆多也。「中有井」者，言雖阨窮，不失其法度也。「四方纖纖不可整」者，言奸慝大熾，不可整理。「嚼復嚼」者，京師飲酒相强之辭也。言食肉者鄙，不恤王政，徒耽宴飲歌呼而已也。「今年尚可」者，言但禁錮也。「後年鐃」者，陳、竇被誅，天下大壞。』又按，《風俗通》，『鐃』作『譊』。

靈帝中平中董逃歌

◎蘭按，此本《漢書·五行志》。

承樂世董逃，游四郭董逃，蒙天恩董逃，帶金紫董逃，行謝恩董逃，整車騎董逃，垂欲發董逃，與中辭董逃，出西門董逃，瞻宫殿董逃，望京城董逃，日夜絶董逃，心摧傷董逃。按『董』謂董卓也。言雖跋扈，終歸逃竄，至於滅亡也。

布乎歌

士孫瑞、王允謀誅董卓，有人書『吕』字於布上，負而行，歌於市。有告卓者，卓不悟。◎蘭按，此本《後漢書·董卓傳》。

布乎！與《新乎歌》同。

獻帝初京都謡

◎蘭按，此本《後漢書·五行志》。

千里草，何青青。十日卜，不得生。「千里草」爲董，「十日卜」爲卓。

靈帝之末京都謡

侯非侯，王非王，千乘萬騎上北芒。◎蘭按，《後漢書·五行志》：「中平六年，史侯登躡至尊，獻帝未有爵號，爲中常侍段珪等數十人所執，公卿百官皆隨其後，到河上，乃得來還。此爲非侯非王上北芒者也。」

靈帝之末京都謡歌

河臘叢進。《英雄記》云：獻帝臘日生也。

烏臘烏臘。《風俗通》曰：董卓滔天虐民，關東舉兵，欲共誅之。顧相轉望，莫敢先進，若烏臘蟲横取之矣。

後漢桓靈帝時謡

舉秀才，不知書。舉孝廉，父别居。◎蘭按，此本《後漢書》。【一】

舉孝廉，濁如泥。舉良將，怯如雞。

校按：

【一】此條不見於今本《後漢書》，見於《抱樸子》。

獻帝初童謠

◎蘭按，此本《後漢書·公孫瓚傳》注。

燕南垂，趙北際，中央不合大如礪，惟有此中可避世。公孫瓚以爲易地當之，遂徙鎮焉。

封使君謠

古傳記言，漢宣城郡守封邵，一日化爲虎，食郡民。民呼曰「封使君」，即去不復來。其地謠曰：

莫學封使君，生不治民死食民。◎蘭按，任昉《述異記》「莫學」作「無作」；「生不」作「生來」。

城中謠

《古今諺》作馬廖引。「長安」，今删。

城中好高髻，四方高一尺。城中好廣眉，四方且半額。城中好大袖，四方全匹帛。◎蘭按，《後漢書》：前世長安城中謠，言改政移風必有其本，上之所好，下必甚焉。

二郡謠

汝南太守宗資，任功曹范滂；南陽太守成瑨，亦任功曹岑晊。滂字孟博，晊字公孝，二郡爲謠。◎蘭按，此本《後漢書·黨錮傳》。

汝南太守范孟博，南陽宗資主畫諾。南陽太守岑公孝，弘農成瑨但坐嘯。

後漢黎陽張公謠

◎蘭按，此一作「黎陽令張公頌」。「祐此兆民」，一作「慰此屯民」。

公與守相駕蜚魚，往來倏忽遠熹娱，祐此兆民寗厥居。

咄唶歌 ◎蘭按，此本《文選·潘岳·笙賦》註，『纂纂』或作『攢攢』，『攢』與『纂』通。

棗下何纂纂，榮華各有時。棗初欲赤時，人從四面來。棗適今日罄，誰當仰視之？

陳留童謡 頌仇覽也。◎蘭按，此本《後漢書·循吏傳》。

父母何在在我庭，化我鴟梟哺所生。

鄴城童子謡 本王粲刺曹操辭也，唐李賀追擬之。

鄴城中，暮塵起。探黑丸，斫文吏。棘爲鞭，虎爲馬。團團走，鄴城下。切玉劍，射日弓。獻何人？奉相公。扶轂來，關右兒。香掃塗，相公歸。

鄴中謡

鳳陽門南天一半，上有金鳳相飛喚，欲去不去著鐵絆。鄴城門有金鳳二枚，一飛入漳水，一以鐵絆其足。◎蘭按，《鄴中記》：『鳳陽門安金鳳凰二頭，石虎將衰，一頭飛入漳河。會晴日，見於水上。一頭以鐵釘釘足，今存。』◎《太平寰宇記》引《鄴中記》云：『魏太祖都城之内，諸街有赤闕，南面西頭曰鳳陽門，上有鳳二枚，其一飛入漳水，其一仍以鐵絆其足。鄴人舊歌云云。』其文詳略互異。

魏黄初童謡 《廣五行志》：魏文帝爲美人薛靈芸築臺，高三十丈。列燭臺下，遠近望之，如列星墜地。又爲銅表志里數行者，歌

謡云云。銅表志道，是土上出金；列燭如星，是火照臺也。漢火德，魏土德，火伏而土興。土上出金，是魏滅而晉興之兆。晉以金德王故也。

青槐夾道多塵埃，龍樓鳳閣望崔嵬。清風細雨雜香來，土上出金火照台。

祝䢺繆歌

《高士傳》：魏伐吴，有竊問隱士焦先，先不應，繆歌云云。後魏軍敗，人推其意，『牂羊』指吴，『羖䍽』指魏也。

祝䢺祝䢺，非魚非肉。更相追逐，本爲殺牂羊，更殺羖䍽。

魏明帝景初中童謡

魏明帝時，謡云云。及司馬懿平遼東歸，當還鎮長安。會帝疾篤，急召之，乃乘追鋒車東渡黄河，終翦魏室，如童謡之言也。◎蘭按，此本《晉書·五行志》。

阿公阿公駕馬車，不意阿公東渡河，阿公東還當奈何？

魏曺爽策政時童謡

曹爽之勢熱如湯，太傅父子冷如漿，李豐兄弟如遊光。何鄧丁，亂京城。指何晏、鄧颺、丁謐也。

魏明帝太和中兒鈴曹子歌

◎蘭按，此本《晉書·五行志》。

當奈汝曹何？其後曹爽見誅，曹氏竟衰。

魏齊王嘉平中謡

◎蘭按，此本《晉書·五行志》。

白馬素羈西南馳，其誰乘者朱虎騎。朱虎者，楚王彪之小字也。王淩、令狐愚聞此謡，謀立彪。事發，淩等伏誅，彪遂賜死。

吴初童謡

◎蘭按，《吴志·孫權傳》：『黄龍元年夏四月，即皇帝位。初，興平中，吴中童謡云云。』『開』作『闓』，『見』作『出』。

黄金車，斑蘭耳。開闓門，見天子。

吴孫休永安二年小兒謡

干寶《晉紀》曰：永安二年，小兒群聚嬉戲，有異小兒忽來言曰云云。又曰：『我非人，熒惑星也。』言畢上升，仰視若一疋練，有頃没。後四年而蜀亡，六年而魏廢，二十年而吴平，於是九服歸晉司馬氏。◎蘭按，《晉書·五行志》作『孫休永安三年』。

三公鋤，司馬如。

吴孫亮初童謡

吁汝恪，何若若？蘆葦單衣篾鉤絡，於何相求揚子閣。揚子閣，反語，謂石子岡也。及諸葛恪死，果以葦席裹身，篾束其腰，投之石子岡。後聽恪故吏收葬，求之此岡云云。◎蘭按，此本《宋書·五行志》。《晉書》作『常子閣』。《三國志·諸葛恪傳》無『何若若』句。

吴黄龍中童謡 周處《風土記》。

行白渚，君追汝，句驪馬。後孫權征公孫淵浮海乘舶。舶，白也，後變爲《白紵詞》。

吴孫亮初白鼍鳴童謡 ◎蘭按，《晉書·五行志》：「孫亮初，公安有鼍鳴，童謡云云。「南郡城中可長生」者，有患易以逃也。明年，諸葛恪敗，弟融鎮公安，亦見襲。融刮金印龜，服之而死。鼍有鳞介，甲兵之象。又曰：白，祥也。」

白鼍鳴，龜背平。南郡城中可長生，守死不去義無成。

吴孫皓初童謡 ◎蘭按，《宋書·五行志》：「吴孫皓初，童謡云云。皓尋遷都武昌，民泝流供給，咸怨毒焉。」

寧飲建業水，不食武昌魚。寧還建業死，不止武昌居。

吴孫皓時石印山詩 ◎蘭按，《晉書·五行志》：「孫皓遣使者祭石印山下妖祠，使者因以丹書岩云云。皓聞之，意益張，曰：「自太皇帝至朕四世，太平之主，非朕復誰？」恣虐益甚。尋以降亡，近詩妖也。」

楚九州渚，吴九州都。揚州士，作天子。四世治，太平矣。

吴孫皓天紀中童謡 ◎蘭按，此本《晉書·羊祜傳》。《五行志》「浮渡江」作「游渡江」。

阿童復阿童，銜刀浮渡江。不畏岸上虎，但畏水中龍。王濬小字阿龍。

晉大始[一]中童謡

《晉書》曰：太始中，人爲賈充等謡，言亡魏而成晉也。

賈裴王，亂紀綱。王裴賈，濟天下。

校按：

【一】晉無「大始」年號，亦無「太始」，有「泰始」，爲晉武帝年號。

晉武帝太康後童謡

◎蘭按，此本《晉書·五行志》。

局縮肉，數横目，中國當敗吴當復。於時吴人皆謂在孫氏子孫，故竊發爲亂者相繼。按「横目」，「四」字。自吴亡至晉元帝興，幾四十年，皆如謡云。元帝懦而少斷，「局縮肉」，直斥之也。干寶云：不如所斥，諱之也。

宫門柱，且莫朽。吴當復，在三十年後。

雞鳴不拊翼，吴復不用力。

太康末京洛楊柳歌

◎蘭按，《晉書·五行志》載其事，未詳其辭。

春風尚蕭條，去故來人新，苦辛非一朝。折楊柳，愁思滿腹中，歷亂不可數。是時三楊貴盛而被誅滅，太后幽死宫中，「折楊柳」應也。

惠帝永熙中温縣謡

◎蘭按，此本《晉書·五行志》。「文長」原作「文長」。「蘭」，楊后字也。

北。

光光丈長，大戟爲牆。毒藥雖行，戟還自傷。楊駿居内府，以戟爲衛，死時又爲戟所害。

兩火没地，哀哉秋蘭。歸形街郵，終爲人歎。『兩火』，武帝諱炎也。楊后被廢，賈后絶其膳，八日而崩，葬街郵亭北。

晉永熙中童謡

《晉五行志》下有『大石壓之不得舒』一句。◎蘭按，《晉書·五行志》無『大石壓之不得舒』句。原註當是誤記崔鴻《後涼録》中童謡語。

二月末，三月初。荆筆楊版行詔書，宫中大馬幾作驢。時楊駿專權，楚王用事，故言『荆筆楊版』。◎別集明載『三月初』下有『桑條蓓蕾柳葉舒』一句。

晉惠帝元康中京洛童謡

南風起，吹白沙，遥望魯國何嵯峩。千歲髑髏生齒牙。◎蘭按，《晉書·五行志》：『南風，賈后字也；白，晉行也；沙門，太子小名；魯，賈謐國也。言賈后將與謐爲亂，以危太子；而趙王因釁咀嚼豪賢，以成篡奪，不得其死之應也。』

城東馬子莫嚨哅，比至來年纏汝鬉。

晉惠帝洛陽童謡

◎蘭按，此本《晉書·五行志》。

鄴中女子莫千妖，前至三月抱胡腰。明年，胡賊石勒、劉曜反。

晋惠帝元康中屠蘇謡 時天下商賈通著大鄣日，童謡云云。及趙王倫篡位，其目實眇焉。◎蘭按，此本《晋書·五行志》。

屠蘇鄣日覆兩耳，當見瞎兒作天子。

晋趙王倫既僭位洛中謡 ◎蘭按，此本《晋書·五行志》。

虎從北來鼻頭汗，龍從南來登城看，水從西來河灌灌。時齊王、成都王、河間王義兵同會討倫。成都西藩而在鄴，故曰「虎從北來」。齊東藩而在許，故曰「龍從南來」。河間水區而在關中，故曰「水從西來」。

齊王敗時謡 ◎蘭按，此本《晋書·齊王冏傳》。

著布袙腹，爲齊持服。未幾，齊王冏敗。

長沙王廢時洛下謡 ◎蘭按，此本《晋書·長沙王乂傳》。

草木萌芽殺長沙。長沙王乂以正月二十七日誅。◎蘭按，原本此上二條並入「趙王洛中謡」内，兹特爲分出。

晋惠帝大安中童謡 ◎蘭按，《晋書·五行志》：「大安中，童謡云云。後中原大亂，宗藩多絶，唯瑯琊、汝南、西陽、南頓、彭城同至江東，而元帝嗣統矣。」

五馬游渡江，一馬化爲龍。

晉惠帝蜀中謡

江橋頭，闕下市，成都北門十八子。十八子，李也。其後李流據蜀僭號。

閣道謡

◎蘭按，《晉書·潘岳傳》：「岳才名冠世，爲衆所疾，後爲河陽令，鬱鬱不得志。時尚書僕射山濤、領吏部王濟、裴楷等爲並帝所親遇，岳内非之，乃題閣道爲謡。」

閣道東，有大牛。王濟鞅，裴楷鞧。和嶠刺促不得休。刺促，《世説》作「踢蹶」。

晉吴縣紞如謡

鄧攸爲吴令，載米之官，俸禄無所受，惟飲吴水而已。及去郡，百姓數千人留牽攸船，不得進，乃以小舟夜中發去，吴人歌之。◎蘭按，《晉書》作「吴郡守」。

紞如打五鼓，雞鳴天欲曙。鄧侯挽不來，謝令推不去。◎蘭按，《晉書》「挽不來」作「拖不留」。

晉懷帝永嘉初洛中童謡

◎蘭按，《晉書·五行志》：「司馬越還洛，有童謡云云。及苟晞將破汲桑，又謡云云。白是越惡晞奪其兖州，隙難遂構焉。」

洛中大鼠長尺二，若不早去大狗至。

元超兄弟大洛度，上桑打甚爲苟作。◎蘭按，原本此標二題，今依《晉書·五行志》并爲一段。

晉永嘉中童謡

《三十國春秋》。

秦州中，血没腕，惟有凉州倚柱觀。◎蘭按，劉恭叔《異苑》：「晉時長安謡曰：『秦川中，血没踠，惟有凉州倚柱看。』及惠、愍之間，關内殲破，浮血丹漂，張軌擁衆一方，威恩共著。」此作「秦州血没腕」，與彼微異。

晉愍帝建興中江南謡

◎蘭按，此本《晉書·五行志》。

訇如白坑破，合集持作甒。揚州破换敗，吴興復瓺甀。白者，晉行。坑器有口屬瓦，質剛，亦金類也。「白坑破」，中原亂也。「合集持作甒」者，元帝偏安也。「揚州破换敗」，石頭被焚掠也。「吴興復瓺甀」，錢鳳之亂也。「瓺甀」，瓦器，又小於甒也。

晉建興中北州謡

府中赫赫朱邱伯，十囊五囊入棗郎。一作「棘郎」。時朱碩、棘嵩皆貪横。◎蘭按，《晉書·王浚傳》無「府中赫赫」句。

晉愍帝初童謡

◎蘭按，此本《晉書·五行志》。

天子何在豆田中。建興四年降於劉曜，在城東豆田中。

晉明帝大甯初童謡

◎蘭按，此本《晉書·五行志》。

惻惻力力，牧馬山側。大馬死，小馬餓。高山崩，石自破。及明帝崩，成帝幼，爲蘇峻所逼，遷於石頭，御膳不足，此『大馬死，小馬餓』也。『高山』，峻也，言峻尋死。『石』，峻弟蘇石也。峻死，石據石頭，尋亦破滅。

晉咸康二年河北謡

麥入土，殺石武。◎蘭按，此本《晉書·五行志》。『武』當作『虎』，唐避諱也。

晉武中童謡

◎蘭按，此本《晉書·五行志》[一]。

寧食下湖荇，不食上湖蓴。庾吴没命喪，復殺王領軍。無幾，而庾義、王洽相繼而亡。

校按：

【一】此條不見於今本《晉書·五行志》，見於《宋書·五行志》。

晉成帝末童謡

◎蘭按，此本《晉書·五行志》[一]。

磕磕何隆隆，駕車入梓宫。不日而宫車晏駕。

校按：

【一】此條不見於今本《晉書·五行志》，見於《宋書·五行志》。

晉江南謡

誰謂爾堅石打破。◎蘭按，《晉書·謝石傳》：『石與兄子玄、琰破苻堅。先是，童謡云云，故桓、豁皆以石名子，以邀功焉。堅之敗也，雖功始於牢之，而成於玄、琰，然石時實爲都督焉。』

晉涼州謡

涼州鴟苕寇賊消。指張軌。◎蘭按，《十六國春秋·前涼録》：『永嘉二年，王彌帥衆寇洛陽。軌遣都護北宫純等帥州軍入衛京師，擊彌，破之。又敗劉聰於河東。帝嘉其忠，進封西平郡公，軌辭不受。時京師爲之歌曰：「涼州大馬，横行天下。涼州鴟苕寇賊消，鴟苕翩翩怖殺人」。』

姑臧謡

鴻從南來雀不驚，誰謂孤離尾翅生，高攀六翮鳳皇鳴。◎蘭按，原本此與上條連爲一，兹分之。◎蘭按，《晉書·張駿傳》：『初，駿之立也，姑臧謡云云，至是而復收河南之地。』『攀』本作『舉』。

哀帝隆和初童謡

升平不滿斗，隆和那得久。桓公入石頭，陛下徒跣走。升平五年而穆帝崩，『不滿斗』之應也。◎蘭按，此本《晉書·五行志》。

鳳皇歌

海西公初生皇子，百姓歌云。其歌甚美，其旨甚微。海西公不男，使左右向龍與内侍接生子以爲己子。

鳳皇生雛，天下莫不喜。本言是馬駒，今定成龍子。◎蘭按，《晉書·五行志》作『鳳皇生一雛』。

晋太和末童謡

犁牛耕御路，白門種小麥。◎蘭按，《晉書·五行志》：「及海西公被廢，百姓耕其門以種小麥，遂如謡言。」

晋太和中御路楊歌

青青御路楊，白馬紫遊韁。汝非皇太子，那得甘露漿。識者解曰：「『白』者，金行；『馬』者，國姓。海西公尋廢，三子非血胤，皆縊死之。明日，南方進甘露焉。◎蘭按，《晉書·五行志》：「海西公三子皆縊以馬韁。」

晋孝武太元末京口謡

◎蘭按，此本《晉書·五行志》。

黄雌雞，莫作雄父啼。一旦去毛衣，衣被拉颯棲。尋王恭起兵誅王國寶，旋爲劉牢之所敗。

晋京口民間謡

◎蘭按，此本《晉書·五行志》。

黄頭小人欲作賊，阿公在城下指縛得。

黄頭小人欲作亂，賴得金刀作蕃扞。按：『黄』字，上恭字頭也；『小人』，恭字下也；『金刀』，劉也。

歷陽重羅黎歌

時庾楷鎮歷陽，後楷尋卒。◎蘭按，此本《晉書·五行志》。

重羅黎，重羅黎，使君南上無還時。

晉荆州童謡

時殷仲堪在荆，未幾仲堪敗，桓玄於是遂有荆州。◎蘭按，此本《晉書·五行志》。

芒籠目，繩縛腹。殷當敗，桓當復。《齊諧記》所載稍不同：芒籠目，繩縛腹。車無軸，倚孤木。◎蘭按，《齊諧記》作『芒籠茵』。荆州送玄首，以芒籠茵包之。此作『目』字，異。

晉荆州麥䴬謡

附《京口謡》後。◎蘭按，此本《晉書·五行志》。

昔年食白飯，今年食麥䴬音敷。天公誅謫汝，教汝捻嚨喉。嚨喉喝於介切，斯也復喝，京口敗復敗。事應同《京口民間謡》。

黄曇子歌

黄雲英，揚州大佛來上明。時桓石民爲荆州，鎮上明。頃之，石民死，王忱代之。黄曇子，忱小字也。◎蘭按，《晉書·五行志》：『桓石民爲荆州，鎮上明，百姓忽歌曰《黄曇子》，曲中又曰云云。頃之，石民死，王忱爲荆州。黄曇子，乃王忱字也。忱，小字佛大，是「大佛來上明」也。』原註謂黄曇子爲忱小字，誤。

晉安帝元興初童謡

桓玄簒位時。◎蘭按，此本《晉書·五行志》及《桓玄傳》。

征鍾落地桓迸走。『征鍾』，至穢之服；『桓』，四體之下稱。玄自下居上，猶征鍾之廁歌謡，下體之咏民口也。

草生及馬腹，烏啄桓玄目。桓玄篡弒在元興二年十二月，及敗走江陵，五月中誅，如其期焉。

長干巷，巷長干。今年殺郎君，明年殺諸桓。郎君，司馬元顯也。

晉安帝隆安中懊憹歌

◎蘭按，此本《晉書·五行志》。《宋書》「擷」作「抱」。

草生可攬結，女兒可攬擷。尋而桓玄傳位，義旗以二月二日【一】掃定京都，以玄之宮女及逆黨之子女爲軍賞。

校按：

【一】『二月二日』，文淵閣《四庫全書》本《晉書》作『三月二日』。

晉安帝義熙初童謠

◎蘭按，此本《晉書·五行志》。

官家養蘆化成荻，蘆生不止自成積。

蘆生漫漫竟天半。

十丈瓦屋八九間。蘆作柱，薤作闌。

蘆橙橙，逐水流。東風忽如起，那得入石頭。尋有盧循之亂。

庾公歌

◎蘭按，《晉書·五行志》：『庾亮初鎮武昌，百姓於岸上歌云云。及薨於鎮，以喪還都葬，皆如謠言。』

庾公上武昌，翩翩如蜚鳥。庾公還揚州，白馬牽旒旐。

庾公上武昌，翩翩如蜚烏。庾公還揚州，白馬牽流蘇。

桓玄時童謡

車無軸，倚孤木。繩縛腹，芒籠目。上二句，桓字；下二句，言其敗死。玄之敗，果以繩縛至，芒籠其首，沉之江中。

苻洪時隴右謡

雨若不止，紅雨必起。◎蘭按，《十六國春秋·前秦録》云：『苻洪母姜氏，因寢産洪，驚悸而寤。先是，隴右大霖雨，百姓苦之，謡曰：「雨若不止，洪水必起。」故名之曰洪。』此作『紅雨』，疑誤。

苻生時長安謡

東海大魚化爲龍，男便爲王女爲公，問在何所洛門東。生遂誅其侍中魚遵。後苻堅殺生而代之，堅封東海。◎蘭按，《晋書·苻生載記》：『生夢大魚食蒲。又，長安謡云云。東海，苻堅封也。時爲龍驤將軍，第在洛門之東。生不知是堅，以謡夢之故，誅其侍中、太師魚遵。又謡云云。於是悉壞諸空城以禳之。』

百里望空城，鬱鬱何青青？瞎兒不知法，仰不見天星。

苻堅時關中謡

長鞘馬鞭擊左股，太歲南行當復虜。◎蘭按，《晋書·苻堅載記》：『秦人呼鮮卑爲白虜。慕容垂之起於關東，歲在癸未。』

苻堅時百姓歌

原作《童謡歌》，一名《豐樂謡》。

長安大街，兩邊種槐。下走朱輪，上有鸞棲。◎蘭按，此本車頻《秦書》。崔鴻《前秦録》作『夾樹楊槐』。未有『英彦雲集，誨我萌黎』二句。蓋百姓作歌美其相王猛也。

又

一雌復一雄，雙飛入紫宫。堅納慕容沖姊清河公主，沖十四，亦有龍陽之姿，姊弟兼寵，宫人莫進。

鳳皇鳳皇止阿房。後堅爲慕容沖所敗，沖小字鳳皇。◎蘭按，《晉書・載記》：『苻堅時，長安有此謡。堅以鳳凰非梧桐不棲，非竹實不食，乃植桐竹數十萬株於阿房城以待之。後堅爲慕容沖所敗，入止阿房城焉。』

又

阿堅連牽三十年，後若欲敗時，當在江湖邊。堅在位凡三十年。

河水清復清，苻堅死新城。

魚羊田斗當滅秦。鮮卑也。時又有人於明光殿大呼曰：『甲申乙酉，魚羊食人，悲哉無復遺。』◎蘭按，《晉書・五行志》：『苻堅初，童謡云云。堅在位凡三十年，敗於淝水。又謡云云。堅爲姚萇所殺，死於新城。復謡歌云云。魚羊，鮮也；田斗，卑也。堅自號秦，言滅之者鮮卑也。』

吕光時涼州謡

◎蘭按，崔鴻《後涼録》：『初，光徙西海郡人於諸郡，至是，謡曰云云。遂相扇動，復徙之於河西樂都。』

朔馬心何悲？念舊中心勞。燕雀何徘徊？意欲還故巢。

劉曜時玉方尺詩謡

◎蘭按，《晉書·劉曜載記》：『終南山崩，長安人劉終於崩所得白玉，方一尺，有文字云云。』

皇王皇王改趙昌。井水竭，構五梁，咢西小衰因囂喪。嗚呼嗚呼，赤牛奮靷其盡乎？『皇王』一作『皇亡』。

宋元嘉中魏地童謡

《南史》曰：宋元嘉二十七年，魏太武帝圍汝南戍，過淮，自廣陵返攻盱眙，就臧質求酒。質封溲便與之，且報書云：『不聞童謡言耶？虜馬飲江水，佛狸死卯年，冥期使然，非復人事。尒知識及衆，豈能勝苻堅耶？頃年展尒陸梁者，是尒未飲江，太歲未卯也。』時魏地有童謡，故質引之云。

虜馬飲江水，佛狸死卯年。

軺車北來如窮雉，不意虜馬飲江水。虜主北歸石濟死，虜欲渡江天下徙。

宋大明中謡

《南史》曰：奚顯度者，爲員外散騎侍郎，苛虐無道，考囚或用方材壓額及踝脛，故民間有此謡。

寧得建康壓額，不能受奚度拍。

宋時謡

《南史》曰：宋時用人乖實，有謡云：

上車不落爲著作，體中何如作秘書。

齊武帝永明中童謡

赤火南流喪南國。◎蘭按，《南齊書·武帝本紀》：『先是魏地謡言云云。是歲，有沙門從北齎至，色赤於常火而微，云以療疾，貴賤争取之，詔禁之不止。是月，上大慚。』

王子年歌

《南史》曰：齊太祖高皇帝諱道成，姓蕭氏，未受命時，王子年亦作此歌。

欲知其姓草肅肅，穀中最細低頭熟，鱗身甲體永興福。

三禾㨶㨶林茂滋，金刀利刃齊刈之。未幾蕭道成興。◎蘭按，《南齊書·祥瑞志》：『王子年歌云云。穀，道；熟，成，又諱也。太祖體有龍鱗。又歌云云。刈，剪也。《詩》云：「實始剪商。」』

永元元年童謡

洋洋千里流，流翣東城頭。烏馬烏皮袴，三更相告訴。脚跛不得起，誤殺老姥子。◎蘭按，《南齊書·五行志》：『千里流者，江祏也。東城，遥光也。遥光夜舉事，垣歷生者，烏皮袴褶奔往之。跛脚，亦遥光。老姥子，孝字之象，徐孝嗣也。』

又

野猪雖嗃嗃，馬子空閭渠。不知龍與虎，飲食江南墟。七九六十三，廣莫人無餘。烏集傳舍頭，令[一]汝得寬休。但看三八後，摧折景陽樓。◎蘭按，《南齊書·五行志》：「識者解曰：『陳顯達屬豬，崔慧景屬馬』，非也。東昏侯屬豬，馬子未詳，梁王屬龍，蕭穎胄屬虎。崔慧景攻臺，頓廣木莫死，時年六十三。『烏集傳舍』，即所謂『瞻烏爰止，于誰之屋』。三八二十四，起建元元年，至中興二年，二十四年也。『摧折景陽樓』，亦高臺傾之意也。言天下將去，乃得休息也。」

校按：

【一】『令』，今本《南齊書·五行志》作『今』。

宋明帝昇明時石頭城謠

宋中書監袁粲謀誅蕭道成，不克而死，百姓哀之，爲之謡曰。◎蘭按，此本《南史·褚彦回傳》。彦回，淵字也。唐避諱改。

可憐石頭城，寧爲袁粲死，不作褚淵生。

齊廢帝隆昌中童謠

楊婆兒，共戲來。時有女巫子楊旻隨母入宫，爲何后所寵。◎蘭按《唐書·樂志》，《楊伴兒》，本童謡歌也。原作『楊婆兒，共來戲所歡。』語訛，遂成『楊伴兒』。《古今樂録》作『楊叛兒』。今所引缺『所歡』二字，『共來戲』作『共戲來』，疑誤。

齊東昏時都下謡

◎蘭按，此本《南史·茹法珍傳》。

欲求貴職依刀敕，須得富豪事捉刀。

齊東昏時宮中謡

◎蘭按，此本《南史·茹法珍傳》。

趙鬼食鴨劃，諸鬼盡著調。東昏時，左右應敕捉刀之徒，並專國命，謂之刀敕，權奪人主。梁武帝平齊，皆誅之。初，左右刀敕之徒悉號曰鬼。俗以細剉肉，糅以薑桂曰劃。意者以兇徒當細剉烹之也。

梁武帝在雍鎮時童謡

◎蘭按，此本《隋書·音樂志》。

襄陽白銅蹄，反縛揚州兒。白銅蹄謂金蹄，爲馬也。白，金色也。及義師之興，實以鐵騎，揚州之士皆面縛如謡云。

梁武帝時謡

《南史》曰：梁武帝天監元年，立長子統爲皇太子，時民間有謡。按，『鹿子開』者，反爲太子哭也。後太子果薨。

鹿子開城門，城門鹿子開。當開復未開，使我心徘徊。城中諸少年，逐歡歸去來。

梁武帝時北方童謡

魏降人王足，求堰淮水引北方，童謡云云。於是起浮山堰，役二十萬人。死者相枕，蠅蟲晝夜聲合。堰成無幾時，淮水暴漲，堰壞，奔流於海，殺數十萬人。其聲若雷，聞二百里。水中怪物，隨流而下，或人頭魚身，或龍形馬首，殊類詭狀，不可勝名。先是，鎮星守天江，而堰實興，退舍而決，豈人事乎？抑天道也？

浮山爲下流，荆山爲下格。漳沱爲激溝，併灌鉅野澤。◎蘭按，《南史·康絢傳》作『荆山爲上格，浮山爲下格。漳沱爲激溝，併灌鉅野澤』，與此少異。

梁武帝天監三年寶誌公詩

《南史》曰：梁武帝天監三年，講於重雲殿。沙門誌公忽然歌樂，須臾悲泣，因賦五言詩云云。

梁自天監至於大同，三十餘年，江表無事。至太清二年臺城陷，帝享國四十八年，所言五十裏也。太清元年，而侯景自懸瓠來降，在丹陽之北子地。帝惑朱异之言以納景。景之作亂，自戊申至午年，帝憂崩。◎蘭按，『戊申』當作『戊辰』。

樂哉三十餘，悲哉五十裏。但看八十三，子地妖災起。佞臣作欺妄，賊臣滅君子。若不信吾語，龍時侯賊起。且至馬中間，銜悲不見喜。

梁武帝天監十年誌公詩

《南史》曰：梁武帝天監十年，誌公於大會中又作詩云云。侯景小字狗子，初自懸瓠來降，懸瓠則古之汝南也。巴陵南有地名三湘，即景奔敗之所。

兀尾狗子始著狂，欲死不死齧人傷。須臾之間自滅亡，患在汝陰死三湘，橫尸一旦無人藏。

梁大同中童謠

《隋書·五行志》曰：梁大同中有童謠，其後侯景破丹陽，乘白馬，青絲爲勒以應之。

青絲白馬壽陽來。

梁大同中鄱陽歌

《南史》曰：梁陸襄爲鄱陽内史。大同初，郡人鮮于琮結門徒，殺廣晉令王筠，有衆萬餘人，將出攻郡。襄先已率人吏修城隍爲備。及賊至，破之，生擒琮。時鄰郡守宰，案其黨與，皆不得實。或有善人盡室罹禍，惟襄郡枉直無濫，民乃作歌。又有彭、李二家，因忿爭相誣告。襄引入内室，不加責誚，但和言解喻之。二人感恩，深自悔咎。乃爲設酒食，令其盡歡。酒罷，同載而還。因相親厚，民因歌之。

鮮于抄後善惡分，人無橫暴賴陸君。◎蘭按，『橫暴』當作『橫死』。

陸君政，無怨家。鬬既罷，讎共車。

梁世童謡

王氣在三餘。武帝聞之，乃於餘干、餘姚、餘杭爲厭勝。後湖州餘干山、餘罳溪、餘魚浦，陳武帝興焉。

梁時童謡

寧逢五虎入市，不欲見臨賀父子。《梁史》曰：臨賀郡王正德，性兇慝。其後梁室傾覆，既由正德。百姓至臨賀郡，名亦不欲道，其惡之如是，故有童謡。

梁末童謡

可憐巴馬子，一日行千里。不見馬上郎，但有黄塵起。黄塵污人衣，皂莢相料理。《南史》曰：梁末有童謡，及王僧辯滅，説者以爲僧辯本乘巴馬以擊侯景。『馬上郎』，王字也。『塵』謂陳也，江東謂羖羊角爲『皂莢』。隋氏姓楊，楊，羊也，言陳終滅於隋也。

梁武帝父子詩讖

雪花無有蒂，冰鏡不安臺。梁武帝《冬日》詩。

飛輪了無徹，明鏡不安臺。梁簡文帝《詠月》詩，竟成臺城之讖。

陳初童謡

《隋書·五行志》曰：陳初有童謡，其後陳主果爲韓擒所敗。擒本名擒虎，黄斑之謂也。破建康之始，復乘青驄馬，往反時節皆應。

黄斑青驄馬，發自壽陽涘。來時冬氣末，去日春風始。

又

御路種竹篠，蕭蕭已復起。合盤貯蓬塊，無復揚塵已。◎蘭按，《隋書·五行志》無此。郭茂倩《樂府詩集》亦云『同前』，下《陳初謡》，亦不註所出。

陳初時謡

日西夜烏飛，拔劍倚梁柱。歸去來，歸山下。

陳後主時婦人突唱

《南史》曰：後主在東宫時，有婦人突入唱曰：『畢國王有鳥一足，集其殿庭，以觜畫地成文』云云。解者以爲，『獨足』者，蓋指後主獨行無衆。『盛艸』，言荒穢。隋承火運，草得火而灰。及至京師，與家屬館於都水臺。所謂『上高臺』，當水也。其言皆驗。

獨居上高臺，盛草變爲灰。欲知我家處，朱門當水開。

齊雲觀歌

《隋書·五行志》曰：陳後主造齊雲觀，國人歌之。功未畢，而爲隋師所虜。

齊雲觀，寇來無際畔。

曲堤謡《北史》曰：宋世良爲清河太守，才識開明，尤善政術。郡東南有曲堤，群盗所萃，世良施八條之制，盗奔它境，而民爲此謡。

曲堤雖險賊何益，但有宋公自屏跡。

元魏時洛陽謡◎蘭按，《洛陽伽藍記》：『瑶光寺，宣武皇帝所立。椒房嬪御，學道之所，掖庭美人，並在其中。永安三年，爾朱兆縱兵大掠，時有秀容胡騎數十，入寺淫穢。京師謡曰云云。』

洛陽女兒急作髻，瑶光寺尼奪作壻。

元魏河東謡◎蘭按，《北史·魏宗室傳》：『元淑，孝文時爲河東太守。河東俗多商賈，罕事農桑，至有年三十不識耒耜。淑下車勸課，躬往教示。二年間，家給人足，爲之謡曰云云。』『秦州地東』當作『秦州河東』。

秦州地東，杼軸代舂；元公至止，田疇始理。

趙郡謡《北史》曰：後魏李孝伯，父曾，道武時爲趙郡太守，令行禁止。并州丁零，數爲山東害，知曾能得百姓死力，不敢入境。賊於常山界得一死鹿，賊長謂趙郡地也，責之還，令送鹿故處。其見憚如此，郡人爲之謡曰：

詐作趙郡鹿，猶勝常山粟。

後魏宣武孝明時謡《北史·魏本紀》曰：宣武孝明間謡。識者以爲「索」謂魏本索虜。「焦梨狗子」，指宇文泰，俗謂之黑獺也。

狐非狐，貉非貉，焦梨狗子齧斷索。

後魏末童謡《北史·齊本紀》曰：後魏末，文宣未受禪時有童謡。按，「䕒然兩頭」，於文爲「高」。「河邊羖䍽」，爲水邊羊，指帝名也。於是徐之才勸帝受禪焉。

一束䕒，兩頭然，河邊羖䍽飛上天。

東魏童謡《北史》曰：東魏孝静帝之將立也，時有童謡。按「青雀子」，謂静帝，清河王之世子也。「鸜鵒」，謂齊神武也，後竟爲齊所滅。

可憐青雀子，飛來鄴城裏。羽翮垂欲成，化作鸜鵒子。

《敕勒歌》《樂府廣題》曰：北齊神武，攻周玉壁，士卒死者十四五，神武恚憤疾發。周王下令曰：「高歡鼠子，親犯玉壁。劍弩一發，元凶自斃。」神武聞之，勉坐以安士衆。悉引諸貴，使斛律金唱《敕勒》，神武自和之。其歌本鮮卑語，易爲齊言，故其句長短不齊。

敕勒川，陰山下。天似穹廬，籠蓋四野。天蒼蒼，野茫茫，風吹草低見牛羊。

元魏世謡

河南種穀河北生，白楊樹頭金雞鳴。

北齊童謡

周里跂求伽，豹祠嫁石婆。斬冢作媒人，惟得一量紫綖靴。◎蘭按，《北齊書·徐之才傳》：『太寧二年春，武明太后病，之才弟之範診候。内史皆令呼太后爲石婆，蓋有俗忌，故改名以厭制之。之範出告之才曰：「童謡云云。今太后忽改名，私所致怪。」之才曰：「跂求伽，胡言去已。豹祠嫁石婆，豈有好事？斬冢作媒人，但令合葬自斬冢。唯得紫綖靴者，得至四月，何者？紫之爲字此下系，綖者熟，當在四月之中。」之範問靴是何義。之才曰：「靴者革旁化，寧是久物？」至四月一日，后果崩。』

又

九龍母死不作孝◎蘭按，《北史·齊婁后傳》：『后凡孕六男二女，皆感夢：孕文襄則夢一斷龍；孕文宣則夢大龍，首尾屬天地，勢狀驚人；孕孝昭則夢蠕龍於地；孕武成則夢龍浴於海；孕魏二后並夢月入懷；孕襄城、博陵二王夢鼠入衣下。后未崩，有童謡云云。及后崩，武成不改服，緋袍如故。』

北齊童謡

白羊頭尾禿，羖攊頭生角。◎蘭按，以下二謡俱本《北史·楊愔傳》。羊爲愔也，角文爲用刀。『頭尾禿』原作『頭翟禿』。

又

羊羊喫野草，不喫野草遠我道，不遠打爾腦。

北齊天保中陸法和書讖

《北史》曰：天保中，陸法和入國，書其屋壁云云。時文宣皇帝享國十年而崩，廢帝嗣立，百餘日用替厥位。孝昭即位，一年而崩，此其驗也。

十年天子爲尚可，百日天子急如火，周年天子迭代坐。◎蘭按，《五代新説》：『是時，又有讖云：「一母生三天，兩天共一年。」説者謂婁太后生文宣帝、昭帝、武陵帝。文宣十年，其子廢帝百日，昭帝一年。武陵傳位後主，共五年焉。』

北齊文宣時謡

《北史·齊本紀》曰：帝以午年生，故曰馬子。三臺，石季龍舊居，故曰石室。三千六百日，十年也。果如謡言。

馬子入石室，三千六百日。

北齊後主武平初童謡

《隋書》：武平元年四月，隴都王胡長仁，謀遣刺客殺和士開。事露，反爲士開所譖而死。◎蘭按，此本《五行志》。『隴都』當作『隴東』。

狐截尾，你欲除我我除你。

北齊後主武平中童謡

《隋書·五行志》曰：七月士開被誅，九月瑯琊王遇害，十一月，趙彦深出爲西兗州刺史。

和士開，七月三十日，將你向南臺。

七月刈禾傷早，九月喫糕正好。十月洗湯飯甕，十一月出却趙老。

北齊後主武平末童謠 穆后小字黄花。

黄花勢欲落，清尊滿酌。◎蘭按，此本《北齊·後主穆后傳》，原作『清觴滿杯酌』。《隋書·五行志》作『清樽但滿酌，後主昏飲無度』，故云。

北齊鄴都童謠

可憐青雀子，飛入鄴城裏。作窠猶未成，舉頭失鄉里。寄言與父母，好看新婦子。◎蘭按，《隋書·五行志》：『齊神武始移都於鄴，時有謠云云。魏孝静帝者，清河王之子也，后則神武之女。鄴都宫室未備，即逢禪代，作窠未成之效也。孝静尋崩，文宣以后爲太原長公主，降於楊愔。時婁后尚在，故言「寄書與婦母」。新婦子，斥后也。』『婦母』作『父母』，誤。

玉壁童謠

獾獾頭團團，河中狗子破爾苑。獾指高歡，狗子指宇文泰也。

北齊謡

阿麽姑禍也，道人姑夫死也。『道人』，謂廢帝。后曾爲尼，故云阿麽。帝崩，后嫁楊愔。◎蘭按，《北史·楊愔傳》：『「道人」謂廢帝小名。太原公主嘗作尼，故曰「阿麽姑」。愔、子猷、天和皆尚帝姑，故曰「道人姑夫」云。』

北齊武定中童謡 高者，齊姓也。澄，文襄名。◎蘭按，此本《隋書·五行志》。

百尺高竿摧折，水底然燈澄滅。

北齊太上時童謡

千里買藥園，中有芙蓉樹。破家不分明，蓮子隨它去。

北齊童謡

中興寺内白鳧翁，四方側聽聲雍雍，道人聞之夜打鐘。◎蘭按，《北齊書·上洛王思宗傳》：『先是童謡云云。時丞相府在北城中，即舊中興寺也。鳧翁，謂雄雞，蓋指武成小字步落稽也。道人，濟南王小名。打鐘，言將被擊也。』

北齊武成謡

盧十六，雉十四，犍子拍頭三十二。其後武成崩，年三十二。

北齊童謡 ◎蘭按，此本《北史·韋孝寬傳》。

百升飛上天，明月照長安。後周韋孝寬，密爲此謡，令人傳于鄴中，鄴中小兒歌之。祖珽因續之曰：『盲老公背受人斧，饒舌老母不得語。』帝以問珽，珽曰：『「百升」，斛也。「盲老公」，臣也，與國同憂。「饒舌老母」，女侍中陸氏也。』帝信之，執光殺之。

北齊末鄴中童謠

金作埽帚玉作把，靜埽殿屋迎西家。◎蘭按，《隋書·五行志》：「鄴中童謠云云。未幾，周師入鄴。」

後魏咸陽王歌

《北史》：後魏咸陽王禧，謀逆伏誅。後宫人爲之歌，其歌遂流于江表。

可憐咸陽王，奈何作事誤。金牀玉几不能眠，夜起踏霜露。洛水湛湛彌岸長，行人那得渡？

邯鄲郭公謡

《樂府廣題》：北齊後主高緯，雅好傀儡，謂之郭公謡。時人戲爲《郭公歌》，蓋語妖也。

邯鄲郭公九十九，伎倆漸盡入滕口。大兒緣高岡，雉子東南走。不信吾言時，但看歲在酉。

宇文周初童謡

周静帝，隋氏之甥。甥既遜位而崩，諸舅强盛。

白楊樹頭金雞鳴，祇有阿舅無外甥。◎蘭按，此本《隋書·五行志》。

宇文周宣王歌

◎蘭按，《隋書·五行志》：「周宣帝與宫人夜中連臂蹋蹀而歌。」

自知身命促，秉燭夜行遊。

玉浪歌 佛讖。

江槎分玉浪，管炬開金鎖。五口相共行，九十無彼我。

隋煬帝二豎子歌

◎蘭按，《隋書·五行志》：「煬帝夢二豎子歌云云。由是築居丹陽，功未就而被弑。」

住亦死，去亦死，未若乘船渡江水。

隋大業中童謡

◎蘭按，此本《隋書·五行志》。

桃李子，鴻鵠繞陽山，宛轉花林裏。莫浪語，誰道許。其後李密潛結群盜，自陽城山而襲破洛口，復屯兵洛宛内。「莫浪語」，密也。宇文化及自號許國，尋亦破滅。

隋大業長白山謡

長白山前知世郎，純著紅羅綿背襠。長稍侵天半，輪刀耀日光。上山喫獐鹿，下山喫牛羊。忽聞官軍至，提刀向前盪。譬如遼東死，斬頭何所傷。◎蘭按，《通鑑》：「煬帝七年，鄒平民王薄擁衆據長白山，自稱知世郎，言世可知矣。」

長白山歌

《北史》：來整，榮國公護之子也。尤驍勇，討擊所向皆捷，諸賊歌之。

長白山頭百戰場，十十五五把長鎗。不畏官軍千萬衆，只怕榮公第六郎。

隋末詩讖

出《海山記》。◎蘭按，此本《迷樓記》，非《海山記》。讖中有譌字，兹俱照原書改正。

河南楊柳謝，江北李花榮。楊柳飛綿何處去？李花結果自然成。江都迷樓宮人抗聲夜歌云。

三月三日到江頭，正見鯉魚波上游。意欲持鈎往撩取，恐是蛟龍還復休。煬帝《鳳艒歌》。皆唐興之兆。

宮木陰濃燕子飛，興衰自古漫成悲。他日迷樓更好景，宮中吐燄奕紅輝。煬帝《索酒歌》。其後迷樓爲唐兵所焚，竟叶詩讖。

玉漿泉謠

《隋書》：豆盧勣爲渭州刺史。烏鼠山絶壁千尋，由來乏水。勣馬足所踐，飛泉湧出。有白烏翔止廳前，乳子而後去，民乃謡云。

我有丹陽，山出玉漿。濟我人夷，神烏來翔。

唐武德初童謡

《新唐書·五行志》云：竇建德未敗時，有此謡云。

豆入牛口，勢不得久。

唐貞觀中高昌國童謡

後大總管侯君集帥師伐高昌，平之。以其地置西州，又置安西都護府。◎蘭按，此本《唐書》。

高昌兵馬如霜雪，漢家兵馬如日月。日月照霜雪，回首自消滅。

唐高宗永淳初童謡 是歲七月，東都大雨，人多殍死。◎蘭按，此本《唐書·五行志》。

新禾不入箱，新麥不入場。迨及八九月，狗吠空垣牆。

唐高宗永淳中童謡 ◎蘭按，此本《新唐書·五行志》。

嵩山凡幾層，不畏登不得，但恐不得登。三度徵兵馬，傍道打騰騰。高宗屢欲封禪，以歲荒邊警而止。永淳中，既至山下，未及行禮，遘疾，還宫而崩。

唐武德初廉州顔有道歌《唐書》：顔游秦，師古叔父。武德初，爲廉州刺史，郡人歌之。

廉州顔有道，性行同莊老。愛民如赤子，不殺非時草。

貞觀中新河歌 薛大鼎，貞觀中爲滄州刺史。州界有無棣河，隋末填廢，奏開之，引魚鹽於海，百姓歌之。◎蘭按，以下二條皆出《唐書》。

新河得通舟楫利，直達滄海魚鹽至。昔日徒行今結駟，美哉薛公德滂被。

薛將軍歌 薛仁貴擊九姓突厥於天山。時九姓有衆十餘萬，令驍健數十人逆來挑戰。仁貴發三矢射殺，其餘一時下馬請降。仁貴恐爲後患，並坑殺之。於是九姓衰弱，不復爲患，邊人歌之。

將軍三箭定天山，戰士長歌入漢關。

唐永徽末里謡

桑條韋也，女時韋也。後韋后用事。◎蘭按，此本《唐書·五行志》。又按，《朝野僉載》：『永徽年以後，人唱《桑條韋歌》云：「桑條韋女，韋也樂至。」神龍年中，逆韋應之。』

龍朔時人飲酒令 ◎蘭按，此本《唐書·五行志》。

子母相去離，連臺拗倒。俗謂杯盤爲子母，又名盤爲臺。子母去離，武后廢帝於房州也。

永淳後民歌 ◎蘭按，此本《唐書·五行志》。原作『楊柳楊柳漫頭駝』。

楊柳漫頭駝。其後徐敬業舉兵討武后，自授揚州司馬。李孝逸擒斬之，驛馬馱入洛。

武后時童謡

紅緑複裙長，十里五里聞香。

武后長壽元年民間謡 時選舉大濫，天下有是謡云云。有舉人沈全交，取而續之曰：『糊心存撫使，眯目聖神皇。』爲御史紀先知所擒，劾其誹謗之罪。太后笑曰：『但使卿輩不濫，何恤人言？』先知慚。

補闕連車載，拾遺成斗量。欔椎侍御史，盌脱侍中郎。齊魯謂四齒杷曰欔。

如意中黄麞歌

黄麞黄麞草裹藏，彎弓射爾傷。其後王孝傑敗於黄麞谷。◎蘭按，此本《唐書·五行志》。《册府元龜》引此，「黄麞」無複語。

唐景龍中謡

一條麻線挽天樞，絶去也。初，武后造天樞，其後中宗即位，敕令推倒之。

唐咸亨以後謡 ◎蘭按，此本《朝野僉載》。

莫浪語，阿婆嗔，三叔聞時笑殺人。阿婆者，則天也。三叔，中宗爲第三也。

唐中宗神龍以後民謡 ◎蘭按，此本《唐書·五行志》。

山南烏鵲窠，山北金駱駝。鎌柯不鑿孔，斧子不施柯。按：「山南」，唐也。「烏鵲窠」，人居寡也。「山北」，胡也。「金駱駝」，虜獲而重載也。

洛州安樂寺童謡

可憐安樂寺，了了樹頭懸。《舊唐書》：安樂公主於洛州造安樂寺，擬於宫掖，巧妙過之。◎蘭按，《太平廣記》：「唐景龍年，安樂公主洛州道光坊造安樂寺，用錢數百萬，童謡云云。後誅逆韋，并殺安樂，斬首懸於竿上。」

景龍中民謡 ◎蘭按，此本《唐書·五行志》。《朝野僉載》無第三句。「黄特」作「黄柏」；「鞵縟」作「鞵𪎭」。

黄特犢子挽靷斷，兩足踏地鞵繻斷，城南黄特犢子韋。史皆不著事應。又有《阿緯娘歌》詞亦不傳。

景龍中聖蓋寺民謡 ◎蘭按，《唐書·五行志》：「東都聖善寺，神龍初中宗爲武太后追福所造，景龍中復增廣焉。」「善」作「蓋」，誤。

可憐聖蓋寺，身著緑毛衣。牽來河裏飲，踏殺鯉魚兒。

永徽中田使君歌 田仁會爲郢州刺史，百姓歌之。

父母育我田使君，精誠爲人上天聞，田中致雨山出雲。◎蘭按，《新唐書·田仁會傳》：「永徽中，爲平州刺史。歲旱，自暴以祈雨而大雨至，穀遂登。人歌曰：『父母育我兮田使君，挺精誠兮上天聞。中田致雨兮山出雲，倉廩實兮禮義申。願君常在兮不患貧。』」較此多二句而詞亦少異。

唐玄宗在潞州時謡 ◎蘭按，此本《唐書·五行志》。

羊頭山北在朝堂。

唐天寶中童謡

◎蘭按，此本《唐書·五行志》。

燕燕飛上天，天上女兒鋪白氈，氈上有千錢。天寶十四載，安禄山以范陽叛，明年僭號燕。

唐天寶中玄都觀詩妖

◎蘭按，此本《唐書·五行志》。

燕市人皆去，函關馬不歸。若逢山下鬼，環上繫羅衣。◎蘭按，《太真外傳》：『術士李遐周有詩云云。「燕市人皆去」，禄山即薊門之士而來。「函關馬不歸」，哥舒翰之敗潼關也。「若逢山下鬼」，嵬字，即馬嵬驛也。「環上繫羅衣」，貴妃小字玉環，其死也，力士以羅巾縊焉。』

又

義髻抛河裏，黄裙逐水流。◎蘭按，《太真外傳》：『妃常以假髻爲首飾而好服黄裙。天寶末，京師童謡云云，至此應矣。』

梁誌公謡讖

其應在天寶中，故附於此。

兩角女子緑衣裳，却背太行邀君王，一止之月必消亡。劉餗《隋唐嘉話》。『兩角女子』，安字也。『緑者』，禄也。『一止』，正月也。安禄山果敗。

唐天寶中幽州童謡

◎蘭按，此本《唐書·五行志》。

舊來誇戴竿，今日不堪看。但看五月裏，清水河邊見契丹。

吴元濟將敗之兆

裴度征淮西，掘得一碑，上有謡云云。有識之者曰：『雞未肥，肥去月，乃己字。酒未熟，去水乃酉字』。後果以己酉日擒吴元濟。宋人四六有『學慙鼠獄，智乏雞碑』，下句正用此事。鼠獄，《張湯傳》。

井底一竿竹，竹色深深緑。雞未肥，酒未熟，障車兒郎且須縮。

瞿塘行舟謡

灩澦大如襆，瞿塘不可觸。太白詩：五月不可觸，猿鳴天上哀。又詩：瞿塘五月誰敢過？灩澦大如馬，瞿塘不可下。杜子美詩：沉牛答雲雨，如馬戒舟航。灩澦大如象，瞿塘不可上。灩澦大如鼇，瞿塘行舟絶。灩澦大如龜，瞿塘不可窺。《南史》：灩澦如襆本不通，瞿塘水退爲庚公。◎蘭按，《水經注》還有『灩澦大如牛，瞿塘不可流』二語。『灩澦』或作『淫豫』。

天寶中京兆謡

前尹赫赫，公尹允若。後尹熙熙，公尹允師。◎蘭按，《唐書·李淑明傳》：『東都平，拜洛陽令，招徠遺民，號能吏。擢商州刺史、上津轉運使，還京兆尹。長安歌曰：「前尹赫赫，具瞻允若。後尹熙熙，具瞻允斯。」』與此微異。

唐德宗建中初童謡

◎蘭按，此本《唐書·五行志》。

一隻筯，兩頭朱，五六月，化爲蛆。朱泚以建中四年叛，明年改號曰漢，是歲六月伏誅。

唐德宗時詩妖

此水連涇水，雙眸血滿川。青牛逐朱虎，方見太平年。◎蘭按，此本《唐書·五行志》。又按《杜陽雜編》：「澤潞有僧號普滿。建中初，於佛舍中題詩云云。此水者，泚字。涇水者，自涇州兵亂。雙珠者，泚與弟滔。青牛者，興元二年乙丑歲。乙，木也；丑，牛也。是歲，改貞元元年。丙火寅虎也，是歲賊平故也。」「眸」宜作「珠」；「逐」一作「將」；「方見」一作「還號」。

唐元和初童謡

打麥，麥打。三三三，舞了也。《舊唐書》：元和十年，武元衡爲盜所害之應。本傳曰「打麥」，謂打麥時也。「麥打」，謂暗中突擊也。「三三三」，六月三日也。既曰「舞了也」，謂元衡之卒也。

唐憲宗時童謡

緋衣小兒坦其腹，天上有口被驅逐。◎蘭按，《唐書·裴度傳》：「寶曆二年，度請入朝，逢吉黨大懼，相與[一]作僞謡云云，以度平元濟也。」

校按：

【一】「相與」，文淵閣《四庫全書》本《唐書》作「權輿」。

唐懿宗咸通七年童謠

草青青，被嚴霜。鵲始巢復，看顛狂。◎蘭按，《唐書·五行志》無「巢」字。

唐咸通末成都童謠

咸通癸巳，出無所之。蛇去馬來，道路稍開。頭無片瓦，地無殘灰。◎蘭按，《唐書·五行志》：「咸通十四年，歲陰在巳，明年在午。巳，蛇也；午，馬也。」

唐僖宗乾符中童謠

金色蝦蟆爭努眼，翻却曹州天下反。後王仙芝反於曹州，黄巢繼之。◎蘭按，此本《唐書·五行志》。

唐僖宗中和中童謠

黄巢走，泰山東，死在翁家翁。後黄巢入泰山，至虎狼谷，爲其下林言所殺。◎蘭按，此本《唐書·五行志》。又按，《册府元龜》：「中和初有謠云云。時巢死之處民家乃姓翁也。」

梁朱温蜀山謠

《五代史》：劉知俊初事梁太祖，後奔蜀。王建雖加寵任，然亦忌之。嘗謂近侍曰：「劉知俊非爾輩能駕馭，不如早爲之所。」有嫉之者，於閭里間作此謠。知俊色黔，丑生。「椶繩」者，王氏子孫皆以「承」「宗」爲名。以此疑忌之，遂見殺於成都。

黑牛出圈椶繩斷。《朝野僉載》云：黑牛無係絆，椶繩一時斷。

後梁秦隴間謡

貓貓引黑牛，天差不自由。但看戊寅歲，揚在蜀江頭。《朝野僉載》曰：竹䶉生於深山，取之甚艱。岐灤暱眦之間，秦隴之地，無遠近，此物争出，或穿牖壞城，或自門闑而入。犬食不盡，則並入人家房内，秦民之口腹飫焉，童謡云云。庚午歲，劉知俊叛梁入秦，天下破，入蜀。王建殺知俊，粉其骨，揚入蜀江，正戊寅之歲也。

李後主時江南童謡《南唐近事》。

索得娘來忘却家，後園桃李不生花。猪兒狗兒多死盡，養得猫兒患赤瘕。娘，謂再娶周后。猪狗死，謂盡戊亥年。赤瘕，目病。貓有目病，則不能捕鼠，謂不見丙子之年也。

周廣順初江南伏龜山圮石函鐵銘

◎蘭按，《宋史・五行志》：『周廣順初，江南伏龜山圮，得石函，中有鐵銘云：「維天監十四年秋八月，葬寶公於是。」銘有引云：「寶公嘗爲偈，大字書於版，帛冪之。人欲讀者，必施數錢乃得，讀訖即冪之。」是時，名士陸倕、王筠、姚察而下皆莫知其旨。或問之，曰在五百年後。卒，乃鑄其偈同葬焉。』

莫問江南事，江南事有憑。乘雞登寶位，跨犬出金陵。子建司南位，安仁秉夜燈。東鄰家道闕，隨虎遇明興。其後李煜降於宋，好事者云：煜以丁酉年生，辛酉年襲位，即雞也。開寶八年甲戌，江南國滅，是跨犬也。『子建』，曹彬也；『安仁』，潘美也。其後太平興國，戊寅，吴越王錢俶舉國入朝，即『東鄰』也。『家道闕』，無錢也。『隨虎』，戊寅年也。

天祐中江南童謡《江南野録》。

東海鯉魚飛上天。徐知誥冒姓李氏。東海，徐氏之望，鯉，其冒也。

隴西謡

◎蘭按，《全唐詩》「謡」作「諺」，二「樞」字俱作「驅」，此疑誤。

郎樞女樞，十馬九駒。安陽大角，十年九櫝。四地名，皆在隴西，言宜畜牧也。

獄中無係囚，舍内無青州。假令家道乏，腹内不懷憂。謡云云，青州人惡俗。

蜀中埽地和尚謡

王建據蜀之後，有一僧常持大帚，每遇即汛埽，人以埽地和尚目之。埽畢，輒寫云云。◎蘭按，此本《蜀檮杌》。

水行仙，怕秦川。其後王衍秦川之禍，人方悟「水行仙」，「衍」字也。

周顯德中齊州謡

踏陽春，人間二月雨和塵。陽春踏盡西風起，腸斷人間白髮人。

宋初五更謡

◎蘭按，此本《宋史·五行志》。

寒在五更頭。宋始終凡三百十七年，顯德庚申受命，至德祐庚申凡五庚申，是五更頭也。

宋開寶初廣南謡

開寶初，廣南劉鋹令民間置貯水桶，號防火大桶，民謡云：

羊頭二四，白天雨至。後宋以辛未年二月四日擒鋹，識者以爲宋以火德王，房爲宋分野。羊，未神也。雨者，天水趙姓也。防與房，桶與統，同音。◎蘭按，此本《宋史·五行志》。《青箱雜記》作『羊二四日天雨至』。

宋皇祐中邕州謡

農家種，糴家收。時儂智高反，宣徽使狄青平之。◎蘭按，此本《宋史·五行志》。

皇祐中汾河謡《東齋紀事》。

漢似胡兒胡似漢，改頭換面總一般，只在汾州洲子畔。狄青，汾河人，以平儂智高功爲樞密使。疾之者欲以謡言中傷之。范鎮曰：『此唐太宗殺李君羡，上安肯爲之？』

宋真宗時童謡

欲得天下甯，須拔眼中丁。欲得天下好，無如召寇老。

宋元祐中童謡

大惇小惇，殃及子孫。大惇，章惇；小惇，安惇也。

宋元康末市井謡

喝道一聲下階，齊脱了紅繡鞋。後金人入汴，宫人皆驅逐北行。

宋欽宗時童謡

◎蘭按，《宣和遺事》：『靖康初，金人犯邊。求言之詔凡幾下，往往事緩則阻抑言者，當時民謡云云。』

城門開，言路閉。城門閉，言路開。

宋紹興中鼎澧謡

鼎澧間，大盜夏誠、劉衡、楊么據洞庭湖，自云。後爲岳飛所擒。

若是欲我，除是飛來。◎蘭按，《宋史·岳飛傳》作『欲犯我者，除是飛來。』

宋淳熙中梁宋間童謡

黄河災，天水來。時水决入汴梁，宋間有此謡。天水者，宋姓也，遺黎以爲恢復之兆。

淮西汪秀才歌

舒城狂生汪革謀不軌，州兵入其家縛之。

有个秀才姓汪，騎个驢兒渡江。江又過不得，做盡萬千趨蹡。◎蘭按，《宋史·五行志》：『淳熙中，淮西競歌《汪秀才曲》曰：「騎驢過江，過江不得。」又爲猱舞以和之。後舒城狂生汪格謀不軌，州兵入其家縛之。其子拒殺，聚惡少數千爲亂，聲言渡江。事平，格亦伏誅。」

宋淳熙十四年都城市井歌

◎蘭按，此本《宋史·五行志》。

汝亦不來我家，我亦不來汝家。後紹熙二、三年，其事始應於兩宫。

宋嘉定三年都城市井歌

◎蘭按，此本《宋史·五行志》。

東君去後花無主。未幾，景獻太子薨。

宋淳熙末莎衣道人歌

胡孫死，鬧啾啾，也須還我一百州。後金酋葛王死。其孫璟立不以序，諸酋長争立，内亂，志士以不撫定爲惜。

宋季白雁謡

江南若破，白雁來過。◎蘭按，《輟耕録》：「宋未下時，江南謡云云。當時莫喻其意，及宋亡，蓋知指丞相伯顔也。」

元末真定童謡

塔兒白，北人是主南人客。塔兒紅，南人來做主人公。◎蘭按，《元史·五行志》所載與此微異，詳《拾遺》中。

元至正中大理童謠

莫道君爲山海主，山海笑咳咳。園中花謝千萬朵，別有明主來。◎蘭按，《明詩綜》云：「金陵初建，滇南段寶遣其叔真，自會川奉表歸款，朝廷亦以書報之，時有妖巫女歌云云。」「咳咳」作「諧諧」。

元至正中燕京童謠 三首。

牽郎郎，拽弟弟，打破碗兒便作地。

陰涼陰涼過河去，日頭日頭過山來。

腳驢斑斑，腳躐南山。南山北斗，養活家狗。家狗磨麪，三十弓箭。上馬琵琶，下馬琵琶。驢蹄馬蹄，縮了一隻。

元景州童謠

皇舅墓門閉，運糧向北去。皇舅墓門開，運糧向南來。◎蘭按，《輟耕錄》：「河間路景州一土阜，相傳爲皇舅墓。自國家奄混區夏，即有謠云云。至正辛卯，中原大水，舟行木杪間。及水退，土阜崩圮，墓門顯露。繼後，天下多事，海道不通。」

元明宗時童謠

牡丹紅，禾苗空。牡丹紫，禾苗死。明帝在位五年而崩，廟諱乃「和」字也。

元末湖湘中童謠

不怕水中魚，只怕岸上猪。猪過水，見糠止。

元末蘇州童謠

黄菜葉，西風來，便乾折。今作「癟黄菜葉」，皆張士誠用事者。◎蘭按，《明史·五行志》：「太祖吴元年，張士誠弟僞丞相士信及黄敬夫、葉德新、蔡彦文用事。時有十七字謡云：「丞相做事業，專靠黄菜葉。一朝西風起，乾鼈。」」又按，「癟」當作「癟」，避例切。

洪武中童謡

鬍胖長，官人不商量。《解縉奏疏》云：「椎埋嚚悍之夫，闒茸下愚之輩。朝捐刀鑷，暮擁冠裳。左棄筐篋，右符簪組。剔履之賤，衮繡巍峩。負販之傭，車馬赫奕。賢者羞爲之等列，庸人患習其風流。」故有「官人不商量，做官没盤纏」之謡。

周顛仙鄉譚常謡

世間甚麽動得人心？只有臙脂胚粉，動得婆娘嫂裹人。

革除中童謡

煙，煙，北風吹上天。

團團旋，窠裏亂。北風來，便吹散。

正統中京師小兒禱雨謡

雨地雨地，城隍土地。雨若大來，謝了土地。《水東日記》云：又有群兒環繞，一人按月問云。正月裏狼來咬羊，齊拒之。至八月，則放狼入。尤協後之驗也。◎蘭按，《名山藏》：『景泰八年正月，帝病不瘳。石亨與徐有貞等夜奪門迎太上皇出南宫，即皇帝位。先是，正統中，京師小兒禱雨之謡云云。「雨」「御」「地」「弟」，音相近也，蓋至是驗云。』今《明史·五行志》『大來』作『再來』；『謝了』作『還我』。

正統乙巳童謡

牛兒呵莽著，黄花地裏儻著。你也忙，我也忙，伸出角來七尺長。清俊小後生，青布衫，白直身，好个人。屈死在，鷂兒嶺。

天順丁丑童謡

京城老米貴，那裏得飯廣。鷺鷥冰上走，何處尋魚嗛。范廣，天順中名將。于謙，少保肅愍公也。未幾，范廣死，謙遭石亨之患。

正德中川蜀童謡

時有流賊藍廷瑞、鄢老人之變。統御非人，官軍所過，掠劫甚於流賊，百姓歌之。

强賊放火，官軍搶火。賊來梳我，軍來篦我。

正德北京童謡

馬倒不用喂，鼓破不用張。馬永成、張永、谷大用、魏彬四宦，專權害政，後皆廢出。鼓，即谷也。燕京之音，呼谷爲鼓云。

嘉靖初童謡

前頭好個鏡，後頭好个秤。鏡也不曾磨，秤也不曾定。

又

半秫黍，磨成麪。東街咽瞪眼，西街喫磨扇。姐夫若要喫白麪，只待明年七月半。
太廟香爐跳，午門石獅叫。
好群黑頭蟲，一半變蛤蚧，一半變人龍。

古今諺補注

古今諺補注

明成都楊慎升菴纂
樂亭後學史夢蘭補注

《泰誓》引『古人有言：牝雞無晨』，《大雅》云『人亦有言：惟憂用老』，並上古遺諺，《詩》《書》所引者也。至於陳琳諫辭，『掩目捕雀』；潘岳哀辭，稱『掌珠伉儷』，並引俗說而爲文辭也。夫文辭鄙俚，莫過於諺；而聖賢詩書，采以爲談。況踰此者，可忽乎哉！【一】◎蘭按，此全録梁劉勰《文心雕龍·書記篇》之文也。其上文云：『諺者，直語也。喪言亦不及文，故弔亦稱諺。廛路淺言，有實無華。鄒穆公云「囊滿儲中」，皆其類也。』

校按：

【一】吴省蘭《藝海珠塵》本在此條末加按語云：『省蘭按，原本首行前低二格有「古諺不可忽」五字，不成體例，今删。』結合下兩條來看，楊慎《古今諺》前三條似是對古今諺的綜論，故應恢復『古諺不可忽』的條目。

諺、喭【二】、唁同

論語云：『由也諺。』諺，俗論也，或作喭，見《文選》注。又作唁。劉勰曰：諺、喭、唁同一字。諺者，直語也。廛路淺言，有質無華。喪言不文，故弔亦稱唁。劉子《新論》：『子游裼裘而諺。曾子指揮而哂。』是諺與唁同也。

校按：

【一】『喭』原刻爲『諺』。

諺語有文理

諺語云：三九二十七，籬頭吹觱栗。言冬至後，寒風吹籬落，有聲如觱栗也。合於《莊子》『萬竅怒號』之説，而可以爲《豳風》『一之日觱發』之解矣。賈人之鐸，可以諧【二】黃鐘；田夫之諺，而契周公之詩。信乎。六律之音，出於天籟；五性之文，發於天章。有不待思索勉强者，此非自然之詩乎？余嘗戲集諺語爲古人詩詞中所引者數條，今附於此。『月如彎弓，少雨多風。月如仰瓦，不求自下』，羅景綸詩用之；『朝霞不出市，暮霞走千里』，范石湖詩用之；『乾星照濕土，來日依舊雨』，王建詩用之；照泥星出依然黑，爛漫庭花不肯休。『礮車雲』，東坡詩用之；今日江頭風勢惡，礮車雲起雨欲作。『風花雲起，下散四野，如煙霧也』，晁無咎詩用之；明日揚帆應復駛，蒸雲散亂作風花。『日没胭脂紅，無雨也有風』，梅聖俞詩用之。日脚射空金縷直，西望千山萬山赤。野老先知雨有風，明日望此重雲黑。◎蘭按，原本以上夾註之字，皆以大字直書，兹特改之，以清麋目。『東鱟晴，西鱟雨』，則《詩》所謂『朝隮於西，崇朝其雨』也；『霜淞打雪淞，貧兒備飯甕』，則東坡詩所謂『敢怨行役勞，助爾歌飯甕』也；『日暈主雨，月暈主風』，則梅聖俞所謂『月暈每多風，燈花先作喜。明日挂歸帆，春湖能幾里』也；『天河中有黑雲，謂之黑猪渡河，主雨』，則蕭冰崖所謂『黑猪渡河天不風，蒼龍銜燭不敢紅』也；『秋甲子雨，禾頭生耳』，則杜工部所謂『禾頭生耳禾穗黑』也。他如『雨灑上元燈，雲掩中秋月』，又『黄梅寒，井底乾』，又云『河射角，好夜作。犂星没，水生骨』，又云『春寒四十五，貧兒市上舞。貧兒且莫誇，且過桐子花』，又云『黄梅雨未過，冬青花未破。冬青花已開，黄梅雨又來』，又云『舶棹風雲起，旱魃深歡喜』，又云『商陸子熟，杜鵑不哭』，皆爲唐宋詩人引用。若陸機《詩疏》引諺云『黄栗留，看我麥黄椹黑否』，《詩疏》引[二]『蜻蛚鳴，衣裘成。蟋蟀鳴，嬾婦驚』，《夏小正》註引『天河東西，漿洗寒衣』，《國語》注引古語『上長冒橛，陳根可拔，耕者急發』，《四民月令》引農謡『三月昏，參星夕。杏葉盛，桑葉白』，又云『杏子開花，可耕白沙』，又『貸我東蘠，償我白粱』，先儒皆以解經，不但詩詞之資而已。詩詢芻蕘，舜察邇言，良有以哉。

校按：

【一】『諧』原刻爲『鍇』。

【二】『《詩疏》引』，《藝海珠塵》本作『又引』。

《賈子》引黄帝語

日中不彗，是謂失時。操刀不割，失利之期。執斧不伐，賊人將來。涓涓不塞，將爲江河。熒熒不救，炎炎奈何。兩葉不去，將用斧柯。爲虺弗摧，行將爲蛇。賈子書所引，止首四句。餘見《太公兵法》，蓋即漢《藝文志》、黄帝《巾機銘》、孔甲《盤盂書》也。銘云：『無掘壑而附邱，無舍本而治末。日中必彗，操刀必割，執斧必伐。日中不彗，是謂失時。操刀不割，是謂失利。執斧不伐，賊人將來。涓涓不塞，將爲江河。熒熒不救，炎炎奈何。兩葉不去，將用斧柯。』此銘漢以下文士多引用之，而不見其全，惟見於兵書如此。

《太公兵法》引黄帝語

余居民上，摇摇恐夕不至朝，慄慄恐朝不及夕。兢兢業業，日慎一日。人莫蹪於山，而蹪於垤。

《韓非子》引先聖諺

人莫蹪於山，而蹪於垤。《韓非子》引此，云『先聖有諺』。可證巾機之銘出於黄帝無疑矣。

《韓非子》引先聖言

規有摩而水有波，我欲更之無奈之何。此云先聖言而句有韻，疑亦《巾機銘》之類也。

《孟子》引夏諺

吾王不遊，吾何以休。吾王不豫，吾何以助。劉熙曰：『春行曰遊，秋行曰豫。』《左傳》：『季氏有嘉樹，韓宣子譽之。』服虔曰：『譽，與豫同；游於樹下也。』唐宋之間詩：『春豫臨池近』，本作『春豫靈池宴』。

《曾子》引諺

人莫知其子之惡，莫知其苗之碩。

《左傳》羽父引周諺 隱十一年。

山有木，工則度之。賓有禮，主則擇之。

虞叔引周諺【一】

匹夫無罪，懷璧其罪。

校按：

【一】《藝海》本原有小注『桓十年』。

士蔿引諺 閔元年。

心苟無瑕，何恤乎無家。

宫之奇引諺

輔車相依，脣亡齒寒。輔，頰也；車，牙車。又曰頷車，牙下骨之名也。輔爲外表，車爲内骨。

鄭諺 僖七年，鄭大夫孔叔言于鄭伯。

心則不兢，何憚於病。言心既不能自强，何畏難於卑弱之病？即齊景公所云『既不能令，又不受命』也。《左傳》：『既不能强，又不能弱。』

宋諺 文公二年。

庇焉，而縱尋斧焉。八尺曰尋，所以量木也。借木之庇而縱放尋以量之，斧以伐之。

鄭子產引古言 文十七年。《正義》曰：『古人有言，非謂前代之人有此言也，據今時而道前世。』

畏首畏尾，身其餘幾。

鹿死不擇音。音，讀作休蔭之蔭。

晉伯宗引古言 宣十五年。

雖鞭之長，不及馬腹。

伯宗引諺

高下在心。川澤含污，山藪藏疾。瑾瑜匿瑕，國君含垢。《漢書》亦引此諺，無『高下在心』一句。

羊舌職引諺 宣十六年。

民之多幸，國之不幸也。

韓厥引古言 成十七年。

殺老牛莫之敢尸。

荀息引人有言曰 昭七年。

挈瓶之智，守不假器。

子産引古言 昭七年。

其父析薪，其子弗克負荷。

子服惠伯引諺 昭十三年。

臣一主二。

子產引諺 昭十九年。

無過亂門。◎蘭按，此本《左傳》。《周語》作『無過亂人之門。』

楚令尹子瑕引諺 昭十二年[一]。

室於怒，市於色。《戰國策》：怒於室者色於市。

校按：

【一】『昭十二年』，據楊伯峻《春秋左傳注》（中華書局，一九八一年版）當爲『昭公十九年』。

宋對楚薳越 昭二十二年。

唯亂門之無過。

子太叔引人亦有言 昭二十四年。

嫠不恤其緯，而憂宗周之隕，爲將及焉。

魏子引諺 昭二十九年。

唯食忘憂。《國語》作『唯食可以忘憂』。

周太子晉引人有言 《國語》。

無過亂人之門。亂人，狂悖怨亂之人。無過其門干其怒也。佐饍者嘗焉，佐鬬者傷焉。俗言助祭得食，助鬬得傷。禍不好，不能爲禍。財色之禍，生於好之。

單穆公引諺

衆心成城，衆口鑠金。

衛彪奚引諺

從善如登，從惡如崩。

單襄公引諺

獸惡其網，民惡其上。

鄭叔詹引諺

黍稷無成，不能爲榮。黍不爲黍，不能蕃膴。稷不爲稷，不能蕃殖。所生不疑，惟德之基。

越諸稽郢引諺

狐埋之而狐搰之，是以無成功。

越王引諺 注：諺，俗之善語也。

觥飯不及壺飧。盛饌未具，不如壺飧之救饑疾也。

《列子·楊朱篇》引古語

生相憐，死相捐。

又引古語

人不婚宦，情欲失半。人不衣食，君臣道息。

又引周諺

田父可坐殺。◎蘭按，田父晨出夜入，自以性之恒；啜菽茹藿，自謂味之極。一朝處以軟毛綈，薦以粱肉蘭味，心痟體煩內熱，生病矣。

《荀子》引民語

欲富乎，忍恥矣。◎蘭按，二句下尚有「傾絶矣，絶故舊矣，與義分背矣」三句。注：「忍恥」，不顧廉恥；「傾絶」，謂傾身絶命而求也；分背如人，分背而行。

《荀子》引古言《子道篇》。

衣與繆與不女聊。與、歟通。言雖衣服我，綢繆我，而不敬不順，則不聊汝也。

《戰國策》引語

騏驥之衰也，駑馬先之。孟賁之倦也，女子勝之。◎蘭按，「倦」本作「勸」。

《楚策》莊辛諺注：傳言曰諺。

見君之乘下之，見杖起之。

《楚策》莊辛引鄙語

見兔而顧犬，未爲晚也。亡羊而補牢，未爲遲也。「牢」一作「籬」，古音同。

荀卿《謝春申君書》引諺

癘人憐王。《韓非子》：厲憐王，此不恭之語也。雖然，古無虚諺，不可不審察也。

孟嘗君引鄙語

借車者馳之，借衣者披之。

《鬼谷子》引古語

女愛不敝席，男歡不盡輪。《戰國策》：寵女不敝席，寵臣不敝軒。

齊語《七略》。

天口駢，談天衍，雕龍奭，炙轂輠髡。《史記》無「天口駢」三字，駢指田駢也。

蘇秦説楚 一作張儀。

削株握根，無與禍鄰，禍乃不存。

蘇秦説韓引鄙語

寧爲雞口，無爲牛後。◎蘭按，此本《史記·蘇秦傳》。《戰國策》作『寧爲雞尸，不爲牛從。』注：尸，雞中主也；從，謂牛子也。

《韓策》張儀引諺

貴其所以貴者貴。所以貴人所同貴。

《韓策》周最引語

怒於室者色於市。

燕王謝樂閒書引諺

厚者不毀人以自益也，仁者不危人以要名也。◎蘭按，劉向《新序》引作『厚者不損人以自益，仁者不危軀以要名。』

《孟子》引齊人言

雖有智慧，不如乘勢。雖有鎡基，不如待時。賈逵曰：「基，耨也。耨六寸，所以間稼。」

周諺

《説苑》：鄒穆公引周諺云：

囊漏貯中。今語則云「船裏不漏針也」。◎蘭按，「貯」，一作「儲」。

管子諷桓公

不行其野，不違其馬。言馬所以行野，雖不行野，亦不可不調習也。

牆有耳；伏寇在側。牆有耳者，微謀外泄。古有二言。

鶡冠子

中流失船，一壺千金。船音循。《釋名》：「船，循也，循水而行也。」

師春引古語

斧小不勝柯。

牟子引古諺

少所見，多所怪。見橐駝，言馬腫背。

趙武靈王引

以書爲御者，不盡馬之情。以古制今者，不達事之變。

祁奚引

擇君莫若臣，擇子莫若父。《管子》亦引云：『知臣莫若君，知子莫若父。』

列子

爭魚者濡，逐獸者趨。《吕覽》：救溺者濡，救奔者趨。

申叔時引

牽牛以蹊人之田，而奪覊冠子之牛。牽牛以蹊者，信有罪矣；而奪之牛，罰已重矣。

趙文子引古諺

善人在患，弗救不祥。惡人在位，弗去亦不祥。

《四民月令》引農謡

河射角，堪夜作。犂星没，水生骨。

麻黄種麥，麥黄種麻。夏至後，不没狗。言種麻貴在夏至前。但雨多，没槖駝。五月及澤，父子不相借。並言麻候。

子欲富，黄金覆。謂秋後種麥，曳柴壅麥根也。

羸牛劣馬寒食下。◎蘭按，此言其乏食瘠瘦，春中必死。

智如禹湯，不如常耕。

鋤頭三寸澤。言耕之益也。「子欲富，黄金覆」，言耔之益也。

富何卒，耕水窟。貧何卒，耕水窟。

耕而不勞，不如作暴。◎蘭按《農書》，勞，郎到切，無齒耙也。但耙柄之間，用條木編之以摩田也，一名蓋。

雲行東，車馬通。雲行西，馬濺泥。雲行南，水漲潭。雲行北，好曬麥。

未雨先雷，船去步歸。◎蘭按，「歸」，一作「來」。

鴉浴風，鵲浴雨。

春甲子雨，乘船入市。夏甲子雨，赤地千里。秋甲子雨，禾頭生耳。冬甲子雨，飛雪千里。◎蘭按，

《朝野僉載》引此，作『春雨甲子，赤地千里。夏雨甲子，乘船入市』。又，『飛雪千里』，一作『牛羊凍死』。

上火不落，下火滴沰。言丙子日也。沰，音奪。

稻秀雨澆，麥秀風搖。

雨打梅頭，無水飲牛。

舶棹風雲起，旱魃深歡喜。

《易緯》引古語

一夫兩心，拔刺不深。

躓馬破車，惡婦破家。

《詩疏》引齊諺

上山斫檀：榝榼先殫。榝音遂，榼音今。檀與二木相似。

斫檀不諦得繫迷，繫迷尚可得駮馬。駮馬亦木名，馬音如塗抹之抹。檀與二木又相似。

富辰引諺

兄弟讒鬩，侮人百里。

《春秋緯》引古語

叶珠於澤，誰能不合。

月麗於畢雨滂沲，月麗於箕風揚沙。

《詩疏》引上黨人調◎蘭按，《詩·榛楛濟濟》疏：『楛，木名。上黨人屈以爲釵，故調云云。』

問婦人，欲買赭，不謂竈下有黄土。欲買釵，不謂山中自有楛。

《河圖》引蜀謡

汶阜之山，江出其腹。帝以會昌，神以建福。

《三秦記》民謡

武功太白，去天三百。孤雲兩角，去天一握。山水險阻，黄金子午。蛇盤烏櫳，勢與天通。

《詩疏》引齊語

疲馬不渡澠水。澠水之流迅急。

《列女傳》引古謡

食石食金鹽，可以支長久。食石食玉豉，可以得長壽。金鹽，五加皮也；玉豉，地榆也。

秦喭

虞喜《志林》：『秦穆公夢之天帝所，奏鈞天廣樂，賜以金策祚世之業，當時有喭曰。』喭、諺同。

天帝醉秦暴，金誤隕石墜。張衡《西京賦》：昔者，天帝悦秦穆公而覲之，享以鈞天廣樂。帝有醉焉，乃爲金策，錫用此土，而翦諸鶉首。即此語也。◎李義山詩：『自是當時天帝醉，不關秦地有山河。』

泗上諺

《水經注》：周顯王四十二年，九鼎淪没泗淵，秦始皇時見於泗水。始皇大喜，使數千人入水求之。絲而未出，龍齒斷其絲，故泗上爲之謡曰：

稱樂太早絶鼎絲。

皐魚引語

◎蘭按，此本《孔子家語》。

枯魚銜索，幾何不蠹。索，音素。古索、素同音，《中庸》『索隱』即『素隱』也。

魯仲連引古語

百足之蟲，三斷不蹶。《墨子》亦引此，『百足』作『馮功』。馮功，蟲名。『蹶』一作『僵』。

馮功之蟲，三斷不僵。◎蘭按，《墨子》引此作『馮功之蟲，至死不僵』。『僵』，讀鞠躬之『躬』。

劉向《别録》引古語

脣亡而齒寒。河水崩，其壞在山。

《鄒子》引古語

截趾適履，孰云其愚。何與斯人，追欲喪軀。

蘇秦謂秦王

◎蘭按，此本《戰國策》。秦伐趙，蘇子引語云云。物，事也。斷，猶止。言戰事不止。

戰勝而國危者，物不斷也；身大而權輕者，地不入也。

韓非引諺

奔車之上無仲尼，覆車之下無伯夷。奔音僨。

《文選注》引古諺

越阡度陌，互爲主客。

韓非引諺《韓非子》：先王聽諺言於市。

爲政猶沐也，雖有棄髮，必爲之。《淮南子》：聖人用兵如澤髮，耨苗棄少而存多。

韓非引諺

巫咸雖善祝，不能自祓也。秦越雖善醫，不能自治也。◎蘭按，「秦越」二語，今本《韓非子》作「秦醫雖善除，不能自彈也」。

韓非引諺

莫衆而迷。又曰「莫三人而迷」。

韓非引鄙諺

長袖善舞，多錢善賈。言多資之易爲工也。

《列女傳》引諺

力田不如遇豐年，力桑不如見國卿，刺繡文不如倚市門。◎蘭按，《史記·貨殖列傳》引作「農不如工，工不如商，刺繡文不如倚市門」。

《尉繚子》引諺

千金不死，百金不刑。《史記》：千金之子，不死於市。

《劉子》引古諺 ◎蘭按，劉晝，字孔昭。

深不絶涓泉，稚子浴其淵。高不絶邱陵，跛羊遊其顛。

《莊子》引野語

聞道百以爲莫己若。

《莊子》引古語

美成在久，惡成不及改。改，《韻補》音『以』。

《賈子》引鄙諺 ◎蘭按，以下二條俱本《漢書·賈誼傳》。

不習爲吏，視己成事。◎蘭按，《大戴禮》云：『不習爲吏，爲視己事。』

又引里諺

欲投鼠而忌器。

鄒陽引古語 ◎蘭按，《史記》《漢書》「白頭」上俱有一「有」字。《史記》注：「言内有以相知與否，不在新故也。」

白頭如新，傾蓋如故。《文選注》引作「白頭而新，傾蓋而故」，意尤明白。

武帝策問引古語 ◎蘭按，此本《漢書·董仲舒傳》。瑑，謂琢刻爲文也。

良玉不瑑。

中山王引 ◎蘭按，此本《漢書》。

社鼷不灌，屋鼠不熏。《韓詩外傳》作「稷蜂不薰」。

公孫弘引古語 ◎蘭按，此本《漢書》。

揉曲木者不累日，銷金石者不累月。

司馬相如引鄙諺 ◎蘭按，此本《漢書》。「累」原作「絫」。《史記》「千金」下有「者」字。

家累千金，坐不垂堂。

《袁盎傳》引 ◎蘭按，《史記》作『坐不垂堂』。注：『如淳曰：「騎，倚也。衡，樓殿邊欄楯也。」韋昭曰：「衡，車衡。」』

千金之子不垂堂，百金之子不騎衡。

越椒子文引 ◎蘭按，此本《左傳》。

狼子野心。

東方朔引古語 ◎蘭按，《漢書》『管窺』原作『筦闚』。

水至清則無魚，人至察則無徒。《列子》：察見淵魚者不祥，智料隱慝者有殃。◎《後漢書》：水清無大魚。

以管窺天，以蠡測海，以莛撞鐘。《史記》：以管窺天，以隙視文。

《韓安國傳》引古語 ◎蘭按，《漢書》作『力不能入魯縞』。注：『縞，素也。曲阜之地，尤爲輕細，故以取喻也。』

衝風之衰不能起毛羽，强弩之末不能穿魯縞。《漢書》。

强弩之末不能穿魯縞，衝風之末不能起鴻毛。《史記》。

路温舒引俗語◎蘭按，此本《漢書》。

畫地爲獄議不入，刻木爲吏期不對。◎蘭按，《説苑》引此，「不」字下俱有「可」字。

劉輔引里語◎蘭按，此本《漢書》。

腐木不可以爲柱，卑人不可以爲主。

王嘉引里諺◎蘭按，此本《漢書》。

千人所指，無病而死。

馮衍説廉丹《後漢書》。

人所歌舞，天必從之。古語：人所歌舞，天必從之。人所咀嚼，神必凶之。

李固引語《周舉傳》。◎蘭按，《後漢書》，此本《黄瓊傳》，非《周舉傳》。葢以二傳相連而誤。

嶢嶢者易缺，皦皦者易污。陽春之曲，和者必寡。盛名之下，其實難副。

李業傳◎蘭按，《後漢書·獨行傳》。此太守劉咸怒業語，非諺也。

轂弩射市，薄命先死。

鮑永傳 ◎蘭按，《後漢書》作「幾事不密，禍倚人門」。乃太守苟諫戒永語，非諺也。

機事不密，禍倚人壁。

王符引諺

一歲數赦，好兒喑啞。◎蘭按，今本《潛夫論》作「一歲載赦，奴兒噫嗟」。崔寔《政論》作「一歲再赦，奴兒噫唶」。

桓譚引諺

人之相去，如九牛毛。◎蘭按，此本《晉書·華譚傳》。原作「桓譚」，誤。

二人同術，誰昭誰冥。二虎同穴，誰死誰生。本《逸周書》。◎蘭按，此周祝解中語，非諺也。與桓譚、華譚俱無涉，當是誤入。

《韓嬰詩傳》引古語

昨日何生，今日何成。必念歸厚，必念治生。日慎一日，完如金城。

《虞卿贊》引鄙諺 ◎蘭按，此本《史記》。

利令智昏。

《黄歇傳》引語 ◎蘭按，此本《史記·春申君傳贊》。

當斷不斷，反受其亂。

韓信傳 ◎蘭按，上條本《史記·淮陰侯傳》。「走」作「良」，「飛」作「高」。下條本《漢書·蒯通傳》。原俱作《史記·韓信傳》，誤。

狡兔死，走狗烹；飛鳥《六韜》作「高鳥」盡，良弓藏；敵國破，謀臣亡。

野禽殫，走犬烹；敵國破，謀臣亡《史記》。

晁錯傳 ◎蘭按，《史記》傳贊「易常」作「亂常」。

變古易常，不死則亡。

《韓安國傳》引語 ◎蘭按，《漢書》無兩「其」字。注：「師古曰：『言其恩愛不可必保也。』」

雖有親父，安知其不爲虎。雖有親兄，安知其不爲狼。

《李廣傳》引諺 ◎蘭按，此本《史記傳贊》。

桃李不言，下自成蹊。

《郭解贊》引諺 ◎蘭按，此本《史記·游俠傳贊》。

人貌榮名，豈有既乎。

《貨殖傳》引諺 ◎蘭按，此本《史記》。

千金之子，不死於市。

《史記·趙世家》引古諺 ◎蘭按，原本以下共引三條，因與前後複，從删。

死者復生，生者不愧。

《后妃傳》引諺

美女入市，惡女之仇。◎蘭按，「市」一作「室」。

《王陵傳》引諺 ◎蘭按，《漢書》作「鄙語」。

兒婦人口不可用。

王夫人傳◎蘭按，《漢書·王夫人傳》無此文，不知莽菴何本。《説苑·説叢篇》『麻中』作『枲中』，『在泥』作『入泥』。

蓬生麻中，不扶自直。白沙在泥，與之皆黑。《曾子書》作諺曰。泥，一作涅。

衛鞅傳◎蘭按，此本《史記》。

千羊之皮，不如一狐之腋。千人之諾諾，不如一士之諤諤。

張儀傳◎蘭按，此本《史記》。

積羽沉舟，群輕折軸。衆口鑠金，積毀銷骨。《中山王傳》：臣聞『衆口鑠金，積毀銷骨。群輕折軸，羽翮飛肉』。

◎蘭按，《漢書》『群輕』作『叢輕』。

甘茂傳◎蘭按《史記》，此韓公仲使蘇代謂向壽之言。

禽困覆車。

《王翦傳》引鄙語◎蘭按，此本《史記·王翦傳贊》。

尺有所短，寸有所長。

諺

慈不掌兵，義不主財。君子曰：惟慈掌兵，惟義主財。《論語》曰：『仁者必有勇。』非慈何以掌兵？《易》曰：『理財正辭，禁民爲非，曰義。』非義何以主財？不慈掌兵，賊也。不義主財，盜也。◎蘭按，原本此條皆以大字直書，題上並有『慈掌兵義主財』六字，似於前後體例有歧。後『宋人諺』條亦類此，皆從改正。

古諺古語 載籍通引。

終身讓車，不枉一舍。

惑者知反，迷道不遠。

仕宦不止車生耳。耳，車旁㦸也。古謡：黄金車，斑蘭耳。

心誠憐，白髮玄。情不怡，艷色媸。《魯連子》。

不斑白，語道失。

白刃交前，不顧流失。

堂上不糞除，郊草不瞻耘。

一淵不兩蛟。又曰：一栖不兩雄。又曰：兩雄不並栖。

井水無大魚，新林無長木。

林中不賣薪，湖上不鬻魚。

觸露不掐葵，日中不翦韭。◎蘭按，此本《爾雅翼》。

乳犬攫虎，伏雞搏狸。

金可作，世可度。◎蘭按，《風俗通》二語「可」字上俱有「不」字。

白璧不可爲，容容多後福。左雄。

龍不隱鱗，鳳不藏羽。網羅高懸，去將安所。將飛者羽伏，將奮者足跼。將噬者爪縮，將文者且朴。蔡洪。一本作『將飛者翼伏，將奮者足跼，將攫者爪縮，將文者且朴。伏龍非我馬，白日非我燭。藏之嘿之，保此元僕』。『伏龍』『白日』二句，言時不待人也，千古奇句。

猛虎不處卑勢，勁鷹不立垂枝。◎蘭按，此本魏太尉蔣濟《萬機論》。

中規不密，用墜禍辟。

鐸以聲自穴，膏以明自鑠。虎豹之文來射，猿狖之捷來擱。

上求材，臣殘木。上求魚，臣乾谷。

遁關不可復，亡犴不可再。

無鄉之社，易爲黍肉。無國之稷，易爲求福。

生男如狼，猶恐其尪。生女如鼠，猶恐其武。《女戒》。

生男如狼，猶恐如羊。生女如鼠，猶恐如虎。《貞觀政要》。

商師若烏，周師若荼。《鹽鐵論》。商用少，周用老也。《詩》曰：「方叔元老，克壯其猶。」

飛矢在上，走驛在下。《左傳》：交兵，使在其間。◎今語：兩國交兵，不罪來使。

非宅是卜，惟鄰是卜。《左傳·昭三年》，晏子引。注：「卜良鄰。」

民保於信。《左傳·定十五年》，戲陽速引諺。

學而不已，闔棺乃止。《韓詩外傳》引孔子語。

居者無載，行者無埋。《吕覽》引齊鄙人諺。言生不隱謀，死不隱忠也。◎蘭按，『載』讀作『輜』；『埋』，叶陵之反。

四足之美有麃，兩足之美有鷮。《詩正義》引語。

山川而能語，葬師食無所。肺腑而能語，醫師色如土。方回《山經》引《相冢書》。

妍皮不裹癡骨。

福至心靈，禍來神昧。《五代新書》。

足寒傷心，民怨傷國。並史炤《通鑒疏》引。

屋漏在上，知之在下。《梁史》。

峴山張葢雨滂沛。闞駰《十三州志》。

室無滯貨，不爲潤屋。

鬻棺者欲歲之疫。

有病不治，常得中醫。《漢書》引諺。◎蘭按，此本《藝文志》。

狧糠及米。《漢書》引語。◎蘭按，《史記》作『舐』；顔師古《漢書注》作『弛』。

誰爲爲之，孰令聽之。司馬遷引諺。

以貧求富，農不如工，工不如商。刺繡文不如倚市門。《史記》引諺。

貴易交，富易妻。◎蘭按，此本《後漢書·宋弘傳》。

作舍道旁，三年不成。《後漢書》引諺。

關東出相，關西出將。《虞詡傳》引諺。

射羊數跌，不如審發。譙周《仇國論》。

知星宿，衣不覆。言多拘忌反貧困也。《嵇康集》。

字三寫音主，魚成魯，帝成虎。◎蘭按，此本《抱朴子》。又《字經》：「三寫烏焉成馬。」此言人之誤書者。

力貴實，知貴卒。◎蘭按，劉勰《新論》原作「力貴突，知貴卒」。

狐向穴嗥，不祥。

作者不居，居者不作。

奴見大家心死。《斛律光傳》。

使口如鼻，終身不失。使口如闕，終身不殆。思無垢，忍無辱。《説苑》。

毋曰不幸，甑不墜井。

錢無耳，可闇使。魯褒《錢神論》。

仕無中人，不如歸田。魯褒《錢神論》。

人聞長安樂，出門向西笑。知肉味美，對屠門而嚼。桓譚引關東鄙語。

縷因針而入，不因針而急。《春秋後語》：女因媒而嫁，不因媒而親。

能理亂絲，始可讀詩。《藝文類聚》。

家貧不辦素食，匆冗不暇草書。

其母好者其子抱，其母惡者其子釋。韓非。

錦繡襄邑，羅綺朝歌。猶今云『金臨安，銀大理，銅茶陵，鉄攸縣』也。

千里不販樵，百里不販糴。

春雨變夏雨。《莊子》注引。言是非究竟，愈遠愈訛也。

其淵深者其魚美，其主賢者其臣惠。《韓詩外傳》。

兩國交爭，使在其間。水火相爭，彗鼎在其間。不聰不明，不能爲王。不癡不聾，不能爲公。《慎子》。

汝無自譽，觀汝作家書。《典論》引諺，言作家書質而難也。譽，音余。

政如冰霜，奸宄消亡。威如雷霆，寇賊不生。《正部》引諺。

屠者食藿羹，造車者多步行。鷺扇之翁手障暑，畜妓之夫恒獨處。《鄒子》。《新論》同。

甘瓜苦蒂，物無全美。《墨子》。

孤犢觸乳，驕子罵母。謝承《後漢書·仇覽傳》引諺。

父母何在在我庭，化我鴟梟哺我生。考城鄉邑諺，頌仇覽也。

左相宣威沙漠，右相馳譽丹青。三館學士放散，五臺令史明經。◎蘭按，《大唐新語》：『高宗朝，閻立本爲右丞相，姜恪以邊將立功爲左丞相。又以年饑，放國子學生歸。又限令史通一經，時人爲之語云云。』

首牛入西谷，逆犢上齊邱。杜臺卿《齊讖》。《史通》云『愁山定犢，彰於載謠』是也。

老吏抱案死。《劉炫傳》。

日在雨落，翁婆相撲。言陰陽不和也。《宋人小説》。◎蘭按，《詹曝偶談》「在」作「出」，「撲」作「角」。

縣官漫漫，怨死者半。《風俗通》引里語。言罷軟之官反害物也。◎蘭按，「怨」一作「冤」。

無肥仙人富道士。《抱朴子》。

屠者飯藿羹，造車者步行。梓匠處狹廬，陶者用缺甖。鬻扇翁，手障暑，畜妓之夫恒獨處。爲者不得用，用者不肯爲。爲者不得用以利動，用者不肯爲以富寵。《新論》。

吴諺、楚諺、蜀諺、滇諺

山擡風雨來，海嘯風雨多。

早霞紅丢丢，晌午雨瀏瀏。晚了紅丢丢，早晨大日頭。官糧辦，便無飯。吴諺。

樓梯天，晒破磚。

日出早，雨淋腦。日出晏，晒殺鴈。

魚兒秤水面，水來淹高岸。

水面生青靛，天公又作變。

蜻蜓高，穀子焦。蜻蜓低，一壩泥。

春寒四十五，窮漢出來舞。窮漢且莫誇，且過桐子花。反賊劉千斤，贓官姚萬兩。一九二九，相唤不出手。三九二十七，籬頭吹觱篥。四九三十六，夜眠如露宿。五九四十五，家家堆鹽虎。六九五十四，和尚不出寺。七九六十三，凍落耳朶弦。八九七十二，口中呬暖氣。九九八十一，窮漢受罪畢。

纔要伸脚睡，蚊蟲獦蚤出。

褒彈是買主，喝采是閑人。《淮南子》：刺我行者，欲與我交。訾我貨者，欲與我市。

服藥千裹，不如一宵獨卧。服藥千朝，不如獨卧一宵。

戊午己未甲子齊，便將七日定天機。七日有雨兩月泥，七日無雨兩月灰。

甲寅乙卯晴，四十五日放光明。甲寅乙卯雨，四十五日看泥水。

三月三日晴，桑上掛銀瓶。三月三日雨，桑葉生苔菩。

壬辰裝擔子，癸巳上天堂，甲午乙未雨茫茫。荒年無六親，旱年無鶴神。

執破無雨，危成當灾。

高山種小麥，終久不成穗。男兒在他鄉，焉得不憔悴。

濕耕澤鋤，不如歸去。鋤，古音助。《説文》引《孟子》：『殷人七十而鋤。』

二月杏花，勝可菑沙。菑畬之菑，音倣載之載。

迴車倒馬，擲衣不下。言禾之密也。《漢書》：『朱虚侯曰：「深耕概種。」』擲衣不下，所謂概也。

蝦蟆鳴，燕來睇。通道路，修溝隄。

稼欲熟，收欲速。

霜凇打霧凇，貧兒備飯瓮。

螃蟹怕見漆，豆花怕見日。

布穀鳴，小蒜成。秋霜足，蕓薹熟。

五月鋒，八月耩。鋒，鋤也；耩，壅苗根。
槐兔目，棗雞口。桑蝦蟆眼，榆負瘤。李賀詩：別柳當馬頭，官槐如兔目。
榆莢脱，桑椹落。伐木之時。
花三泡四。水生之候也。花見三尺泡四尺。
秧苗針水，莊家早起。東坡詩：針水聞好語。◎魯直詩：秧針青刺水，麥浪緑翻銀。
木再花，夏有雹。李再花，秋大霜。
草木暉暉，蒼黄亂飛。

《風俗通》引諺

殺君馬者路傍兒。言傍人譽馬，乘者盡力馳死也。

宋人諺 見《東萊文集》。其徒諱之，改「嗔目」作「搶恎」，非也。

焚香禮進士，嗔目待明經。

古今風謡拾遺

古今風謡拾遺卷一

樂亭　史夢蘭　香厓輯

擊壤歌

《帝王世紀》：帝堯之世，天下大和，百姓無事，有老人擊壤而歌：

日出而作，日入而息。鑿井而飲，耕田而食。帝力於我何有哉。

雷澤玉牌文

《瑯環記》：舜漁於澤，聞水中有聲若雷，見一玉牌浮出，有文云云。因名其澤曰雷。

受而禪，惟汝彦。

塗山歌

《吴越春秋》：禹三十未娶，行到塗山。有白狐九尾，造於禹。塗山之歌云云。禹因娶塗山，謂之女嬌。

綏綏白狐，九尾龐龐。我家嘉夷，來賓爲王。成家成室，一作『成於家室』。我造彼昌。一作『我都攸昌』。

天人之際，於兹則行。明矣哉。

夏人歌二首

《尚書大傳》：夏人飲酒，醉者持不醉者，不醉者持醉者而歌曰：『盍歸乎薄，薄亦大矣。』伊尹退而憂曰：『覺兮較兮，吾大命格兮。去不善而善，何不樂兮。』薄，湯之都。言當歸湯也。◎《韓詩外傳》曰：桀爲酒池糟隄，縱靡靡之樂，一鼓而牛飲者三千，群臣皆相持而歌。

江水沛兮，舟楫敗兮。我王廢兮，趣歸於亳，亳亦大兮。樂兮樂兮，四牡驕兮，六轡沃兮。去不善而從善，何不樂兮。

黄帝時讖《竹書紀年》沈注：初，黄帝之世，讖言云云。及公劉之後十三世而生季歷。此蓋聖人在下位將起之符也。

西北爲王，期在甲子。昌制命，發行誅，旦行道。

赤爵銜書又：季秋之甲子，赤爵銜書及豐，置於昌户，其文要云：

姬昌蒼帝子，亡殷者紂王。

玉璜文又：吕尚釣得玉璜，其文要云：

姬受命，昌來提，撰爾洛鈐報在齊。

輿人誦《左傳》：晋侯次於城濮，楚師背酅而舍，晋侯患之，聽輿人之誦云：

原田每每，舍其舊而新是謀。

宋城者謳

又：宋城，華元爲植，巡功。城者謳曰云云。使其驂乘謂之曰：『牛則有皮，犀兕尚多，棄甲則那？』役人曰：『從其有皮，丹漆若何？』

睅其目，皤其腹，棄甲而復。于思于思，棄甲復來。

魯國人誦

又：邾人、莒人伐鄫，臧紇救鄫，侵邾，敗於狐駘。國人逆喪者，皆髽。魯於是乎始髽，國人誦之。

臧之狐裘，敗我於狐駘。我君小子，朱儒是使。朱儒朱儒，使我敗於邾。

宋築者謳

又：宋皇國父爲太宰，爲平公築臺，妨於農收。子罕請俟農功之畢，公弗許。築者謳云：

澤門之晳，實興我役。邑中之黔，實慰我心。

鄭輿人誦

又：子産從政一年，輿人誦之云云。及三年，又誦之云云。

取我衣冠而褚之，取我田疇而伍之。孰殺子産，吾其與之。

我有子弟，子産誨之。我有田疇，子産殖之。子産而死，誰其嗣之？

南蒯鄉人歌

又：南蒯之將叛也，將適費，飲鄉人酒，鄉人或歌之。

我有圃，生之杞乎。從我者子乎，去我者鄙乎，倍其鄰者耻乎。已乎已乎，非吾黨之士乎。

宋野人歌

又：衛侯爲夫人南子召宋朝，會于洮。太子蒯聵獻盂于齊，過宋野，野人歌之。

既定爾婁豬，盍歸吾艾豭。

萊人歌

又：齊景公卒，公子嘉、公子駒、公子黔奔衛，公子鉏、公子陽生來奔。萊人歌之。

景公死乎不與埋，三軍之事乎不與謀。師乎師乎，何黨之乎？

齊人責稽首歌

又：哀公二十一年，公及齊侯、邾子盟于顧。齊人責稽首，因歌之云：

魯人之皋，數年不覺，使我高蹈。唯其儒書，以爲二國憂。

齊人歌

《戰國策》：齊王不聽即墨大夫而聽陳馳，遂入秦，處之共松柏之間，餓而死。先是，齊爲之歌。

松耶柏耶，住建共者客耶。共，屬河内。客，謂陳馳。

魯鷖誦

《家語》：孔子始用於魯，魯人鷖誦之云云。及三月政成，化既行，又誦之云云。

麛裘而韠，投之無戾。韠之麛裘，投之無郵。

袞衣章甫，實獲我所。章甫袞衣，惠我無私。

成人歌

《檀弓》：成人有其兄死而不爲衰者。聞子皋將爲成宰，遂爲衰。成人歌云：

蠶則績而蟹有匡，范則冠而蟬有緌，兄則死而子皋爲之衰。

徐人歌

劉向《新序》：延陵季子將聘晉，帶寶劍，徐君不言而色欲之。季子未獻也，然其心已許之。使反，而徐君已死。季子於是以劍帶徐君墓，樹而去。徐人爲之歌云：

延陵季子兮不忘故，脱千金之劍兮帶丘墓。

晉輿人誦

《國語》：晉惠公入而背外内之賂，輿人誦之云云。

佞之見佞，果喪其田。詐之見詐，果喪其賂。得國而狃，終逢其咎。喪田不懲，禍亂其興。

晉國人誦

又：晉惠公即位，出共世子而改葬之，臭達於外，國人誦之云：

貞之無報也。孰是人斯，而有是臭也？貞爲不聽，信爲不誠。國斯無刑，偷居幸生。不更厥貞，大命其傾。威兮懷兮，各聚爾有，以待所歸兮。猗兮違兮，心之哀兮。歲之二七，其靡有微【一】兮。若翟【二】公子，吾是之依兮。鎮撫國家，爲王妃兮。

校按：

【一】『微』，今本《國語・晉語二》（上海古籍出版社，一九九五年版）作『徵』。

【二】『翟』，今本《國語·晉語二》（上海古籍出版社，一九九五年版）作『狄』。

楚人歌 劉向《説苑》：楚莊王築層臺，延石千重，延壤百里。大臣諫者七十二人，皆死矣。有諸御己者違楚百里而耕，入見莊王，王遂解層臺而罷民，楚人歌之云：

薪乎萊乎，無諸御己，訖無子乎。萊乎薪乎，無諸御己，訖無人乎。

楚人歌 又：楚令尹子文之族有干法者，廷理拘之。聞其令尹之族也而釋之。子文召廷理而責之。廷理懼，遂刑其族人。國人聞之曰：『若令尹之公也，吾黨何憂乎？』乃相與作歌。

子文之族，犯國法程。廷理釋之，子文不聽。恤顧怨萌，方正公平。

越人歌 又：鄂君子晳泛舟于新波之中，乘青翰之舟，張翠蓋，會鐘鼓之音畢，榜枻越人擁楫而歌。於是鄂君乃揄脩袂行而擁之，舉繡被而覆之。鄂君，楚王母弟也。

今夕何夕兮，搴洲中流。今日何日兮，得與王子同舟。蒙羞被好兮，不訾詬恥。心幾頑而不絶兮，得知王子。山有木兮木有枝，心説君兮君不知。

採葛婦歌 《吴越春秋》：采葛，越之婦人，傷越王用心，乃作若何之歌。

嘗膽不苦味若飴，今我采葛以作絲。

越謡歌

君乘車，我帶笠，他日相逢下車揖。君擔簦，我跨馬，他日相逢爲君下。

鄴民歌

《史記》：魏襄王時，史起爲鄴令，引漳水溉鄴，以富魏之河内，而民作歌云：

鄴有賢令兮爲史公，决漳水兮灌鄴旁，終古舄鹵兮生稻粱。

仙人謡

又《秦始皇紀》注：《茅盈内紀》曰：『盈曾祖濛於華山之中，白日升天。先是，其邑謡歌云云。始皇聞謡歌而問其故，父老具對：「此仙人之謡歌。」勸帝求長生之術，因改「臘」曰「嘉平」。』

神仙得者茅初成，駕龍上升入太清。時下玄洲戲赤城，繼世而往在我盈，帝若學之臘嘉平。

周秦民歌

《韓非子》：齊嘗大饑，道旁餓死不可勝數也。父子相牽而趨田成氏者不聞不生。故周秦之民相與歌之。

謳乎，其已乎！苞乎，其往歸田成子乎！

秦始皇時民謡

《太平御覽》引《異苑》：『秦世有謡云云。始皇既坑儒焚典，乃發孔子墓，欲取諸經傳。壙既啓，於是悉如謡者之言。又言謡文刊在塚壁，政甚惡之。』

秦始皇，何奄僵一作僵梁。開吾户，據吾牀。飲吾酒，唾吾漿。餐吾飯，以爲糧。張吾弓，射東牆，前至沙邱當滅亡。

又

《述異記》：始皇二十六年，童謠云：

阿房阿房亡始皇。

漢初小兒歌

《仙傳拾遺》：木公，亦云東王父，亦云東王公，亦號玉皇君。昔漢初小兒於道歌云云。張子房曰：『此乃東王公之玉童也。』蓋言世人登仙，皆揖金母而拜木公焉。

著青裙，入天門。揖金母，拜木公。

黄公謡

《奚囊橘柚》：漢高帝時，有黄公，不事生産，日牽一黄斑虎乞食於道。人有語云：

虎莫凶，有黄公。猛獸回，黄公來。

鄭白渠歌

《風俗通》：渠者，水所居也。秦時，韓人鄭國穿渠。孝武帝時，趙中大夫白公復穿渠，故其語云云。

田於何所，池陽谷口。趙〔一〕國在前，白渠起後。舉鍤爲雲，決渠爲雨。涇水一石，其遲數斗。且溉且糞，長我稷黍。衣食京師，數百萬口。◎按，《史記》作『億萬之口』。

校按：

【一】「趙」，當爲「鄭」之誤。

僰道謡

《華陽國志》：自僰道至朱提，有水步道，至險難行，故行人爲語云：

猶溪赤木，盤蛇七曲。盤羊烏櫳，氣與天通。看都濩泚，住柱呼尹。庲降賈子，左儋七里。

李延年歌

《漢書·外戚傳》：李延年，性知音善歌，武帝愛之。嘗侍上，起舞而歌。延年後爲協律都尉。

北方有佳人，絶世而獨立。一顧傾人城，再顧傾人國。寧不知傾城與傾國，佳人難再得。

衛子夫歌

又：衛子夫爲皇后，弟青貴震天下，天下歌之。

生男勿喜，生女無怒。獨不見衛子夫霸天下？

上郡歌

又：成帝時，馮野王爲上郡太守。其後，弟立亦自五原徙西河上郡。立居職公廉，治行略與野王相似，而多知有恩貸，好爲條教。吏民嘉美野王、立相代爲太守，乃歌之云：

大馮君，小馮君，兄弟繼踵相因循。聰明賢知惠吏民，政如魯衛德化鈞，周公康叔猶二君。

元帝時童謠

又《五行志》：元帝時童謠云云。至成帝建始二年三月戊子，北宫中井泉稍上溢出南流。井水，陰也。竈煙，陽也。玉堂金門，至尊之居。象陰盛而滅陽，竊有宫室之應也。王莽生於元帝初元四年，至成帝封侯，爲三公輔政，因以篡位。

井水溢，滅竈煙。灌玉堂，流金門。

樓護里中歌

又《樓護傳》：護爲人短小精辯，論議常依名節，聽之者皆竦。與谷永俱爲五侯上客，長安號曰『谷子雲筆札，樓君卿脣舌』，言其見信用也。母死，送葬者致車二三千兩，閭里歌之云：

五侯治喪樓君卿。

王莽時東方謡

又《王莽傳》：太師、更始合將鋭士十餘萬人，所過放縱，東方爲之語曰：

寧逢赤眉，不逢太師。太師尚可，更始殺我。

赤伏符

《後漢書·光武本紀》：光武先在長安時，同舍生彊華自關中奉赤伏符云：

劉秀發兵捕不道，四夷雲集龍鬬野，四七之際火爲主。

更始時長安謡

又《劉玄傳》：時李軼、朱鮪擅命山東，王匡、張卬横暴三輔。其所授官爵者，皆群小賈豎，或有膳夫庖人，多著繡面衣、錦袴、襜褕、諸于，罵詈道中。長安爲之語曰：

竈下養，中郎將。爛羊胃，騎都尉。爛羊頭，關内侯。

魏郡輿歌

又《岑彭傳》：子熙遷魏郡太守，視事二年，輿人歌之曰：

我有枳棘，岑君伐之。我有蟊賊，岑君遏之。狗吠不驚，足下生氂。含哺鼓腹，焉知凶災？我喜我生，獨丁斯時。美矣岑君，於戲休兹！

荆州民歌

又《蔡茂傳》：郭賀字喬卿，拜荆州刺史。及到官，有殊政，百姓便之，歌曰：

厥德仁明郭喬卿，忠正朝廷上下平。

漁陽民歌

又《張堪傳》：堪拜漁陽太守。捕擊奸猾，賞罰必信，吏民樂爲用。匈奴嘗以萬騎入漁陽，堪率數千騎奔擊，大破之，郡界以静。迺於狐奴開稻田八千餘頃，勸民耕種，以致殷富。百姓歌曰：

桑無附枝，麥穗兩岐。張君爲政，樂不可支。

蜀郡民歌

又《廉范傳》：建初中，遷蜀郡太守，其俗尚文辯，好相持短長，范每厲以淳厚，不受偷薄之説。成都民物豐盛，邑宇逼側，舊制禁民夜作，以防火災。而更相隱蔽，燒者日屬。范迺毁削先令，但嚴使儲水而已。百姓爲便，迺歌之曰：

廉叔度，來何暮？不禁火，民安作。平生無襦今五袴。

交阯民歌

又《賈琮傳》：中平元年，交阯屯兵反，執刺史及合浦太守，自稱『柱天將軍』。靈帝特敕三府精選能吏，有司舉琮爲交阯刺史。琮到部，訊其反狀。咸言賦斂過重，百姓莫不空單，京師遥遠，告冤無所，民不聊生自活，故聚爲盜賊。琮即移書告示，各使安其資業。招撫荒散，蠲復徭役，誅斬渠帥爲大害者，簡選良吏試守諸縣。歲間蕩定，百姓以安。巷路爲之歌曰：

賈父來晚，使我先反。今見清平，吏不敢飯。

臨淮民歌

又《朱暉傳》：暉遷臨淮太守，吏民畏愛，爲之歌曰：

彊直自遂，南陽朱季。吏畏其威，民懷其惠。

順陽民歌

又《劉陶傳》：陶舉孝廉，除順陽長。縣多姦猾。陶到官，宣募吏民有氣力、勇猛、能以死易生者，不拘亡命姦臧。於是剽輕劍客之徒過晏等十餘人，皆來應募。陶責其先過，要以後效，使各結所厚少年。得數百人，皆嚴兵待命。於是覆案姦宄，所發若神。以病免，吏民思而歌之曰：

邑然不樂，思我劉君。何時復來，安此下民。

七言謡

又《黨錮傳》：初，桓帝爲蠡吾侯，受學于甘陵周福。及即帝位，擢福爲尚書。時同郡河南尹房植有名當朝，鄉人爲之謡云云。後汝南太守宗資任功曹范滂，南陽太守成瑨亦委功曹岑晊，二郡又爲謡云云。因此流言轉入太學，諸生三萬余人，郭林宗、賈偉節爲其冠，並與李膺、陳蕃、王暢更相褒重。學中語曰云云。

天下規矩房伯武，因師獲印周仲進。

汝南太守范孟博，南陽宗資主畫諾。南陽太守岑公孝，弘農成瑨但坐嘯。

天下模楷李元禮，不畏强禦陳仲舉，天下俊秀王叔茂。◎按，袁山松《後漢書》七言謡曰：「不畏强御陳仲舉，九卿直言有陳蕃。天下模楷李元禮，天下好交荀伯修。天下英秀王叔茂，天下冰棱王秀陵。天下忠平魏少英，天下稽古劉伯祖。天下良輔杜周甫，天下才英趙仲經。」

冀州民歌

又《皇甫嵩傳》：嵩領冀州牧，百姓歌云：

天下大亂兮市爲墟，母不保子兮妻失夫，賴得皇甫兮復安居。

京師謡

又《黄瓊傳》：舊制：光禄舉三署郎，以高功久次才德尤異者爲茂才四行。時權富子弟多以人事得舉，而貧約守志者以窮退見遺，京師爲之謡云：

欲得不能，光禄茂才。能，音乃來反。

洛陽令歌

又《董宣傳》：宣爲洛陽令，搏擊豪彊，莫不震慄，京師號爲「卧虎」。歌之云：

枹鼓不鳴董少平。

涼州民歌

又《樊曄傳》：曄爲天水太守，政嚴猛，涼州爲之歌云：

游子常苦貧，力子天所富。寧見乳虎穴，不入冀府寺。大笑期必死，忿怒或見置。嗟我樊府君，安可再遭值！

周太常謡

又《儒林傳》：周澤爲太常，清潔循行，盡敬宗廟。常卧病齋宫，其妻哀澤老病，窺問所苦。澤大怒，以妻干犯齋禁，遂收送詔獄謝罪。當世疑其詭激，時人爲之語云云。注：《漢官儀》此下云：『一日不齋醉如泥。』

生世不諧，作太常妻。一歲三百六十日，三百五十九日齋。

范丹里中歌

又《獨行傳》：范丹字史雲，爲萊蕪長。所止單陋，有時絶粒，窮居自若〔一〕，言貌無改。閭里歌之。

甑中生塵范史雲，釜中生魚范萊蕪。

校按：

〔一〕『若』原作『苦』，據《後漢書·獨行傳》（中華書局一九八三年版）改。

建安初荆州童謡

又：建安初，荆州童謡云云。言自中興以來，荆州無破亂。及劉表爲牧，又豐樂，至此逮八九年。『當始衰』者，謂劉表妻當死，諸將竝零落也。『十三年無孑遺』者，言十三年表又當死，民當移詣冀州也。

八九年間始欲衰，至十三年無孑遺。

獻帝時長安謡

又《獻帝紀》：初平二年九月甲午，試儒生四十餘人，上第賜位郎中，次太子舍人，下第者罷之。詔曰：『孔子歎「學之不講」，不講則所識日忘。今耆儒年踰六十，去離本土，營求糧資，不得專業。結童入學，白首空歸，長委農野，永絶榮望，朕甚愍焉。其依科罷者，聽爲太子舍人。』注：劉艾《獻帝紀》曰：『時長安爲之謡云。』

頭白皓然，食不充糧。裹衣褰裳，當還故鄉。聖主愍念，悉用補郎。舍是布衣，被服玄黄。

黄巾僞讖 又《皇甫嵩傳》：初，鉅鹿張角自稱大賢良師，奉事黄老道，畜養弟子，轉相誑惑。十餘年間，衆徒數十萬。訛言云：

蒼天已死，黄天當立。歲在甲子，天下大吉。

綿竹童謡 《華陽國志》：閻憲爲綿竹令，以禮讓爲本。童謡云：

閻君聽政，既明且昶。蠲苛去碎，動以禮讓。

巴人歌 又：巴郡陳紀山爲漢司隸校尉，嚴明正直。西虜獻眩，王庭試之，分公卿以爲嬉。紀山獨不視，京師稱之。巴人歌云：

築室載直梁，國人以貞真。邪娱不揚目，枉行不動身。姦宄僻乎遠，理義協乎民。

巴郡民歌 又：永建中，吴資元約爲巴郡太守，屢獲豐年。人歌之云云。及資遷去，民人思慕，又云云。

習習晨風動，澍雨潤乎苗。我后恤時務，我民以優饒。

望遠忽不見，惆悵嘗依徊。恩澤實難忘，悠悠心永懷。

王少林謡 《益都耆舊傳》：王忳字少林，詣京師，於客見諸生病甚困。生謂忳曰：『腰下有金十斤，願以相與，乞收藏尸骸。』未問姓名，呼吸因絶。忳賣金一斤以給棺絮，九斤置生腰下。後署大度亭長。到亭日，有馬一匹到亭中。其日大風，有一繡被隨風以來。後忳騎馬突入，金彦父見曰：『真得盜矣。』忳得狀，又取被示之。彦父悵然曰：『被馬俱合，卿有何陰德？』忳俱説葬諸生事，彦父曰：『此吾子也。』遣迎彦喪，金具存。民謡之云：

信哉少林世爲遇，飛被走馬與鬼語。

會稽民歌

又：張霸爲會稽太守，一郡慕化，民語云：

上烏嗚，哺父母，府中諸吏皆孝友。

河内温縣謡

《東觀漢記》：王涣除河内温令，商賈露宿，人開門卧。人爲作謡：

王稚子，代未有。平徭役，百姓喜。

蒼梧民歌

謝承《後漢書》：陳臨爲蒼梧太守，人遺腹子報父怨，捕得繫獄。傷其無子，令其妻入獄，遂産得男。人歌云：

蒼梧陳君恩廣大，令死罪囚有後代，德參古賢天報施。

李京兆歌

司馬彪《續漢書》：李燮拜京兆尹，吏民愛仰，乃歌云：

我府君，道教舉。恩如春，威如虎。剛不吐，弱不茹。愛如母，訓如父。

郭君謡

《江表傳》：郭典爲鉅鹿太守，與中郎將董卓攻黄巾賊張寶於汝陽[一]。典作圍塹，卓不肯。典獨於西當賊之衝，晝夜進攻，寶由是城守不敢出。時人爲語云：

郭君圍塹，董將不許。幾令狐狸，化爲豺虎。賴我郭君，不畏强禦。轉機之間，敵爲窮虜。猗猗惠君，實完疆土。

校按：

【一】『汝陽』，據逯欽立《先秦漢魏晋南北朝詩》（中華書局一九八三年版）當爲『曲陽』。

鮑司隸歌

《樂府廣題》：《列異傳》云：『鮑宣，宣子永，永子昱，三世皆爲司隸，而乘一驄馬，京師人歌之。』

鮑氏驄，三人司隸再入公；馬雖瘦，行步工。

洛陽令歌

《長沙耆舊傳》：祝良，字石卿，爲洛陽令。歲時亢旱，天子祈雨不得。良乃暴身階庭，告誠引罪，自晨至中。紫雲沓起，甘雨登降。人爲之歌：

天久不雨，蒸人失所。天王自出，祝令特苦。精符感應，滂沱下雨。

滎陽令歌

《殷氏世傳》：殷褒爲滎陽令，廣築學館，會集朋徒。民知禮讓，乃歌之曰：

滎陽令，有異政。脩立學校人易性，令我子弟耻爭訟。

徐聖通歌

《會稽典録》：徐弘字聖通，爲汝陰令。誅鉏姦桀，道不拾遺，民乃歌之。

徐聖通，政無雙。平刑罰，姦宄空。

陽城民歌

《商氏世傳》曰：商亮字子華，舉孝廉。到陽城，遇兩虎爭一羊，亮按劍直前斬羊，虎乃各以其半去。時人爲之謡云：

石里之勇商子華，暴虎見之藏爪牙。

六邑民歌

《陳留耆舊傳》：爰珍除六令，吏人訟息，教誨其子弟，歌之云：

我有田疇，爰父殖置。我有子弟，爰父教誨。

恒農童謡

又：吴祐爲恒農令，勸善懲姦，貪濁出境。甘露降，年谷豐。童謡云：

君不我憂，人何以休。不行略署，專知人處。

冀州童謡

《述異記》：袁紹在冀州時，滿市黄金而無斗粟，餓者相食。人爲之語云：

虎豹之口，不如饑人。

江淮童謠 又

太岳如市，人死如林。持金易粟，貴於黄金。

洛中童謠 又

雖有千黄金，無如我斗粟。斗粟自可飽，千金何所直。

桓靈時謡 《抱朴子》。

寒素清白濁如泥，高第良將怯如雞。◎按，「雞」或作「鼁」，鼁，與泥韻不叶，當是「黽」字之譌。言畏怯之甚，縮頭不敢出如黽也。

春秋玉版讖 《魏志·文帝紀注》。

代赤眉者魏公子。

孝經中黄讖 又《文帝紀》注：《孝經中黄讖》云云。此魏王之姓諱，著見圖讖。

日載東，絶火光。不横一，聖聰明。四百之外，易姓而王。天下歸功，致太平。

易運期讖　又：言午，許字；兩日，昌字。漢當以許亡，魏當以許昌。

言居東，西有午，兩日並光日居下。其爲主，反爲輔。五八四十，黄氣受，真人出。

魏武軍中語　《魏略》：太祖使盧洪、趙達撫軍，主刺舉，軍中語云：

不畏曹公，但畏盧洪。曹公尚可，趙達殺我。

夏侯軍中謡　《魏志·夏侯淵傳注》：淵爲將，赴急疾，常出敵之不意，軍中爲之語云：

典軍校尉夏侯淵，三日五百，六日一千。

魏武軍中謡　又《典韋傳》：韋好持大雙戟與長刀等，軍中爲之語云：

帳下壯士有典君，提一雙戟八十斤。

臺中謗書　又《曹爽傳》註：爽輔政，乃拔丁謐爲散騎常侍，遂轉尚書。謐爲人外似疏略，而内多忌。其在臺閣，數有所彈駮，臺中患之，事不得行。又其意輕貴，多所忽略，雖與何晏、鄧颺等同位，而皆少之，唯以勢屈於爽。爽亦敬之，言無不從。故于時謗書謂云云。三狗，謂何、鄧、丁也。默者，爽小字也。其意言三狗皆欲囓人，而謐尤甚也。

臺中有三狗，二狗崖柴不可當，一狗憑默作疽囊。

周瑜時謡

《吴志》：周瑜少精意於音樂，雖三爵之後，其[一]有闕誤，瑜必知之，知之必顧。故時人謡云：

曲有誤，周郎顧。

校按：

【一】『其』原作『甚』，據今本《三國志》改。

石鼈謡

《魏略》：成都王穎伐長沙王，又募虎奴爲軍，自稱四部司馬。市郭人素謏語『奴』爲『尚』，故里語云：

三部司馬階下兵，四部司馬尚長明。欲知太平，須石鼈鳴。

吴民歌

《吴録》彭循字子陽，毘陵人。建國二年，海賊丁儀等萬人據吴。循見儀，陳説利害，應時散。民歌之云：

時歲食卒賊縱横，大戟强弩不可當，賴遇賢令彭子陽。

城武父老歌

又：王潭字世容，爲城武令，民服德化，宿惡奔迸。父老歌之云：

王世容，治無雙。省徭役，盜賊空。

臨平湖謡

《晉書·武帝紀》：咸甯二年七月，吴臨平湖自漢末壅塞，至是自開。父老相傳云：

此湖塞，天下亂。此湖開，天下平。

徐州民歌 又《王祥傳》：徐州刺史吕虔，檄爲别駕，政化大行。時人歌之云：

海沂之康，實賴王祥。邦國不空，别駕之功。

杜預軍中謡 又《杜預傳》：預以太康元年正月陳兵于江陵。尋日之間，累尅城邑，皆如預策。軍中爲之謡云：

以計代戰一當萬。

南土謡 又：舊水道唯沔、漢達江陵，千數百里，北無通路。又巴丘湖，沅湘之會，表裏山川，實爲險固，荆蠻之所恃也。預乃開楊口，起夏水達巴陵千餘里，内瀉長江之險，外通零桂之漕。南土歌之云：

後世無叛由杜翁，孰識智名與勇功。

泰始民謡 又《賈充傳》：泰始中，人爲充等謡曰云云，言亡魏而成晉也。

賈裴王，亂紀綱。王裴賈，濟天下。

博陵謡 又《崔洪傳》：洪字良伯，博陵安平人也。時長樂馮恢父爲弘農太守，愛少子淑，欲以爵傳之。恢父終，服闋，乃還鄉里，結草爲廬，陽瘖不能言。淑得襲爵，恢始仕爲博士祭酒。散騎常侍翟嬰薦恢高行邁俗，侔繼古烈。洪奏恢不敦儒素，令學生番直左右，雖有讓侯微善，不得稱無倫輩，嬰爲浮華之目。遂免嬰官，朝廷憚之。尋爲尚書令丞，時人爲之語云：

叢生荆刺，來自博陵。在南爲鷂，在北爲鷹。

蜀人謡 又《羅尚傳》：太康末，爲梁州刺史。及趙廞反于蜀，尚表曰：『廞非雄才，必無所成，計日聽其敗耳。』乃假尚節爲平西將軍、益州刺史、西戎校尉。性貪，少斷。蜀人言云云，又云云。

尚之所愛，非邪則佞；尚之所憎，非忠則正。富擬魯衛，家成市里；貪如豺狼，無復極已。

蜀賊尚可，羅尚殺我。平西將軍，反更爲禍。

豫州耆老歌 又：祖逖爲豫州刺史，嘗置酒大會耆老，中坐流涕曰：『吾等老矣，更得父母，死將何恨！』乃歌云：

幸哉遺黎免俘虜，三辰既明遇慈父。玄酒忘勞甘瓠脯，何以詠恩歌且舞。

南平民歌 又：應詹遷南平太守，天門、武陵谿蠻並反，詹討降之。時政令不一，諸蠻怨望，並謀背叛。詹召蠻酋，破銅券與盟，由是懷詹。數郡無虞。其後天下大亂，詹境獨全。百姓歌之云：

亂離既普，殆爲灰朽。僥倖之運，賴兹應后。歲寒不凋，孤境獨守。拯我塗炭，惠隆丘阜。潤同江海，恩猶父母。

西州謡 又《忠義傳》：麴允，金城人也，與游氏世爲豪族，西州爲之語云：

麴與游，牛羊不數頭。南開朱門，北望青樓。

石苞時童謡

又《石苞傳》：苞既勤庶事，又以威德服物。淮北監軍王琛輕苞素微，又聞童謡云云，由是密表苞與吴人交通。先是，望氣者云東南有大兵起。及琛表至，武帝甚疑之。

宫中大馬幾作驢，大石壓之不得舒。

王浚時童謡

又《王浚傳》：浚字彭祖，謀將僭號。時童謡云：『十囊五囊入棗郎。』棗嵩，浚之子婿也。浚聞，責嵩而不能罪之。又謡云：

幽州城門似藏户，中有伏尸王彭祖。

束皙請雨歌

又《束皙傳》：太康中，郡界大旱，皙爲邑人請雨，三日而雨注。衆爲皙誠感，爲作歌云：

束先生，通神明，請天三日甘雨零。我黍以育，我稷以生。何以疇之，報束長生。

晉國初讖

又：元夏侯太妃名光姬，沛國譙人也。元帝嗣立，稱王太妃。國初有讖云云。太妃小字銅環，而元帝中興於江左焉。

銅馬入海建鄴期。

襄陽兒童歌

又《山簡傳》：永嘉三年，出爲征南將軍，都督荆、襄、交、廣四州諸軍事，假節鎮襄陽。于時四方寇亂，天下分崩，王威不振，朝野危懼。簡優遊卒歲，唯酒是耽。諸習氏，荆土豪族，有佳園池。簡每出游嬉，多之池上，置酒輒醉，名之曰高陽池。

時有兒童歌云云。有葛彊者，簡之愛將，家於并州。

山公出何許，往至高陽池。日夕倒載歸，酩酊無所知。時時能騎馬，倒著白接䍦。舉鞭向葛彊，何如并州兒？

郭璞讖 又：康帝諱岳，成帝母弟也。初，成帝有疾，中書令庾冰自以舅氏當朝，權侔人主。恐異世之後，戚屬將疎，乃言國有彊敵，宜立長君，遂以帝爲嗣，改元建元。或謂冰曰郭璞讖云云。立者，建也；始者，元也；丘山，諱也。冰矍然，既而歎曰：『如有吉凶，豈改易所能救乎？』至是果驗。

立始之際丘山傾。

升平中童兒歌 又《五行志》：穆帝升平中，童兒輩忽歌於道，曰《阿子聞》，曲終輒曰：『阿子汝聞不？』未幾而帝崩，太后哭之云云。

阿子汝聞不？

升平末廉歌 又：升平末，俗間忽作《廉歌》，有扈謙者聞之曰：『廉者，臨也。歌云云，内外悉臨，國家其大諱乎？』少時而穆帝晏駕。

白門廉，宫庭廉。

隆和童謡 又：哀帝隆和初，童謡云：『升平不滿斗，隆和那得久。桓公入石頭，陛下徒跣走。』朝廷聞而惡之，改年曰興甯。人復歌云云，哀帝尋崩。升平五年而穆帝崩，『不滿斗』，升平不至十年也。

雖復改興甯，亦復無聊生。

廣州童謡 又：盧龍據廣州，人爲之謡云云。後擁上流數州之地，内逼京輦，應『天半』之言。又謡云：

蘆生漫漫竟天半。

十丈瓦屋八九間，蘆作柱，薤爲闌。

義熙童謡 又：義熙二年，小兒相逢於道，輒舉其手曰『盧健健』，次曰『鬬歎鬬歎』，末曰『翁年老翁年老』。當時莫知所謂。其後盧龍内逼，舟艦蓋川，『健健』之謂也。既至查浦，屢剋，期欲與官鬬，『鬬歎』之應也。『翁年老』，群公有期頤之慶，知妖逆之徒自然消殄也。其時復有謡言云云。盧龍果敗，不得入石頭也。

盧橙橙，逐水流。東風忽如起，那得入石頭。

桓玄時童謡《宋書》：司馬元顯時民謡詩云云，又云云。孟顗釋之曰：『十一口』者，玄字象也；『木亘』，桓也。桓氏當悉走入關、洛，故云『浩浩鄉』也。『金刀』，劉也。倡義諸公多姓劉。『娓娓』，美盛貌也。

當有十一口，當爲兵所傷。木亘當北度，走入浩浩鄉。

金刀既已刻，娓娓金城中。

晋吴中童謡

《宋書·五行志》：晋庾羲在吴郡時吴中童謡。無幾而庾羲、王洽相繼亡。

寧食下湖荇，不食上湖蓴。庾吴没命喪，復殺王領軍。

金雌詩讖

《丹鉛總録》：晋末，桓玄之亂，有《金雌詩讖》云云。雨雲者，玄字也。短者，祚短也。蓋桓玄滅亡之兆。又云云。火，宋之分野；水，宋之德也。金雌不知何兆，亦如赤伏符之類乎？

雲出而雨漸欲舉，短如之何乃相阻。交哉亂也當何所，惟有隱巖植禾黍，西南之朋困桓父。

大火有心水抱之，悠悠百年是其時。

并州歌

《樂府廣題》：晋汲桑，六月盛暑，重裘累茵，使人扇之。忽不清凉，便斬扇者。并州大姓田蘭、薄盛斬於平原，士女歌之云：

士爲將軍何可羞，六月重茵披豹裘，不識寒暑斷他頭。雄兒田蘭爲報仇，中夜斩首謝并州。◎按：

崔鴻《後趙録》無末二句，『豹裘』作『衲裘』。

晋南渡謡

《晋中興書》：中宗渡江，王導群從，同心翼戴。時人語云：

王與馬，共天下。

鬖參短薄歌

《世説》：郗超、王珣並以儁才爲桓温所眷，珣爲主簿，超爲記事參軍。超多髯，珣形狀短小，時人爲之歌云：

髯參軍，短主簿。能令公喜，能令公怒。

襄陽民歌

《襄陽耆舊傳》：襄陽太守胡烈有惠化，百姓歌之云：

美哉明后，儁哲惟嶷。陶廣乾坤，周孔是則。文武播暢，威振遐域。

古今風謡拾遺卷二

樂亭 史夢蘭 香厓輯

龐世謡

《趙書》：燕人龐世爲光禄勳，奏案豪强，苛尅人物，咸嚁疾之。及卒，門無弔客。時人爲之謡云：

龐家之巷，車馬轔轔，泥丸之日無弔賓。弔賓不來何所因，由性苛尅寡所親。

隴上歌

《晉書·載記》：劉曜圍陳安於隴城，安敗，南走陝中。曜使將軍平先、丘中伯率勁騎追安。安與壯士十余騎於陝中格戰。安左手奮七尺大刀，右手執丈八蛇矛，近交則刀矛俱發，輒害五六；遠則雙帶鞬服，左右馳射而走。平先亦壯健絶人，與安搏戰，三交，奪其蛇矛而退，遂追斬于澗曲。安善於撫接，吉凶夷險與衆同之。及其死，隴上爲之歌。曜聞而嘉傷，命樂府歌之。

隴上壯士有陳安，軀幹雖小腹中寬，愛養將士同心肝。騙驄父馬鐵瑕鞍，七尺大刀奮如湍。丈八蛇矛左右盤，十盪十決無當前。戰始三交失蛇矛，棄我騙驄竄巖幽，爲我外援而懸頭。西流之水東流河，一去不還奈子何。◎按：《太平御覽》引《趙書》『隴城謡』云：『隴上健兒曰陳安，軀幹雖小腹中寬，愛養將士同心肝。騄驄駿馬戲鍛鞍，七尺大刀配齊鐶。丈八蛇矛左右盤，十盪十決無當前。百騎俱出如雲浮，追者千萬騎悠悠。戰始三交失戈矛，十騎俱盪九騎留。棄我騄驄攀巖悲，天大降雨迢者休。阿呵嗚呼奈子乎，嗚呼阿呵奈子何。』與此微異。

襄國讖《異苑》：石勒爲郭敬客，時襄國有讖云云。「讓」去言爲「襄」字，「或」入口乃「國」字，勒後遂都襄國。

力在左，革在右。讓無言，或入口。

臨水謡 崔鴻《後趙録》：張樓爲臨水長，嚴政酷刑，残忍無惠。人謡之云：

陽平張樓頭如箱，見人切齒劇虎狼。

苻秦讖 又《前秦録》：初，堅即位，新平王彫陳説圖讖云云。勸堅滅燕平六州，徙汧隴諸氐於京師，三秦大户置之邊地，以應圖讖之言。

古月之末亂中州，洪水大起健西流，惟有雄子定九州。

當有艸苻臣。

土滅東，燕破白，虜氏在中華在表。

關東謡《晉書·苻堅載記》：苻丕在鄴，會丁零叛慕容垂，垂引師去鄴。軍人飢甚，多奔中山，幽冀人相食。初，關東謡云云。鉠，垂之本名，與丕相持經年，百姓死幾絶。

幽州鉠，生當滅；若不滅，百姓絶。

長安謡 又《苻堅載記》：初，秦之未亂也，關中土然，無火而煙氣大起，方數十里，月餘不滅。堅每臨聽訟觀，令民有怨者舉煙於城北，觀而録之。長安爲之語云：

欲得必存當舉煙。

鳳集東闕歌 崔鴻《前秦録》：苻堅時，鳳皇集于東闕，大赦境内，民歌之云：

鳳皇于飛，其羽翼翼。翊我聖后，饗齡萬億。

涼州謡 又《前涼録》：張寔寢見所居屋梁間有人像而無頭，久之乃滅，寔甚惡之。先是，謡云：

蛇利砲，蛇利砲，公頭墜地而不覺。

又： 賈摹，寔之妻弟也，勢傾西土，摩兄弟遂謀害張茂。先是，謡云云。茂以爲信，誘而殺之。

手莫頭，圖涼州。

佛圖澄吟 又《後趙録》：石虎宴群臣於太武前殿，佛圖澄殿上褰衣而行吟云云。冉閔小字棘奴。

殿乎殿乎，棘子成林，將壞人衣。

華山玉版文 《晉書·慕容儁載記》：儁以永和八年僭即帝位。初，石季龍使人探策於華山，得玉版文云云。及此，燕人咸以爲儁之應也。

歲在申酉，不絶如綫。歲在壬子，眞人乃見。

劉藻高魯所獻讖 又《慕容德載記》。

有德者昌，無德者亡。德受天命，柔而復剛。

又慕容德時謡

大風蓬勃揚塵埃，八井三力〔一〕卒起來。四海鼎沸中山頽，惟有德人據三臺。

校按：

【一】『力』，據《晉書》（中華書局一九七四年版）當爲『刀』。

慕容熙時童謡 又《慕容熙載記》：熙政虐，慕容雲執而弑之。初，童謡云云。『藁』字，上草下禾。『兩頭然』，則禾草俱盡而成『高』字。雲父名拔，小字秃頭，三子，而雲季也。

一束藁，兩頭然，秃頭小兒來滅燕。◎按，《慕容雲載記》：祖父高和，句驪之支庶，自云高陽氏之苗裔，故以高爲氏。

張邕時謡《魏書·張元靖傳》：元安司馬張邕起兵殺元安，盡誅宋氏。先是，謡云云。邕，一名野。

滅宋者，田土子。

張俊時童謠

又《張天錫傳》：苻堅遣將苟萇伐涼州，破之，天錫降。初，駿時謠云云。謂劉曜、石虎並伐涼州不克，至堅而降之也。

劉新婦簸米，石新婦吹羖羝。蕩滌簸張兒，張兒食之口正披。

蜀童謠

又《李勢傳》：勢降于桓温。先是，童謠云云。又云云。譙周云：『我死後三十年，當有異人入蜀，由之而亡。』周又著讖云云，卒如其言。

江橋頭，闕下市，成都北門十八子。

有客有客，來侵門陌，其氣欲索。◎按，崔鴻《蜀録》：童謠又曰：『郫城堅，盎底穿，郫中細子李特細。』又曰：『巴郡葛，當下美，巴郡皮。』

譙周讖

廣漢城北有大賊，曰流特，攻難得。歲在元宮自相尅。

石丹書

又《沮渠牧犍傳》：太延中，於震電之所得石丹書云云。『帶石』，山名，在姑臧南。山祀旁泥陷不通。牧犍征南，大將軍董來曰：『祀豈有知乎？』遂毀祀，伐木通道而行。牧犍立，果七年而滅，如其言。

河西河西三十年，破帶石，樂七年。

胡母謠《南史·宋明帝本紀》：中書舍人胡母顥專權，奏無不可，時人語云云。『禾絹』，謂上也。

禾絹開〔一〕眼諾，胡母大張橐。

校按：

【一】『開』，據《南史》（中華書局一九七五年版）當爲『閉』。

宗越將士謠 又《宋·宗越傳》：越性嚴酷，好行刑誅。時王玄謨御下亦少恩。將士爲之語云：

寧作五年徒，不逐王玄謨。玄謨猶尚可，宗越更殺我。

白浮鳩歌 又《宋·檀道濟傳》：義熙十三年春，將遣還鎮。下渚未發，有似鶗鳥集船悲鳴。會上疾動，義康矯詔召入祖道，收付廷尉，誅之。時人歌云云。『浮』，或作『符』『鳧』。

可憐白浮鳩，枉殺檀江州。

卞彬引童謠 又《齊·卞彬傳》：齊高帝輔政，袁粲、劉彦節、王蘊等皆不同，而沈攸之又稱兵反。粲、蘊雖敗，攸之尚存。彬意猶以高帝事無所成，乃謂帝曰：『比聞謠云云，公頗聞不？』時蘊居父憂，與粲同死，故云『尸著服』也。『服』者，衣也；『孝子不在日代哭』者，褚字也。彬謂沈攸之得志，褚彦回當敗，故言哭也。『列管』謂簫也。高帝不悦。

可憐可念尸著服，孝子不在日代哭，列管暫鳴死滅族。

元徽童謡

《齊書·五行志》：元徽中，童謡云云。後沈攸之反，雍州刺史張敬兒襲江陵，殺沈攸之子元琰等。

襄陽白銅蹄，郎殺荆州兒。

永明民歌

又：永明初，百姓歌云云。後句間云『陶郎來』。白者，金色；馬者，兵事。三年，妖賊唐寓之起，言唐來勞也。

白馬向城啼，欲得城邊草。

永明虜中童謡

又：永明中，虜中童謡云云。尋而京師人家忽生火，赤于常火，熱小微，貴賤争取以治病。法以此火炙桃板七炷，七日皆差。敕禁之，不能斷。

黑水流北，赤火入齊。

東昏歌

《南史》：齊東昏侯每游走，潘氏乘小輿，帝自戎服，騎馬從後。又開渠立埭，躬自引船。埭上設店，坐而屠肉。於時百姓歌云：

閲武堂，種楊柳。至尊屠肉，潘妃酤酒。

金雄記《南齊書·祥瑞志》。

煉金作刀在龍里，占睡上人相須起。當復有作肅入艸。蕭字也。草門可憐乃當悴，建號不成易運沸。《詩》云不時，時也；不成，成也。建號，建元號也。易運，革命也。

天雨石璽文 又：嵩高山。昇明三年四月，滎陽人尹午于山東南澗見天雨石墜地，石開，有璽在其中。其文云：

戊丁之人與道俱，肅然入艸應天符。

老子河洛讖 又《祥瑞志》。◎按，「老子」，一作「孔子」。

年歷七七水滅緒，風雲俱起龍麟舉。自義熙元年至昇明三年，凡七十七年，故曰七七。肅艸成，道德懷書備出身，刑法治吴出南京。上即姓諱也。南京，南徐州治京口也。曈堨河梁塞龍淵，消除水灾泄山川。「曈堨河梁」，爲路也，路即道也。「淵塞」者，譬路成也，即太祖諱也。「消水灾」，言除宋氏患難也。上參南斗第一星，下立艸屋爲紫庭。神龍之岡梧桐生，鳳鳥舒翼翔且鳴。「南斗第一星」，吴分也。「艸屋」，蕭字也。又簫管之器，像鳳鳥翼也。蕭爲二士，天下大樂。「二士」，主字也。天子何在艸中宿。「宿」，肅也。

王子年歌

又：「金刀」，劉也。「三分二叛」，宋明帝世也。「三王九江」者，孝武於九江興；晉安王子勛雖不終，亦稱大號；後世祖又於九江基霸跡，此「三王」也。「一在吴」，謂齊氏桑梓，亦寄治南吴也。「一國二主」，謂太祖符運潛興，爲宋氏除寇難。

金刀治世後遂苦，帝王昏亂天神怒。灾異屢見戒人主，三分二叛失州土，三王九江一在吴。餘悉稚小早少孤，一國二主天所驅。

又

「瑴」道「孰」，成，又諱也。太祖體有龍鱗。

欲知其姓艸肅肅，瑴中最細低頭熟，鱗身甲體永興福。

汲長老歌

崔鴻《崔氏家傳》：崔瑗爲汲令，開溝澮，興造稻田，長老歌之。

上天降神明，錫我玆仁父。臨人布德澤，恩惠施以序。

張敬兒僞謡

《南史》：齊張敬兒於鄉里爲謡言，使小兒輩歌云云。敬兒家在冠軍宅，前有地名赤谷。既得開府，又望班劍，語人曰：「我車邊猶少班蘭物。」

天子在何處，宅在赤谷口。天子是阿誰，非猪如是狗。

山陰謡

又：梁丘仲孚爲山陰令，居職甚有聲稱，而百姓爲此謡。前世傳琰父子、沈憲、劉玄明，相繼宰山陰，並有政績。言仲孚皆過之也。

二傅沈劉，不如一丘。

魚徐謠 又：梁徐君蒨頗好聲色，侍妾數十。時襄陽魚弘亦以豪侈稱，於是府中謠云：

北路魚，南路徐。

蕭範時童謠 又《梁諸王傳》：範作牧莅人，甚得時譽，撫循將士，盡獲歡心。時論者猶謂範欲爲賊。童謠云：

莫怱怱，且寛公。誰當作天子，草覆車邊巳。

魏軍歌 又《梁蕭宏傳》：魏人知其不武，遺以巾幗，北軍歌云云。武，謂韋叡也。◎按，『武』本作『虎』，李延壽避諱改。

不畏蕭娘與吕姥，但畏合肥有韋武。

雍州民歌 又《梁諸王傳》：蕭恪位雍州刺史，年少未閑庶務，委之群下。百姓每通一辭，數處輸錢，方得聞徹。賓客有江仲舉、蔡薳、王臺卿、庾仲雍四人，俱被接遇，並有蓄積。故人間歌云云。遂達武帝，帝接之曰：『主人憒憒不如客。』

江千萬，蔡五百。王新車，庾大宅。

梁時謠 《國史補》：陳慶之攻魏，麾下悉置白袍，所向披靡。謠云：

千軍萬馬避白袍。

荆州民歌《南史·梁始興忠武王憺傳》：天監七年，使攝荆州任。是冬，詔徵以本號還朝，人歌之云云。荆土方言，謂父爲爹，故云。

始興王，人之爹徒我反。赴人急，如水火。何時復來哺乳我。

豫州民歌又《夏侯夔傳》：大通六年，爲豫州刺史。夔兄亶先經此任，至是，夔又居焉。兄弟並有恩惠於鄉里，百姓歌云：

我之有州，頻得夏侯。前兄後弟，布政優優。◎按，《梁書》『頻得』作『賴彼』。

巴東謡又《庾子輿傳》：巴東有淫預石，高出二十許丈，及秋至，則纔如見焉。次有瞿塘大灘，行旅忌之。部伍至此，石猶不見。子輿撫心長叫，其夜五更水忽退減，安流南下。及度，水復舊，行人爲之語云：

淫預如幞本不通，瞿塘水退爲庾公。

江陵謡又：侯景首至江陵，元帝命梟於市三日，然後煮而漆之，以付武庫。先是，江陵謡云云。及景首至，元帝付諮議參軍李季長宅，宅東即苦竹町也。既加鼎鑊，即用市南井水焉。

苦竹町，市南有好井。荆州軍，殺侯景。

沙門寶誌詩 又《侯景傳》：山家小兒，猴狀。景遂覆陷都邑，毒害皇家。

山家小兒果攘臂，太極殿前作虎視。

白頭烏謡《三國典略》：侯景簒位，令飾朱雀門。其日，有白頭烏萬萬計集於門樓，童謡云：

白頭烏，拂朱雀，還與吴。

梁武帝時童謡《萬曆湖州府志》：梁武帝時，童謡云云。江表凡以烏名山者，咸鑿之，惟雉山失鑿，而陳武帝生。

烏山出天子。

陶弘景詩《隋書·五行志》：天監中，茅山隱士陶弘景爲五言詩云云。及大同之際，公卿惟以談玄爲務，夷甫、平叔，朝賢也。侯景作亂，遂居昭陽宫。

夷甫任散誕，平叔坐談空。不意昭陽殿，忽作單于宫。

江北童謡《南史·陳武帝本紀》：齊遣兵據姑熟，帝命拔石頭南岸栅，移度北岸起栅，以絶其汲路。達摩謂其衆曰：『頃在北，童謡云云。侯景服青已倒於此，今吾徒衣黄，豈謡言驗耶？』請和，許之。

石頭搗兩襠，搗青復搗黄。

洛下兩拔謡

《北齊書・神武本紀》：初，孝明時，洛下以兩拔相擊，謡言云云。謂拓拔、賀拔將衰敗之兆。

銅拔打鐵拔。

擒姦酒謡

《洛陽伽藍記》：河東人劉白墮善釀。永熙中，南青州刺史毛洪賓齎酒之蕃，路逢盗劫之，皆醉，因執之。乃名擒姦酒。時人語云：

不畏張弓拔劍，惟畏白墮春醪。

仇儒妖言

《魏書・長孫肥傳》：時中山太守仇儒，不樂内徙，亡匿趙郡，推群盗趙准爲主，妄造妖言。

燕東傾，趙當續。欲知其名，準水不足。

三童子歌

《北史・魏王慧龍傳》：陳留老子祠有枯柏。世傳老子將度世，云：『待枯柏生東南枝，迴指，當有聖人出，吾道復行。』至齊，枯柏從下生枝，東南上指，夜有三童子相與歌云云。及至尊牧亳州，親至祠樹之下。

老子廟前古枯樹，東南枝如繖，聖主從此去。

洛中謡

又《魏尒朱彦伯傳》：彦伯時在禁直，長孫承業等啟陳。神武義功既振，將除彦伯。節閔令舍人郭崇報彦伯知，彦伯狼狽出走，爲人所執。尋與世隆同斬於閶闔門外，縣首於斛斯椿門樹，傳于神武。先是，洛中謡云云，又云云，至是並驗。

三月末，四月初，楊灰簸土覓真珠。

頭去項，腳根齊。驅上樹，不須梯。

後魏京師謠語

《洛陽伽藍記》：齊土之民，風俗淺薄，虚論高談，專在榮利。太守初入境，百姓皆懷塼叩頭，以美其意。及其代下還家，以塼擊之。言其向背速於反掌。是以京師謡語云：

獄中無擊囚，舍内無青州。假令家道惡，腸中不懷愁。

鄭公歌

《北史》：魏鄭述祖爲兖州刺史，有人入市盗布，其父執之以歸述祖，述祖特原之。自是境内無盗。先是，述祖之父道昭亦嘗爲兖州刺史，故百姓歌之。

大鄭公，小鄭公，相去五十載，風教尚猶同。

李波妹歌

又《魏李孝伯傳》：初，廣平人李波宗族强盛，殘掠不已。前刺史薛道𢷋親往討之，大爲波敗。遂爲逋逃之藪，公私成患。百姓語云：

李波小妹字雍容，褰裙逐馬如卷蓬，左射右射必疊雙。婦女尚如此，男子那可逢？

清河民謡

又《齊宋世良傳》：拜清河太守。才識閑明，尤善政術。在郡未幾，聲問甚高。陽平郡移掩劫盗三十餘人，世良訊其情狀，唯送十二人，餘皆放之。陽平太守魏明朗大怒云：『輒放吾賊！』及推問，送者皆實，放者皆非，明朗大服。郡東南有曲堤，成公一姓阻而居之，群盗多萃於此。人爲之語云云。世良施八條之制，盗奔他境。人又謡云云。

寧度東吴會稽，不歷成公曲堤。
曲堤雖險賊何益，但有宋公自屏跡。

濟北民歌

又《齊崔伯謙傳》：天保初，除濟北太守，恩信大行，富者禁其奢侈，貧者勸課周給。縣公田多沃壤，伯謙咸易之以給人。又改鞭，用熟皮爲之，不忍見血，示耻而已。朝貴行過郡境，問人太守政何似？對曰：『府君恩化，古者所無。誦人爲歌云云。』客曰：『既稱恩化，何因復威？』對曰：『長吏憚其威嚴，人庶蒙其恩惠，故兼言之。』

崔府君，能臨政。退田易鞭布威德，人無爭。

鄴下童謡

又《齊和士開傳》：及武城崩後，彌自放恣。瑯邪王儼惡之，遣都督馮永洛就臺斬之。先是，鄴下童謡云云。士開謂入上臺，至是果驗。

和士開，當入臺。

趙老謡

又《齊綦連猛傳》：猛自和士開死後，漸預朝政，擬議與奪，咸亦咨稟。趙彦深以猛武將之中，頗疾奸佞，言議時有可采，故引知機事。祖珽奏言：猛與彦深前推琅邪王，事有意故。於是出猛爲定州刺史，彦深爲西兖州刺史，即日首途。先是，謡云云。至是，其言乃驗。

七月刈禾大早，九月噉糕未好。本欲尋山射虎，激箭旁中趙老。

北齊讖 又《齊文宣紀》：盟津，水也；羊飲水，王名也；角拄天，大位也。

羊飲盟津角拄天。

祖珽引謡 又《齊祖珽傳》：珽封燕郡公，勢傾朝野，斛律光甚惡之。珽頗聞其言，因其女皇后無寵，以謡言聞上，云『百升飛上天，明月照長安』。令其妻兄鄭道蓄奏之。帝問珽，珽證實。又説謡云云。珽並云『盲老公是臣』，自云與國同憂戚，勸上行，語其多事老母，似道女侍中陸氏。

高山崩，槲樹舉。盲老公背上下大斧，多事老母不得語。

曲巖僞謡 又《周韋孝寬傳》：天和五年，齊丞相斛律明月率數十騎至汾東。孝寬參軍曲巖頗知卜筮，謂孝寬曰：『來年東朝必大相殺戮。』孝寬因令巖作謡歌曰：『百升飛上天，明月照長安。』百升，斛也。又言云云。令諜人多齎此文，遺之於鄴。祖孝徵既聞，更潤色之，明月竟以此誅。

南山不摧自崩，槲樹不扶自竪。

裴公歌 又：周裴俠爲河北郡守，躬履儉素，愛民如子。郡舊有漁獵夫三十人以供郡守，俠曰：『以口腹役人，吾所不爲也。』悉罷之。又有丁三十人，供郡守役，俠亦罷之，不以入私，竝收庸爲市官馬。歲時既積，馬遂成群。去職之日，一無所取。民歌之曰：

肥鮮不食，丁庸不取。裴公貞惠，爲世規矩。

長安謡

又：隋崔弘度性嚴酷。時有屈突蓋爲武侯車騎，亦嚴刻，長安爲之語云：

寧飲三斗醋，不見崔弘度。寧炙三斗艾，不逢屈突蓋。

并州童謡

又《隋宗室傳》：庶人諒以幽死。先是，并州謡言云云。時僞署官告身，皆一紙，别授則二紙。諒聞謡，喜曰：『吾幼字阿量，與諒同音，我於皇家最小。』以爲應之。

一張紙，兩張紙，容量小兒做天子。

趙州謡

又《隋柳彧傳》：時刺史多任武將，類不稱職。彧上表曰：『伏見詔書以上柱國和干子爲杞州刺史，其人年垂[一]八十，鐘鳴漏盡。前在趙州，闇於職務，政由群小，賄賂公行。百姓吁嗟，歌謡滿道。』

老禾不早殺，餘種穢良田。

校按：

【一】『垂』原作『畫』，據今本《北史》改。

貝州民謡

《隋書》：厙狄士文拜貝州刺史，發擿姦諂，長吏尺布斗粟之贓，無所寬貸。得千人奏之，悉配防嶺南。親戚相送，哭聲徧於州境。有京兆韋焜爲貝州司馬，河東趙達爲清河令，二人並苛刻，惟長史有惠政。時人語云：

刺史羅剎政，司馬蝮蛇瞋。長史含笑判，清河生喫人。

安定民歌

又：樊叔略，陳留人也，武帝平齊，以功加上開府，封清鄉縣公。隋文帝受禪，加位上大將軍，進爵安定郡公。在州數年，甚有聲稱。百姓爲之語云：

智無窮，清鄉公；上下正，樊安定。

隋末謡

《開河記》：煬帝自洛陽還駕大渠時，恐盛暑，虞世基獻計，請用垂柳栽于汴渠兩堤。帝自種一株，群臣次第種，方及百姓。時有謡言云云。栽畢，帝御筆寫賜垂楊柳姓楊，曰楊柳也。

天子先栽，然後百姓栽。

古今風謡拾遺卷三

樂亭　史夢蘭　香厓輯

太原童謡

《創業起居注》：高祖起事，衆請法周武執白旗，帝秉絳，雜半續之。開皇初，太原童謡云云。常亦云白衣天子，故請隋主恒服白衣，每向江都，擬於東海。

法律存，道德在，白旗天子出東海。

桃李子歌

又《起居注》云：帝起兵，旗旛赤白相映，若花園。又有《桃李子歌》云云。李爲國姓，「桃」當作「陶」，若言陶唐也。配李而言，故云桃李園，宛轉屬旌旛。汾晉老幼，謳歌在耳。忽覩靈驗，不勝懽躍。帝每顧旗旛，笑而言曰：「花園可爾，不知黄鵠如何。吾當一舉千里，以符冥讖。」

桃李子，莫浪語。黄鵠繞山飛，宛轉花園裏。

又

桃李子，洪水繞楊山。《唐・五行志》云：高祖諱淵，洪水也。

慧化尼歌詞

《創業起居注》：裴寂等依光武長安同舍人强華奉赤伏符故事，乃奏神人太原慧化尼、蜀郡衛元嵩等歌謡詩讖。

東海十八子，八井唤三軍。手持雙白雀，頭上戴紫雲。

又

丁丑語甲子，深藏入堂裏。何意坐堂裏，中央有天子。

又

西北天火照龍山，童子赤兒【一】連北斗。童子木上懸白旙，胡兵紛紛滿前後。拍手唱堂堂，驅羊向南走。

校按：

【一】『赤兒』，文淵閣《四庫全書》本《創業起居注》作『赤光』。

又

胡兵未濟漢不整，治中都護有八井。

又

興伍伍，仁義行，武得九九得聲名。童子木底百丈水，東家井裏五色星。我語不可信，問取衛先生。

衛元嵩詩讖 周天和五年閏十月作詩云云。

戍亥君臣亂，子丑破城隍。寅卯如欲定，龍蛇伏四方。十八成男子，洪水主刀傍。市朝義歸政，人甯俱不荒。人言有恒性，也復道非常。爲君好思量，何□□禹湯。桃源花□□，李樹起堂堂。只看寅卯歲，深水没黄楊。

唐受命讖 李德裕《周秦行紀論》。

首尾三鱗六十年，兩角犢子恣狂顛，龍蛇相鬬血成川。

屈突謡 《唐書》：屈突通莅官勁正，有犯法者，雖親無所回縱。其弟爲長安令，亦以方嚴顯。時爲語云：

寧食三斗艾，不見屈突蓋。寧食三斗葱，不逢屈突通。

荆南謡 又：段文昌徙帥荆南州，或旱，禱解必雨；或久雨，遇出遊必霽。民爲語云：

旱不苦，禱而雨；雨不愁，公出遊。

萬年民謡 又：權懷恩擢萬年令，賞罰明，見惡輒取。時語云：

寧飲三斗塵，無逢懷權恩。

益州人吏歌 又：杜景佺，冀州武邑人。性嚴正，爲益州録事參軍。時隆州司馬房嗣業徙州司馬，詔未下，欲即視事，先笞責吏以示威。景佺謂曰：『公雖受命爲司馬，州未受命，何急數日禄也？』嗣業怒，不聽。景佺曰：『公持咫尺制，真僞莫辨，即欲擾亂一府。敬業揚州之禍，非此類邪？』叱左右罷去，既乃除荆州司馬。吏歌之云云。

録事意，與天通；州司馬，折威風。

天寶中京兆謡 又：李峴爲政得人心，時京師米翔貴，百姓乃相與謡曰：

欲粟賤，追李峴。

楊刺史謡 又《賈敦頤傳》：楊德幹歷澤、齊、汴、相四州刺史，有威嚴。時語云：

寧食三斗蒜，不逢楊德幹。

田承嗣僞讖 又《李寶臣傳》：田承嗣知寶臣少長范陽，心常欲得之，乃勒石若讖者瘗之境。寶臣掘得之，遂陰交承嗣而圖幽州。

二帝同功勢萬全，將田作伴入幽燕。

乾符童謡《新唐書·五行志》。

八月無霜塞草青，將軍騎馬出空城。漢家天下【一】西巡狩，猶向江東更索兵。

校按：

【一】『天下』，據《新唐書·五行志》（中華書局一九七五年版）當爲『天子』。

王法曹歌《朝野僉載》：王熊爲澤州都督。前尹正義爲都督，公平。後熊來替，百姓歌云：

前得尹佛子，後得王癩獺。判事驢咬瓜，喚人牛嚼沫。見錢滿面喜，無錢從頭喝。嘗逢餓夜叉，百姓不得活。

選人歌又：姜晦爲吏部侍郎，眼不識字，手不解書，濫掌銓衡，曾無分别。選人歌云：

今年選數恰相當，都由座主無文章。案後一腔凍豬肉，所以名爲姜侍郎。

黄衣童子歌《杜陽雜編》：代宗廣德元年，吐蕃犯便橋。上幸陝，夜夢黄衣童子歌於帳前云云。詰旦，上具言其夢，侍臣咸稱土德當王，胡虜破滅之兆也。

中五之德方峩峩，胡胡呼呼可奈何。

僞周時謡 唐張鷟《耳目記》：周則天時，謡言云云。張公者，易之兄弟也；李公者，言王室也。

張公吃酒李公醉。

調露初京城民謡 《全唐詩》：堂，言唐也；側者，不正；撓者，不安。再言唐者，唐再受命之象。

側堂堂，撓堂堂。

符鳳引讖 又：武延秀尚安樂公主，恃恩放縱，有不臣之心。公主府倉曹符鳳引讖云云。説之曰：『今天下猶以武氏爲念，駙馬即神皇之孫，大周可再興。』每勸令著皂襖子以應之。

黑衣神孫披天裳。

李敬玄軍中謡 《朝野僉載》：唐中書令李敬玄爲元帥討吐蕃，聞前軍没，狼狽而走。王杲、曹懷舜等並驚退。時軍中謡云云。

洮河李阿婆，鄯州王伯母。見賊不敢鬬，總由曹新婦。

裴炎謡 《全唐詩》：炎爲中書令，時徐敬業欲反，令駱賓王畫計，取炎同起事。賓王乃爲此謡，炎訪學者，令解之。賓王北面拜，曰：『此真人矣。』遂與敬業等合謀起兵，炎從内應，則天因誅炎。

一片火，兩片火，緋衣小兒當殿坐。

吏部謠《朝野僉載》：唐崔湜與岑羲、鄭愔並爲吏部，贓污狼籍，京中爲之謠曰：

岑羲獠子後，崔湜令公孫。三人相比較，莫賀咄骨渾。

金橋童謠《全唐詩》：橋在潞州南一里，明皇於景龍三年十月二十五日由此橋朝京師。

聖人執節度金橋。

楊氏謠《太真外傳》：天寶十載上元節，楊氏五宅夜遊，與廣甯公主騎從争西市門。楊氏奴揮鞭誤及公主衣，公主墮馬。駙馬程昌裔扶救，因及數撾。上令決殺楊氏奴一人，昌裔停官。於是，楊家轉横，京師長吏爲之側目。故當時謠云云，又云云。

生女勿悲酸，生男勿喜歡。

男不封侯女作妃，君看女却是門楣。

神雞童謠 唐陳鴻《東城老父傳》：賈昌七歲解鳥語音，明皇選爲雞坊五百小兒長，甚愛幸之。父死，縣官爲葬器喪車，乘傳洛陽道。當時天下號神雞童，爲之語曰：

生兒不用識文字，鬬雞走馬勝讀書。賈家小兒年十三，富貴榮華代不如。能令金距期勝負，白羅繡衫隨輭輿。父死長安千里外，差夫治道挽喪車。

兩京童謠《全唐詩》：天寶逆胡之亂，士庶多投身於胡庭。先是，兩京童謠有此。後克復之日，朝市繫三司獄鞫問，家産罄盡，骨肉分散，生死無路。

不怕上蘭單，惟愁答辨難。無錢求案典，生死任都官。

馬僕射謡

又：馬僕射既立功業，頗有陶侃之志。客有揚其意者，先著此謡於軍中，因託言善相者云：『公相非人臣，豈不聞謡乎？「和尚」，公之名。「齋鐘動」，謂時至。「不上堂」，不自取也。』馬遂具寶物，直數千萬，令通田悦爲用。客一去不知所之，馬始悔焉。

齋鐘動也，和尚不上堂。

洛城五鳳樓中歌

又：咸通四年秋，洛中大水，飄溺尤甚。先是，皇城守閽者白晝聞五鳳樓中有人歌云云。時鄭相國涯留守洛師，謂閽者爲妖妄。經月餘，有遺燭燼天津橋者，燒其半。未幾水災，魏王與月波二堤俱壞，乃明閽者之言。

天津橋畔火光起，魏王隄上看洪水。

胡楚賓謡

又：胡楚賓文思甚敏，必酒中下筆，當時有謡云：

胡楚賓，李翰林。詞同三峽水，字值雙南金。

西鄙人歌

《乾𦠆子》：天寶中，哥舒翰爲安西節度，控地數千里，甚著威令，故西鄙人歌云：

北斗七星高，哥舒夜帶刀。吐蕃總殺盡，更策兩重濠。

雒陽輿人誦

《全唐詩》：雒縣令張知古，爲令綏亡固存，蠲虐去暴，與百姓更始，輿人作誦云：

我有聖帝撫令君。遭暴昏掾悍寡紛，民户流散日月曛。君去來兮惠我仁，百姓蘇矣見陽春。

景龍中嘲宰相歌

又：景龍中，洛下霖雨百餘日。宰相不能調陰陽，乃閉坊市北門，卒無效，霧溢更甚。人歌云：

禮賢不解開東閣，燮理惟能閉北門。

魯城民歌

《朝野僉載》：姜師度好奇詭，爲滄州刺史，開河築堰，州縣鼎沸。魯城界内，種稻置屯。蟹食穗盡，又差夫打蟹，民苦之，歌曰：

魯地抑種稻，一概被水沫。年年索蟹夫，百姓不可活。

得寶歌

《開天傳信録》：開元末，於弘農古函谷關得寶符，天下歌之云云。得寶之年遂改元天寶。

得寶耶，弘農耶。弘農耶，得寶耶。

淂体歌

《全唐詩》：天寶初，韋堅爲陝郡太守、水陸轉運使，於長安城東滻水傍穿廣運潭，以通吴會數十郡舟楫。若廣陵郡船，即堆積廣陵所出錦鏡銅器，餘郡皆然。先是，民間戲唱《淂体歌》。及堅鑿新潭成，又致揚州銅器，縣尉崔成甫乃翻其詞爲得寶歌。

淂丁紇反体都董反紇那也，紇囊淂体那。潭裏船車鬧，揚州銅器多。三郎當殿坐，聽唱淂体歌。

袁仁敬歌

又：開元二十一年，大理卿袁仁敬暴卒，繫囚聞之，皆痛哭悲歌云：

天不恤冤人兮，何奪我慈親兮。有理無申兮，痛哉安訴陳兮。

黄州左公歌

又：乾元二年，贊善大夫左震出爲黄州刺史。黄人歌云：

我欲逃鄉里，我欲去墳墓。左公今既來，誰忍棄之去。

又歌

肅宗嘗遣女巫分行天下，祭名山大川祈福。巫所至，因緣爲奸。至黄州，震斬巫，閲其贓籍奏焉。

吾鄉有鬼巫，惑人人不知。天子正尊信，左公能殺之。

舒州人歌

又：寳應中，滎陽鄭穀守舒州，蝗蟲不入界。人歌之云：

鄰邑穀不登，我土豐粢盛。禾稼美如雲，實繫我使君。

建州人歌

又：陸長源建中初爲建州刺史，有惠政。百姓歌美之云：

令我州郡泰，令我户口裕。令我活計大，陸員外。

令我家不分，令我馬成群。令我稻滿囷，陸使君。

吴人歌

又：滕遂貞元末登科，歷大理祈事、長洲令，攝吴縣。時人歌云：

朝判長洲暮判吴，道不拾遺人不孤。

汴州人歌

又：宣武節度董晉薨，汴州人歌之云：

濁流洋洋，有闢其郛。闐道嚾呼，公來之初。今公之歸，公在喪車。公既來止，東人以完。今公殁矣，人誰與安？

建昌民歌

又：何易于會昌中攝令，有惠政。民歌之云：

我有父，何易于。昔無儲，今有餘。

巴州薛刺史歌

又

日出而耕，日入而歸。吏不到門，夜不掩扉。有孩有童，願以名垂。何以字之，薛孫薛兒。

高苑令歌

又：高苑令劉敬和，先爲鄒、淄二縣令，後在高苑。歲饑，擅發倉施賑，民得全活。歌之云：

高苑之樹枯已榮，淄川之水渾已澄，鄒邑之民仆已行。

秦城芭蕉謡 又：天水地寒，不産芭蕉。戎帥亭臺有二本，入冬即埋藏於地窟，候春再植之。庚午、辛未間，有童謡云云。時節氣變而不寒，芭蕉花開。蜀人犯封疆，年年一來，不失芭蕉開謝之候。自隴之西，竟爲蜀有。葢劍外節氣先布於秦城也。

花開來裏，花謝也裏。

廣陵詩妖《廣陵妖亂志》：高駢末年，惑于神仙之説，起延和閣於大廳之西。每旦焚名香、列異寶，以祈王母之降。及師鐸亂，人有登之者，於藻井垂蓮之上，見二十八字云云。此近乎詩妖也。

延和高閣上干雲，小語猶疑太乙聞。燒盡降真無一事，開門迎得畢將軍。

黄巢軍中謡《唐書・黄巢傳》：初，軍中謡云云。入閩，俘民紿稱儒者，皆釋。

逢儒則肉師必覆。

廣明初都人謡《全唐詩》：黄巢未入京師，都人以黄米及黑豆屑蒸食之，因有此語。

黄賊打黑賊。

皮日休讖詞《悦生隨抄》：黄巢令皮日休作讖，詞云云。巢大怒。葢巢頭醜，掠鬢不盡，疑「三屈律」之言是其譏也，遂及禍。

欲知聖人姓，田八二十一。欲知聖人名，果頭三屈律。

猪肝書《志怪録》：白浦民割猪肝，肝中有一紙，大如手，色如新，書云云。次年，巢寇起，州郡多荒。

煙蒼蒼，明年無糧。

董昌時謡《五代史》：越人董昌反，妖人應智等獻鳥獸爲符瑞。牙將倪德儒謂昌曰：『曩時謡言有云云。民間多圖其形禱祀之，視王書名與圖類。』因出圖示昌，昌大悦，乃自稱皇帝，國號羅平。

羅平鳥主，越人禍福。◎按，《唐書》無「人」字。

唐舊讖《唐書·董昌傳》：昌曰：『讖言云云。我生於卯，明年歲旅其次，二月朔之明日皆卯也，我以其時當即位。』

兔上金牀。

山陰老人僞謡 又：乾甯二年董昌反，山陰老人獻僞謡云：

欲識聖人姓，千里草青青。欲知天子名，日從日上生。

越中旗亭詩讖《會稽録》：初，董昌未敗前，狂人於越中旗亭多題詩四句云云，人不曉其詞。及昌敗，方悟『艸重』，董字；『日日』，昌字。『素城』，越城，隋越國公楊素所築也。『諸侯』者，猴乃錢鏐申生屬也；『白兔』，昌卯生屬也。『夏滿』，六月也。『鏡湖』者，越中也。

日日草重生，悠悠傍素城。諸侯逐白兔，夏滿鏡湖平。

光啟中謡

《青箱雜記》：蓋光啟丙午國亡之應也。

騎馬來，騎馬去。

張濛妖詩

《五代史·劉延朗傳》：初，廢帝起於鳳翔，與共事者五人，而暠又喜鬼神巫祝之説。有瞽者張濛，自言事太白山神。神，魏崔浩也。其言吉凶無不中，暠素信之。嘗引濛見帝，聞其語聲，驚曰：「此非人臣也！」暠使濛問於神，神傳語曰云云。暠不曉其義，使問濛，濛曰：「神言如此，我能傳之，不能解也。」

三珠併一珠，驢馬没人驅。歲月甲庚午，中興戊己土。

清泰三年歌

《全唐詩》：先是，《甲子歌》有此。後清泰三年丙申，大軍於太原南五樓村前大戰。至九月，晉祖勾契丹至於城下，王師敗績。至十一月，戎王遣蕃軍送晉祖洛陽，即胡虜亂中原之應也。

丙申年，數在五樓前。但看八九月，胡虜亂中原。

後唐軍士謡

又：潞王之入洛，軍士怨望，乃爲此謡。以閔帝仁弱，潞王剛嚴，有悔心故也。

除去菩薩，扶立生鐵。

上藍和尚晉漢二代讖

《江西詩徵》：洪州上藍院和尚，失其名，唐末人，精於術數。

石榴花發石榴開。石榴，晉漢二代姓也，重言之，明晉祚俱不過二世也。

又遺鍾傳偈 和尚甚爲鍾傳敬禮。疾篤，索筆作偈以授傳。明年春，洪州爲淮南楊氏所有。

但看來年二三月，柳條堪作打鐘槌。

又報王審知讖 審知齋供豫章，問國休咎，和尚以十字回報。審知歎曰：『腹者福也，得非福州之患，不在楊行密在錢氏乎？』至延曦之亂，江南來伐，兩浙乘之敗江南兵，福州果爲錢氏所有。

不怕羊入屋，只怕錢入腹。

江南童謡《十國春秋·吴世家》：時有童謡云云。徐知誥本姓李，後遂應此謡。

江北楊花作雪飛，江南李樹玉團枝。李花結子可憐在，不似楊花了無期。

天祐中謡 又《吴列祖世家》：天祐三年九月，秦裴拔洪州，鹵匡時及其司馬陳象等以歸。王切責匡時，匡時請死，哀赦之，斬象於市。先是，謡言云云，至是應焉。

楊老抽嫩鬢，堪作打鐘槌。

蜀讖《蜀檮杌》：周德權，王建之妻弟，從建入蜀。梁祖既篡，德權上表曰：『案讖文云云。「李祐」者，唐王也。「西王」者，王氏興於西方也。「逢吉昌」者，逢字如殿下之名也。「土德」，坤維也。「兑興」，亦西方也。「丹莫當」者，丹朱也，言朱興不敢與殿下抗也。願稽合天命，仰膺寶籙，使天地有主，人神有依。』建大悦。

李祐西王逢吉昌，土德兑興丹莫當。

前蜀乾德童謡《十國春秋》：前蜀王宗弼本姓魏，名弘夫，高祖録爲假子，更今姓名。先是，乾德中童謡云云。蓋魏氏賣國與李之兆也。宗弼實應之。

我有一帖藥，其名爲阿魏，賣與十八子。

廣南石讖《青箱雜記》：廣南劉龑初開國，營構宫室，得石讖，有古篆十六，其文云云。『人人有一』，大人也。『山山』，出也。『值牛』者，龑建漢國，歲在丑也。『兔絲』者，晟襲位歲在卯也。『吞骨』者，滅諸弟也。越人以天水爲趙，爲葢海，指皇朝國姓也。『承劉』者，言受劉氏降也。

人人有一，山山值牛。兔絲吞骨，葢海承劉。

長沙石碣文　又：唐末劉健鋒定長沙，遣馬殷領衆浚城濠，得石碣，有古篆十八，其文云云。解者以殷乾甯三年丙辰歲代立，乃龍舉頭也。至乾祐、辛亥歲國亡，乃猳掉尾也。殷子希範以己未歲生，又以開運丁未歲薨，乃羊歸穴也。又，子希崇壬申歲生，後爲江南所俘，乃猴離次也。

龍舉頭，猳掉尾。羊爲兄，猴作弟。羊歸穴，猴離次。

又 馬希振，殷之子，清泰中卒，葬於長沙之陶浦。掘得石碣，其文云云。葢馬氏諸王雄於周，廣順辛亥歲遷於江南。然其國之變實在庚戌歲故也。

亂石之壤，絶世之岡。谷變庚戌，馬氏無王。

湖南童謡 《十國春秋·楚世家》：當武穆王時，民謡云云。識者謂湖南與淮南國祚實應之。

三羊五馬，馬子離群，羊子無舍。

又 先是，潭州多夾道植槐。廢王時，盡易以柳幹。又，居人向夜織草屩爲業，聲聞内外。童謡云云。識者以爲，『長街者』，内外路也；『不栽槐』者，兄弟失孔懷也；『草鞵』者，遠行所服，百姓逋逃之義也。

湖南有長街，栽柳不栽槐。百姓任奔竄，搥芒織草鞵。◎按，《全唐詩》作七言，詞微異。

又 希崇旣襲位，縱酒荒淫，國人不附。唐主命邊鎬將兵萬人趣長沙，希崇降。初，童謡云云，至是果驗。

鞭打馬，馬急走。

湘中童謡 又《劉言傳》：言鎮湖南凡三年。先是，朗人謂言爲劉齩牙。馬氏將亂湘中，童謡云云。及邊鎬俘馬氏，鎬爲言所逐，而言亦被害。

馬去不用邊，齩牙過今年。

福州讖 又《閩太祖世家》：先是，蕭梁有王霸者，王氏遠祖也，居福州怡山爲道士，常云：『吾子孫當王於此方。』乃爲讖瘞壇下。光啟中，爛柯道士徐玄景劚地，獲其辭云：

樹枯不用伐，壇壞不須結。不滿一千年，自有系孫列。

又 解者以『潮水蕩禍殃』，謂潮除禍患，開基業也。『岩逢二乍間』，謂陳岩逢潮，未幾而亡也。『代代封閩疆』，謂潮與審知兩世也。

後來是三王，潮來蕩禍殃。岩逢二乍間，未免有銷亡。子孫依吾道，代代封閩疆。

閩人謠 又《吴越世家》：開運四年，王遣將余安自海道救福州，大破唐兵，鹵其將都指揮使楊匡業、蔡遇等，安遂引兵入福州。李達舉所部授之，歸附於我。先有謠云云。至是果驗。

風吹楊葉鼓山下，不得錢郎戈不罷。◎按《青箱雜記》『郎』作『來』，『戈』作『兵』。

又 閩人謠云云。『矢口』，知字也。巖死而潮立，潮死而審知繼之，其言遂驗。

潮水來，巖頭没。潮水去，矢口出。

真人謠 又：孝獻世子弘傅，文穆王第五子也，與忠遜王同出魯國夫人鄜氏。初，梁沙門《寶誌銅碑記》云云。自是，南唐以弘、冀名子。而文穆王諸子皆連弘字以應之，弘傅所由名也。先是，王治世子府謡言曰：『何處有鹿脯？』

有一真人在冀川，開口張弓左右邊，子子孫孫萬萬年。◎按，陸遊《南唐書》作『開口持弓向左邊』，無第三句。

九龍帳歌

又：閩惠宗后陳氏名金鳳，與幸臣歸守明私。惠宗嘗命工作九龍帳，國人歌云：

誰謂九龍帳，惟貯一歸郎。

天會童謡

又《北漢世家》：天會二年冬，國中大雪，國人唱云云。人以爲宋受命之應。

生怕赤真人，都來一夜春。

錢塘舊讖

《桯史》：舊傳讖記云云。錢氏有國，世臣事中朝，不欲其語之聞，因更其末章三字，曰『異姓王』以遷之。讖實不然也。

天目山垂兩乳長，龍翥鳳舞到錢塘。山明水秀無人會，五百年間出帝王。

钁鎌謡

《宋史》：王旭嘗知緱氏縣。時官鄰邑者多貪猥，民有謡云：

永甯三钁，緱氏一鎌。

爲蘇紳梁適謡

又：蘇紳與梁適同在兩禁，人以爲險陂，故語云：

草頭木腳，陷人倒卓。

建康民歌 又：蔡洸知鎮江府，會西溪卒移屯建康，舳艫相銜。時久旱，郡民築陂瀦水灌溉，漕司檄郡決之。父老泣訴，洸曰：『吾不忍獲罪百姓也。』卻之。已而大雨，漕運通，歲亦大熟。民歌之云：

我瀦我水，以灌以溉。俾我不奪，蔡公是賴。

光化穀城二邑歌 又：葉康直知光化縣，凡政皆務以利民。時豐稷爲穀城令，亦以治績顯。人歌之云：

葉光化，豐穀城。清如水，平如衡。

京師童謡《獨醒雜志》：何執中居相位時，京師童謡云云。説者謂指童貫、蔡京、高俅三人及執中也。

殺了穜蒿割了菜，喫了羔兒荷葉在。

襄陽謡《墨莊漫録》：田衍、魏泰居襄陽郡，人畏其吻，謡云云。未幾李豸方叔亦來郡居，襄人憎之，云云。

襄陽二害，田衍魏泰。近日多磨，又添一豸。

宣和初北讖《宣政雜録》：宣和初，收復燕山，金民來居京師。其俗有《臻蓬蓬歌》，人多效之。其歌云云，本北讖，故京師不禁。然次年正月，徽宗南幸，次年二聖北狩。又有伎者，以數丈長竿繫椅於杪，伎者坐椅上。少頃，下投於小棘坑中，無偏頗之失。未投時，念詩云云。此亦北讖，而兆禍可怪。

臻蓬蓬，外頭花花裏頭空。但看明年正二月，滿城不見主人翁。

百尺竿頭望九州，前人田土後人收。後人收得休歡喜，更有收人在後頭。

濟南碑讖《宣政雜録》：濟南開元寺，掘地得古碑，八字獨存，僧惡而碎之。後有詔改『德士』，遂符碑言。

僧盡烏巾，尼皆緑鬟。

銅蕪壙文讖《江西詩徵》：熙甯間，鄧潤甫之官成都，途中生女，名曰『路姑』。長，嫁劉埏，生四子，卒葬銅蕪。開壙，得石刻云云。後埏長子堯臣紹興進士；次大聲，以子希旦贈大中大夫；三詢，以子磯贈承事郎；四子安世，貴州助教。

路姑路姑，生在路途。死葬銅蕪，四子金魚。

永新劍上詩讖 又：咸淳末，永新隱士陳森翁，築貞隱齋於冷泉巖，掘地得劍，有詩，末二語云云。下書『大元』二字，莫詳所謂。元世祖興，乃悟其讖。

男兒慷慨生平事，時獨挑燈把劍看。

宋初秘讖《三朝聖政録》：真宗問王文正曰：『祖宗時，有秘讖云云。此豈立賢無方之義乎？』

南人不可作宰相。

穀城民歌《賈氏説林》：王豐爲穀城令，治民有法，民多暴富，歌之云：

天厚穀城生王公，爲宰三月恩澤通，室如懸罄今擊鐘。

瑶仙殿左扉讖《妖化録》：宣和末，忽有題字數行於瑶仙殿左扉云云。始不可辨，後方知金賊之變。『家中木』，宋也。『南方火』，乃火德。『吉人』『亘木』，乃二帝御名。

家中木雖盡，南方火不明。吉人雖塞漠，亘木又摧傾。

汴京謡《清波雜志》：建炎初，從臣連南夫奏劄言女直號國曰金，而本朝以火德王。金見火即銷，終不能爲國家患。向者，黄河埽決，幾至汴京，都人欲導水入汴，謡語云云。於此可見遺民思漢之心。

天水歸汴，復見太平。

開封府地讖《能改齋漫録》：向文簡公父爲母求葬地時，開封城外有地讖云云，因夜葬其地。次年，遂生文簡公。欽聖后，文簡孫也。

綿綿之岡，勢如奔羊。稍前其穴，后妃之祥。

京師謡孔平仲《談苑》：范仲淹字希文，知開封府事，決事如神。京師謡云：

朝廷無憂有范君，京師無事有希文。

邊上謡

又：寶元中，元昊叛。上知范仲淹才兼文武，起帥延安，與韓琦謀，必欲收復靈夏横山之地。邊上謡云：

軍中有一韓，西賊聞之心骨寒。軍中有一范，西賊聞之驚破膽。

蓬州父老歌

《萬姓統譜》：吴幾復，汝州人，皇祐中知蓬州。秩滿去，父老拜送。歌云：

使君來兮父母鞠我，禮化行兮民無寒餓。使君去兮不可復留，人意悵悵兮淚雙墮。

元符末都城童謡

《曲洧舊聞》：蔡侍郎準少時，常有二人見於馬前，百方禳禬不能遣。慶曆二年生京，而一人不見。又二年生下，乃俱滅。元符末，都城童謡云云。至崇甯中，責餞餡又有『一包菜』之語，其事皆驗。而京於靖康初貶死長沙，豈潭州海藏亦驗於此耶？

家中兩箇蘿蔔精，撞著潭州海藏神。

宣和民謡

《能改齋漫録》：童貫、蔡京用事時謡。

打破筒，撥了菜，便是人間好世界。

紹聖中謡

《夷堅志》：安處厚當紹聖中爲諫議大夫，一意附章子厚及蔡京、卞，故有謡云：

大惇小惇，滅人家門。

行都童謡《白獺髓》：紹興初，行都童謡云云。忽民間遺火，自大瓦子至新街，約數里。是時，皆葦席屋。

洞洞張，阿爺娘，一似六軍之教場。

建甯詩妖《宋史·五行志》：紹興二年，李綱帥長沙，道過建甯，僧宗本題邑治之壁云云。后數日，江西盜李仁入境，焚其邑，七月七日也。

東燒西燒，日月七七。

紹興中童謡《江西通志》：天堆山，在建昌府廣昌縣東南溪中。宋紹興間，一夕雷雨大作，聞砂礫聲。旦視之，有山屹然，高數丈。童謡云云。至淳熙十一年，何坦登進士，官學士，謚文定。嗣後名卿輩出。

天雷飛石頭，一夜成高邱，五十年内興公侯。

行在軍中謡《雞肋編》：車駕渡江，韓劉諸軍皆征戍在外，獨張俊一軍常從行在。擇卒少壯長大者，自臂而下文刺至足，號花腿軍，人皆怨之。加之營第宅房廊作酒肆，名太平樓。般運花石，皆役軍兵衆卒。謡云：

張家寨裏没來由，使它花腿擡石頭。二聖猶自救不得，行在蓋起太平樓。

紹興中浙右謡《西湖志餘》：紹興三年八月，浙右地生白毛，韌不可斷。童謡云：

地動白毛生，老小一齊行。

廣東民歌

《泉州府志》：李綸有清操，提舉常平，適伯氏出守恩平，别于江濱。兄弟相戒以清白，綸投杯於江曰：『儻負吾民，有如此水。』時江流洶洶，杯停不没者久之，觀者驚嘆。民歌云：

石門之水清且清，晉吏一畝千古榮。爭如李公投杯盟，江流洶涌杯停停。

桂林古記

《桂海虞衡志》。

癸水繞東城，永不見刀兵。

淳熙中淮西歌

《宋史·五行志》：淳熙中，淮西競歌《汪秀才曲》云云。後舒城狂生汪格謀不軌，兵入其家縛之。其子率惡少數千爲亂，聲言渡江。事平，格亦伏誅。

秀才姓汪，騎驢渡江。過江不得，做盡趨蹌。此本《桯史》。◎按，《宋史》止『騎驢渡江』二句。

開禧民謡

《四朝聞見録》：開禧用兵，鄧友龍、程松爲宣撫、宣諭使，板授其屬爲宣幹。時政府惟有陳自强在相位，民謡云云。

天下台星少，人間宣幹多。

都下謡

曾三異《因話録》：韓侂胄封平原郡王，官至太師。一時獻佞，過稱師王，晚年伏誅。錢伯通在政府，奉御筆施行，都下爲之語云云。『象祖』乃伯通名也，繆妄稱呼，至是遂作精對。可發後世一笑。

釋迦佛，中間坐。胡漢神，立兩旁。文殊普賢自鬭，象祖打殺師王。

臨安十七字詩

《西湖志餘》：車駕饗景靈宮，太學、武學、宗學諸生俱在禮部前迎駕。臨安府有人作十七詩云云。葢譏其幞頭襴服，歲糜廩禄，不得出身，年年迎駕耳。

駕幸景靈宮，諸生盡鞠躬，頭烏身上白米蟲。

淳祐中十七字謡

《宋季三朝政要》：淳祐四年九月，史嵩之丁父彌忠憂，詔起復右丞相兼樞密使。太學生黄愷伯等百四十四人上書，中有云『近畿總餉，本不乏人，而起復未卒哭之馬光祖；京口守臣，豈無勝任，而起復未經喪之許堪。』故里巷爲十七字謡云：

光祖爲總領，許堪爲節制。丞相要起復，援例。

臨安民謡

楊維楨《東維子集》：《杭圖志》有宋韓左廂者，以進士起身，由臨安令以嚴明升臨安府左廂，官臨安。剽民財者，號白撃子，聞公至，皆屏跡。謡云：

韓廂明，無白撃。韓廂死，白撃起。

臨安謡

《西湖志餘》：賈似道當國時，京師女妝競尚假玉，因以假爲賈。而景炎丙子之亂，非復庚申之役。

滿頭青，都是假。者回來，不作耍。

鬭子謡

《宋史·五行志》：宋初，陳摶有『紙錢使不行』之説。時天下唯用銅錢，莫喻此旨。後用交子、會子，其後會價愈低，故有謡云云。似道惡十九界之名，乃名鬭子，而鬭子價愈低，是『紙錢使不行』也。

使到十八九，紙錢飛上天。

閩人謡

《宋史》：章得象世居泉州。初，閩人謡云云。至得象相時，沙湧可涉。

南臺江合出宰相。

興化讖

《春渚紀聞》：黄公度，興化人。既爲大魁，郡人同登第者幾三十人。昔黄涅槃有讖云云。初，徐鍇振夫作魁時改建此門。近軍爲變，城門焚毁。太守復新四門，而北門尤增崇麗。黄居門外區市中，而左右六人同遇，事皆前定。

拆了屋，换了椽，朝京門外出狀元。

番禺童謡

《番禺縣志》：宋時童謡云云。張振孫以咸淳辛未廷對第一。其年，潮忽退，往來相望。

河南人見面，廣州狀元見。◎按，《明狀元事略》：倫文敘魁，天下亦應其讖。

浮梁謡

《江西通志》：青峰山在饒州府浮梁縣溪東一里，讖云云。宋程瑀讀書其上，後果及第。

青峰圓，出狀元。

永福古讖《游宦紀聞》：永福古讖語云云。乾道間，福清天保瑞雲寺後石崖橫行，豁地成蹊。永邑東鄉石壁松上産龍爪花。其年，蕭公國梁果魁天下。次舉黄公定臚唱第一。葢瑞花生處，蕭西黄東，各三十五里，此『狀元東西』之應也。

天保石移，瑞雲來奇。龍爪花紅，狀元西東。

平江讖記 郭彖《睽車志》：平江里俗，舊傳讖記云云。淳熙庚子三月二十二日，吴縣穹隆山大石自麓移立山半。其秋八月十八日夜，海潮大至，過唯亭，環城而西。明年省試，黄由以國學解中選魁天下。由字子由，平江人，而用國學登薦，南歸之驗也。

潮過唯亭出狀元。

西山石移，狀元來歸。

吴中舟師歌《雲麓漫抄》：此兩句乃吴中舟師之歌。每於更闌月夜，操舟蕩槳，抑遏其聲而歌之。

月子彎彎照幾州，幾家歡樂幾家愁。

新州行旅謡《廣東新語》：宋延祐間，有倉振者知新州，夾道植榕。其後，高芝復植松，於是行旅歌之云：

倉榕高松，手澤重重。高松倉榕，夾道陰濃。

二吴謡《古杭雜記》：吴潛拜相，其兄淵多所攀附，有譏於理宗曰：『外間童謡云云』。

大蜈蚣，小蜈蚣，盡是人間業毒蟲。夤緣攀附有百足，若使飛天能食龍。

袁州歌

《江西詩徵》：宋至道三年，王懿守袁州，州人頻困於火。懿曰：『郡之火，無水備耳。』命衆分治舊渠，與李渠接，民歌之。

李渠塞，王君開，四城惠利絶火災。

三衢讖

《揮麈餘話》：三衢境内步溪中有石，號團石，有讖云云。乙丑歲，水涸，石忽如圜鏡。明年，劉文孺章魁天下。前歲大水，石乃側仰，而去年余處恭拜相。此與閩中『沙合南臺』蓋相似也。

團石圜，出狀元。團石仰，出宰相。

皇甫仙讖

獨山圓，出狀元。獨山漾，出宰相。浙江衢州府開化縣有獨山。

閩古讖

白湖腰欲斷，莆陽朱紫半。白湖在莆田縣。自熙甯斷水爲橋，莆之登第者倍昔。

又

水畫丁，羅簪纓。《閩書》：泉州惠安縣有丁溪。

又

龍頭寺後神仙窟，馬頂峰前宰相家。建甯府崇安縣馬頂峰如華蓋，爲翁氏世居。

閩舊讖

銅魚水深，朱紫成林。《同安縣誌》：東溪西溪會處，有銅魚、金車二石。

廣昌童謡

《江西詩徵》：天堆在廣昌縣東南江流之中。紹聖甲戌，一夕，雷雨大作，聞有沙礫之聲。旦日視之，屹然一山，高丈餘，童謡云云。暨立廣昌恰四十五年。

天雷飛石頭，一夜成汀州，五十年内興公侯。

崩洪芙蓉讖

《江西詩徵》：辛稼軒寓信州，卜地建居。形家以崩洪、芙蓉洲示曰：『二地皆吉，但崩洪發甚速，不及芙蓉悠久耳。』辛取崩洪。形者爲讖語云云，其言卒驗。

貪了崩洪，失卻芙蓉。五百年後，只見芙蓉，不見崩洪。

泰和讖

又：定光，宋時同安人，幼出家，後至盧陵，參西峰豁禪師。過泰和懷仁渡，時水暴漲，人曰高滬潭有蜃，出爲民害。師投偈潭中，水退洲起，今龍洲是也。復留二讖云：

龍洲過縣前，泰和出狀元。龍洲結金魚，泰和出相儒。龍洲接甑篼，泰和佐皇帝。

龍洲過縣狀元出，魚埧添兒宰相生。雁塔錶飛遭火劫，高漚鐘響出公卿。

武定民歌《遼史》：楊佶爲無定軍節度使，境内亢旱，苗稼將槁。視事之夕，雨澤霑足。百姓歌之云：

何以蘇我，上天降雨。誰其撫我，楊公爲主。

時爲蕭巖壽語《遼史》：蕭巖壽性剛直尚氣，太康元年，出爲順義軍節度使。尹遜復入爲樞密使，流巖壽於烏路，時人爲之語云云。三年，尹遜誣巖壽與謀廢立事，執還殺之。

以狼牧羊，何能久長。

遼述律后謡 又：遼太祖后述律氏，生而有雄略。嘗至遼土二河之會，有女子乘青牛車，倉卒避路，忽不見。未幾，童謡云云。諺謂地祇爲青牛嫗。後果配太祖，稱地皇后云。

青牛嫗，曾避路。

平陽語《金史》：楊伯雄改平陽尹。先是，張浩治平陽，有惠政。及柏雄爲尹，百姓稱之云：

前有張，後有楊。

興定童謡 又《五行志》：興定五年，先是，有童謡云云。蓋言是時人皆爲兵，轉鬬山谷，戰伐不休，當至老也。

青山轉，轉山青。耽誤盡，少年人。

正隆童謡《煬王江上録》：正隆五年，煬王亮起兵汴京，勑天使催促八路軍馬，各一地方，入南界進發。時童謡云：

正軍三匹馬，簽軍兩隻鞋。郎主向南去，趙老送燈臺。

貞祐童謡《金史·五行志》：宣宗貞祐元年十二月乙卯雨木冰，時衛州有童謡云云。明年正月，元兵破衛，遂丘墟矣。

團圞冬，劈半年。寒食節，没人煙。

明昌童謡《大金國志》：明昌四年十月誅鄭王允蹈。是時，主日久酣飲，外間章奏不許通，京師謡言云云。完顔高、完顔志見人心危疑，密謀立鄭王，而鄭王實不知也。後爲人告變，賜死。

東欲行，西欲飛，中間一路亦垂垂。吾醉不醉知不知。

泰和童謡又：初，忠獻王罕欲贊太宗都燕，司天監郝世才謂燕京土燥山遠，水泉不潤，可以威守，難以文服。若南征北伐未已，此地可居；如持盈守成，禍變必作。又泰和末，有童謡云云。至此，燕京王氣耗竭，其言驗矣。

易水流，汴水流，百年易過又休休。兩家都好住，前後總遲留。

古今風謡拾遺卷四

樂亭　史夢蘭　香厓輯

庚午童謡

《元史·郭寶玉傳》：金末歲庚午，童謡云云。既而太白經天，寶玉歎曰：『北軍南，汴梁即降，天改姓矣。』

摇摇罟罟，至河南，拜閼氏。

元統民謡

又《五行志》：元統二年六月，彰德雨白毛，俗呼曰『老君髯』。民謡云：

天雨氂，事不齊。

至元民謡

又：至元二年二月〔一〕，彰德雨毛，如線而緑，俗呼曰『菩薩線』。民謡云：

天雨線，民起怨。中原地，事必變。

校按：

【一】『三年三月』，原作『二年二月』，據《元史·五行志二》（中華書局一九七六年版）改。

至正京師童謠 又

一陣黄風一陣沙，千里萬里無人家。回頭雪消不堪看，三眼和尚弄瞎馬。

至元京師童謠 又

白雁望南飛，馬札望北跳。

至正淮楚童謠 又

富漢莫起樓，窮漢莫起屋。但看羊兒年，便是吴家國。

至正河南北童謠 又

石人有隻眼，挑動黄河天下反。◎按《明通紀》作『石人一隻眼』。後開河，果於黄陵岡得石人一隻眼，而徐、潁、蘄、黄之兵起。

至正民謠 又：至正十六年，彰德路葦葉順次倚疊而生，編若旗幟，上尖葉聚粘如槍。民謠云：

葦上成旗，民皆流離；葦生成槍，殺伐遭殃。

至正河北童謡 又：至正二十八年，彰德路天甯寺塔變紅色，頂有光焰。河北童謡云：

塔兒黑，北人作主南人客；塔兒紅，朱衣人作主人公。◎按，楊本作『真定童謡』，『黑』作『白』，『朱衣人』作『南人來』。

元末民謡《樂郊私語》：丁酉，張氏攻嘉興，楊完者以大軍破之。然完者兇肆，凡屯壁之所，家户無得免。民謡云：

死不怨泰州張，生不謝寶慶楊。

至正彰德童謡《明通紀》：順帝至正十六年六月，彰德李實如黄瓜。先是，有童謡云：

李生黄瓜，民皆無家。

太倉民謡《平江紀事》：元貞初，升崑山縣爲州，州治去府城七十二里。延祐中，移治太倉。未移之先，太倉江口打碗花子遍地盛開，民謡云云。遷移之後，常有鼠郎出没聽事上，民復謡云云。至正間，果復移回玉峰舊治。

打碗花子開，今搬州縣來。

黄郎屋上走，州來往不久。

平江碑讖《輟耕録》：至正壬辰春，城平江，於古城基内掘得一碑，其文云云。或以爲，『三十六』，四九也；『張翼』，巳午之交也。今張太尉第行九四，而同首亂者適十八人也。

三十六，十八子。寅卯年，至辰巳。合收張翼同爲利。不在常，不在揚，切須款款細思量。且卜水，莫問米，浮圖倒地莫扶起。修古岸，重開河，軍民拍手笑呵呵。日出屋東頭，鯉魚山上遊。星從月裏過，會在午年頭。

松江民謡

又：至正丙申正月，常熟州陷，松江府印造官號，給散吏兵佩帶，以防姦僞。號之製作，畫爲圓圈，繞圈皆火焰。圈之内一『府』字，以府印印府字上。圈之外四角，府官花押。民間謡云云。不二月破城，悉如所言。

滿城都是火，府官四散躲。城裏無一人，紅軍府上坐。

江西奉使宣撫謡

又：至正乙酉冬，朝廷遣官奉使宣撫諸道，問民疾苦，然而政績昭著者十不二三。明年秋，江右儒人黄如徵邀駕上書，指數散散，王士弘等罪狀。其書略云：

九重丹詔頒恩至，萬兩黄金奉使來。

又歌

奉使來時，驚天動地；奉使去時，烏天黑地。官吏都歡天喜地，百姓卻啼天哭地。

又歌

官吏黑漆皮燈籠，奉使來時添一重。

黄衣人歌

明《昭代典則》：洪武五年夏四月，建昌蛇舌巖上有衣黄衣者歌云：

龍蟠虎踞勢岧嶤，赤帝重興勝六朝。八百年中王氣復，重華從此繼唐堯。

建文間道士歌

《明史》：建文初年，有道士歌於途云云。已，忽不見，是靖難之讖也。

莫逐燕，逐燕日高飛，高飛上帝畿。

江陰民歌

又：周斌字國用，昌黎人。在江陰有惠政，民歌云云。◎按，斌附《楊宣傳》内。

旱爲災，周公禱之甘露來。水爲患，周公禱之陰雨散。

潯州民歌

又《陳金傳》：斷藤峽苗時出剽。金念苗嗜魚鹽，可以利縻也，乃立約束，令民與苗市，改峽曰永通。苗性貪而黠，初陽受約，既乃不予直：殺掠益甚。潯州人爲語云云，蓋咎金失計也。

永通不通，來葬江中。誰其作者？噫！陳公。

土兵謡

又《陳金傳》：民間謡曰云云。金亦知民患之，方倚其力，不爲禁。

土賊猶可，土兵殺我。

又謡《洪鍾傳》。

賊如梳，軍如篦，土兵如鬀。

萬曆末道士歌 又：萬曆末年，有道士歌於市云云。北人讀客爲楷，茄又轉音，爲魏忠賢、客氏之兆。

委鬼當頭坐，茄花滿地生。

萬曆末童謡 又《五行志》：有謡云云。羅汝才自號曹操，此其兆也。

鄴臺復鄴臺，曹操再出來。

南康士民謡 又：李應昇授南康推官，士民服其公廉，爲之謡云云。林，謂晉江林學曾，卒官南京户部侍郎，以清慎著稱者也。

前林後李，清利無比。

曹文詔軍中謡 又：秦將曹文詔威名宿著，士民爲之謡云：

軍中有一曹，西賊聞之心膽摇。

猛如虎軍中謡 又：猛如虎所將止六百騎，餘皆左良玉部兵。諸軍從良玉，多優閒不戰。改隸如虎，馳逐山谷風雪中，咸怨望。

謡曰：

想殺我左鎮，跑殺我猛鎮。

馬士英賣官謡 又《馬士英傳》：其他大僚降賊者，賄入，輒復其官。諸白丁、隸役輸重賂，立躋大帥。都人爲語云：

職方賤如狗，都督滿街走。◎按，《明紀會纂》作『中書隨地有，都督滿街走。監紀多如羊，職方賤似狗。㢘起千年塵，拔貢一呈首。掃盡江南錢，填塞馬家口』。

迴瀾塔讖 又：成都東門外鎮江橋迴瀾塔，萬曆中布政余一龍所修也。張獻忠破蜀毁之，穿地取磚，得古碑，上有篆書云云，漢元興元年，丞相諸葛孔明記。本朝大兵西征，獻忠被射而死，時肅王爲將。

修塔余一龍，拆塔張獻忠。歲逢甲乙丙，此地血流紅。妖運終川北，毒氣播川東。吹簫不用竹，一箭貫當胸。

李巖僞謡 又《流賊傳》：李巖造謡詞云云，使兒童歌以相煽，從自成者日衆。

迎闖王，不納糧。

河南賊營中謡 《綏史未刻編》：劉洪起者，西平鹽徒。與其弟洪超、洪道結鄉井以自保。嘗乘夜遣人入賊中取其馬。劉字司高，扁頭，别號也。

尚景登，多熬由，防備西平劉扁頭。

明初童謡《異録》：明初有十八子之讖，又云云。成化中，有李龍子者，結一中官入宫，謀不軌，事發伏誅。

十八孩兒天上生。

南京碑識又：崇禎甲申，南京乾清宫陷，忽現一碑，上云云。則又知亡明之爲闖也。

一小又一了，眼上一刀丁戊攪。平明騎馬入宫門，散在皇極京城擾。

張獻忠童謡《蜀難敘略》：丙戌年，獻賊自言是歲有大劫，不利。乃營於西充縣之鳳凰山，爲肅王所殪。先是，有童謡云云，不謂獻賊應之。

生於燕子嶺，死在鳳凰山。

劉侯歌《明詩綜》：永樂中，山陽劉安知南宫縣，勤於撫字。境内旱蝗，率吏民步禱，蝗亦頓絶。是歲，鄰皆饑，惟南宫大稔。民歌曰：

侯宰南宫，民和政通。蝗不入境，今之魯恭。

解州歌又：永樂中，浮梁吴惠知解州。民歌曰：

吴父母，恩何溥。昔憔悴，今鼓舞。

况太守歌 又：宣德中，况鍾知蘇州府，稱治最。秩滿去，民叩闕留者八萬人。吴人歌曰：

况太守，民父母。早歸來，樂田叟。

興化謡 又：蒲政，四川舉人，正統六年任揚州興化主簿，寬恕廉靖。民謡云：

蒲政打蒲鞭，青布緣了邊。九年三考滿，不要一文錢。

淮上歌 又：瀋陽范鏓中正德丁丑進士。歷官兩淮運使，革夙弊，遷四川參政以去。商民立祠淮水上，爲之歌曰：

范來早，商民飽。范來遲，商民飢。

都中歌 又：嘉靖中，土木繁興，一時工書驟增數員。都中歌曰：

馬頭雙，馬後方，督工郎。

興化民歌 又：嘉興孫璽知揚州興化縣事。有土豪徐恩入貲爲千户，交結權貴，横行鄉曲，璽以法殺之。民歌曰：

彼惡人兮，虎翼而飛。惡人既殺兮，公瘠我肥。

嘉靖中童謠 又

賣槍纓，人上城。

茄頭下，人走馬。

興化歌 又：盧陵陸某知揚州興化縣事，將入覲報政，民歌之曰：

昔來何遲，今去何速。惠我弗終，昭陽之陸。

涇縣歌 又：嘉興高承埏知涇縣，將去，民歌之曰：

眄公車，來何暮。計公程，去何速。公内召，我何之。急攀轅，告上司。上司揚言不可止，入都門，見天子。

山西謡 又：正德中，歷城徐暹爲山西副使。時有巨寇，號混天王，劫掠郡縣，暹以計平之。民乃語曰：

不發一矢，賊乃盡死。不荷厥戈，賊死實多。

郭公讖 又：嘉靖元年，河南巡撫何天衢命百户亓修月堤。發一古冢，塼上朱書云云。塼空其中，人以爲琴几。崇禎中，帝製《於變時雍》琴曲，曾取此塼入禁。

郭公塼，郭公墓，郭公逢著亓千户。巡撫差爾修月堤，臨時讓我三五步。

禹州歌

又：上海潘恩知禹州，州人語曰：

莫相仇，避潘侯。

太康謡

又：博興韓玥令太康，多異政，蝗不入境。民謡曰：

欲蝗不復墮，須是韓公過。欲蝗不爲災，須是韓公來。

臨洮歌

又：潞城劉昭，宣德中爲臨洮尹，多仁政。民歌曰：

野有流民，惟侯集之。邑有田疇，惟侯闢之。古人謹獄，惟侯哀之。有此三惠，孰不懷之。

塘下童謡

又：台州太平縣塘下戴某，與方古真婚。戴氏將敗，童謡云云。及洪武末，戴氏竟籍没，惟二女出嫁存焉。

塘下戴，好種菜。菜開花，好種茶。茶結子，好種柿。柿蔕烏，摘了大姑摘小姑。

羅太守歌

又：桂陽羅以禮，永樂中守紹興，寬猛得宜。遇雨暘不時，往禱輒應。民歌曰：

太守羅以禮，祈晴得晴，祈雨得雨。

二洪歌 又：莆田洪楷，從子珠，後先知紹興府，崇尚名教。人歌之曰：

大洪小洪，先後同風。

湯太守歌 又：安岳湯紹恩爲紹興守，瀕海潮至，淹没田舍。紹恩爲築堤建閘，以時蓄洩，闢田數千畝。越人歌之曰：

泰山巔，高於天。長江水，清見底。功名如山水，萬古留青史。

饒州歌 又：陶安知饒州，當入覲，民爲之歌云云。既而復命守州事，載歌云云。

千里榛蕪，侯來之初；萬姓耕闢，侯去之日。

湖水濦濦，侯澤之流；湖水有塞，我思侯德。

賈推官謡 又：嶧縣賈訪，弘治中爲建昌推官。大璫至廷，辱郡守以下官，訪獨與抗禮。民謡云：

知府一堆泥，同知一凷土。若非賈推官，壞了建昌府。

南豐歌 又：通州馮堅，洪武中爲南豐典史，政平訟理，民懷其德，歌曰：

山市晴，山鳥鳴。商旅行，農夫耕。老瓦盆中冽酒盈，呼囂隳突不聞聲。一作：『南豐知縣，海陽戴瑀。』

又

建德陳勉，景泰中爲南豐知縣，百廢具舉。民歌之云：

大尹陳，政事新，男耕女織歌陽春。

江西謡

又：弘治中，吴江王哲巡按江西，有威名。民爲謡曰：

江西有一哲，六月飛霜雪。天下有十哲，太平無休歇。

建昌民謡

又：晉江吴夢相爲建昌推官，遷南京大理評事。時人語曰：

吴公吴公，行李皆空。公道服人，私情不通。

浮梁謡

又：浮梁人吴十九，善製磁器，士大夫多與之游。時人語云：

戉窯太溥永窯厚，天下馳名吴十九。◎按，『吴』一作『昊』。

童謡

又：蒲圻陳文禮，字貴和。洪武三年，由貢生授監察御史。有冤獄，久不決，童謡云云。文禮悟曰：『罪人必康七也。』果如其言。

斗穀三升米，説與陳文禮。

王捕虎歌 又：清苑王哲爲湖廣布政使，廉政彦明，人不敢干以私。歌之曰：

王捕虎，最執古。囊無錢，衣有補。

漢陽民歌 又：廣州何澹，字中美，以天順中進士知漢陽府。民歌之曰：

何太守，築漢陂。飢得食，寒得衣。

陸青天謡 又：嘉善陸埛知武昌府，郡人謡曰：

陸青天，勝〔二〕明月。青天無不青，明月有時缺。

校按：

〔二〕『勝』字原缺，據《明詩綜》補。

蜀中謡 又：蜀寇黄中據支羅砦，與牛欄坪相望里許，萬山斗絶，目爲天城。謡云：

打得支羅砦，金珠滿船載。打得牛欄坪，换箇成都城。

播石上讖 又：萬曆二十七年，播酋叛，勢甚張。十月，鄉人譚經歷恕避兵深巖，忽聞石裂，有文在石上云云。巡撫郭子章鏤板以傳賊中，明年，賊果滅。

避深巖，人化血。石壁壞，諸蠻絶。

興化謡 又：正德中，進士岳池馮馴守興化。民謡曰：

馮太守，來何遲。胥吏瘠，百姓肥。

葉君歌 又：隆慶中，歸善葉春及知惠安縣，民愛之如慈父，歌之曰：

葉君爲政，惟飲吾水。設施不煩，五風十雨。

閩中謡 又：嘉興譚昌言爲福建提學，人有投私書者，概不發。試竣，題數行，裹原書復之。閩人語云：

來一封，去兩封，以爲不信視郵筒。

吴公歌 又：崇禎中，新安吴彦芳爲莆田令，有惠政。秩滿去，新縣令催科嚴，民乃思吴公，歌曰：

陽春何去，霰雪何來。父邪母邪，翳惟我懷。

順德謡 又：嘉靖初，餘姚金蕃知順德縣。初，政尚嚴，民謡云云。比及朞，豪强斂，獄訟減，民復謡云云。

朝鰓鰓，毛厥施乎。夕掝掝，石厥畫乎。勞乎勞乎，盍燕以敖乎。

華蓋之屹屹，不如尹之無泐。碧鑑之粼粼，不如尹之無津。長我禾黍，轂我士女，吁嗟乎膏雨。

又

德清胡友信宰順德，邑多盜。懼民輕法，頗尚猛厲。凡獲賊，腊其鼻，或投諸淵，聞者震驚。謠曰：

山有虎，邑有胡，無捋其鬚。

惠州歌

又：福州鄭天佐爲惠州通判，善折獄。民歌之曰：

縣遲延，府一年。但愬鄭青天，訟無滯，民無冤。

高州歌

又：開縣嚴琥同知高州府，時大饑，琥捐俸以賑。民歌曰：

治我嚴父，生我慈母。

雷州歌

又：永樂中，天台黄敬知雷州府。先是，郡多囚繫。敬至數日，悉爲剖决，獄盡空。民歌之曰：

黄公來遲，使我無依。今公莅政，惠我無私。

瓊州民謡

又：瓊州蠻黎岐，習騎射，自稱神弓。萬曆十四年，爲官兵所敗，請降。民謡云：

弛神弓，來歸降。

肇慶府謡 又：西水自廣西來，每歲夏至後，淫雨暴漲。諺云：

水浸釣魚臺，上下不得來。釣魚臺，峽中山名。

西水漫漫，魚蟹滿盤。

花瓦謡 又：田州女土官瓦氏，嘉靖十四年，調之征倭。至蘇州，索有司捕蛇爲軍中食，敗倭於王江涇。時人語云：

花瓦家，能殺倭，腊而啖之有如蛇。

曲靖歌 又：成化中，灌縣焦韶知曲靖府，境産瑞禾。民歌之曰：

禾本二穗，嘉穀滿田。太守焦公，仁德及天。

楚雄歌 又：先大父君籲府君，諱大競，知楚雄府，政尚廉静。甫半載，丁内艱，幾不能治裝歸，郡人歌曰：

清平太守一世難，百鳥有鳳鳳有鸞。

貴州謡 又：鄴水楊純以監察御史按貴州，任滿，百姓乞留一年，詔許之。民乃謡曰：

鄴水楊，但願年年巡貴陽。

陳父歌 又：印江陳表知廣元縣事，與利州衛雜處，軍强民弱。表申明制度，以服武弁。民歌曰：

古來力役，軍三民七。陳父定之，彼此畫一。家用平康，勞者獲息。

如皋謡 又：長山王屿生中，崇禎庚辰進士，知揚州如皋縣事，性愛蓄蝶。民有罪當笞者，輸蝶得免。羅致千百，召客飲，縱之以爲樂。邑人語曰：

隋堤螢火輟，縣官放蝴蝶。

南京童謡 又

一匹馬，走天下。騎馬誰，大耳兒。指馬士英、阮大鋮也。時又有對聯云：『闖賊無門，匹馬横行天下。元兇有耳，一人坐擾中原。』

惠山謡 又：惠山街，一名綺塍街，夾路古藤喬木。謡云：

惠山街，五里長。踏花歸，鞵底香。

吴公謡 又：吴江吴山爲山東副使，獄無滯囚。時有塞井復渫，民爲謡云云。既而遷福建按察使，聽訟明允。民又謡云：

彼泥者泉，弗浚而復，錫我則福。

鳳之棲，其雛來儀，民具是依。

姑蘇童謡

《麈餘》：姑蘇閶門有伍子胥祠，神像立而不坐，坐則必毁。時有童謡云云。及況公鍾爲太守，入祠見之，曰：『不可使神久立。』遂易以坐像，自是不復毁矣。

若要伍公坐，須待二兄來。

吴縣民謡

《吴縣志》：隆慶元年丁卯，秋成大熟，民謡云云。十月三日，府治堂庫灾。

隆慶元年，米糶三錢。銅杓不用，鏟刀上前。

三台讖

《海豐縣志》：碣石衛城内有三大石，名曰三台，讖云云。後提舉司王一權以署事至衛，刻『三台石』三字在上。隆慶五年，倭寇陷城，殺戮殆盡。

一拳打破三台石，三歲孩兒也没頭。

龍化湖讖

《名山藏》：茶陵州有龍化湖，故有讖云云。正德乙卯，湖忽暵涸龜裂。明年，州人張治遂舉進士第一。

龍湖坼，狀元出。

梓州曲

《沅湘耆舊集》：崇禎末，新化陳忠愍公死潼川之難，蜀人追念，作《梓州曲》云：

蜀山何峩峩，陳公節不磨。蜀宇啼枯桑，思公堪斷腸。

賀馬子謡 又：萬曆時有童謡云云。崇禎初，掘得一石硯，刻『賀馬子置』。未幾，而有張獻忠之亂。嗣是，牛、李、王、宋、馬、戴諸賊，十餘年間，焚劫殺掠之慘，甚於他邑。

要得發，張邋遢。要得死，賀馬子。

京都謡 《金臺紀聞》：平江伯陳睿好飲涼酒，京師謡云云。弘治庚申，火篩兵勢頗張。孝廟遣平江禦之，臨軒挂印，平江畏怯失措，跌而失印。孝廟不樂，尋竟以逗留削爵。

平江不飲熱酒，怕火篩。

岑猛謡 明田汝成《炎徼紀聞·岑猛傳》云：會江西華林峒賊反，都御使陳金檄猛從征。猛兵沿途剽掠，民皆徙村避之，爲之謡曰：

華林賊，來亦得。土兵來，死不測。黄狐跳梁白狐立，十家九家邏柴棘。

梌山謡 《福建通志》：梌州在汀州府永定縣，上有石如馬，謡云云。成化十四年盗亂。

石馬鳴，則有兵。

萬歲寺塔讖 《福建通志》：嘉靖十三年二月，雷震萬歲寺浮屠，火光如炬，燭照城中。時屠僑爲布政，冒雨救火，以雨衣藉地，甫三拜而塔頂丁鼎墜地，有識云云，梁天監四年書。

諸天及人，無由見鼎。地摇三月，天雨四花。土田之變，今古同時。屠人握鬮，雨衣三拜。

定海讖《明狀元事略》：洪武甲戌科張信，浙江定海人。郡中初架石梁，有謡云云。其父首從橋行，還家生信。

人從橋上行，狀元此時生。

吉水讖　又：洪武庚戌科狀元胡廣，江西吉水人。吉水東有鑑湖，諺云云。是歲，廣應之。後正統壬戌鑒湖又決，吉水劉儼復應其讖。

水決鑑湖壇，文江出狀元。

建陽讖　又：洪武乙丑狀元丁顯，福建建陽人。建陽舊讖云云，顯應之。

淮沙圓，出狀元。

崑山舊讖　又：崑山舊讖云云。宋淳熙中，葉令子强遂建問潮館於駟馬橋下，後潮復還過夷亭。癸丑、丙辰二科毛、朱皆狀元，人謂舊讖之應云。

潮過夷亭出狀元。

郭璞《遷城記》 又：嘉靖丙戌龔用卿，福建懷安人，福州舊傳郭璞《遷城記》云云。至是，用卿首選。

南臺沙合，河口路通。先出狀元，後出相公。

常州舊讖 又：郡治後有河，旋遶如帶，舊讖云云。宋李餘慶作郡曾濬之，已而霍、蔣諸公相繼大魁天下。歲久湮塞，殆四百年。隆慶壬申，玉融龍岡施公至，首闢龍城書院，又從諸士請疏治後河，未幾，孫公果首擢。◎按，孫公，名繼皋，無錫人。

後河通，狀元出。

淮安童謡 又：淮安一郡，古未有魁天下者，有之，自沈坤始。後十九年己未，清河丁士美繼之，童謡云云。坤被論，果在己未士美登科之歲。

新狀元入朝，舊狀元入牢。

甯都謡 《江西通志》：成化四年，甯都三江水合。先有『三江水合狀元來』之謡，明年，邑人董越果狀元及第。

三江水合狀元來。

長樂讖 《福建通志》：永樂十年，長樂石首山鳴，讖云云。是歲，馬鐸及第。後六年，李騏又及第。

石首山鳴出大魁。◎按，石首山，或作首石山，一本下有『十洋成市狀元來』句。首石山在長樂縣。明永樂十年，是山適鳴，會三寶太監鄭和下海通西洋，駐軍十洋街。是科邑人馬鐸應之。戊戌又鳴，邑人李騏應之。

黿湖讖

《江西詩徵》：黿湖在南城東，一名蟜湖，不通溪河，有讖云云。宋淳祐中、明正統中，兩爲黎水衝開，張淵徵、張昇應之。

黿湖衝破狀元生。

南臺讖

又：南豐南臺潭在南臺山下，有讖云：

南臺沙上，南豐出相。

方石讖

又：方石在南豐東，隔江與老龍洲相對，有讖云：

沙到方石前，南豐出狀元。

市溪古讖

又：瑞州之市溪，一名市河。錦江水自靖安門流入城中，復會入江，有古諺云云，輒驗。

錦水入市河，朱紫滿郡多。錦水市河通，筠州出三公。錦水市河連，筠州出狀元。

樟樹鎮讖

又：清江樟樹鎮，江中綿亘數里，對岸爲花灩洲，水長時則不見。讖云：

花灩洲上生青草，樟鎮出閣老。

玉山讖 又：玉山治西隅臨溪有杏花村，相近有蔡家園，今皆廢爲桑地，爽塏水不能侵。有讖云：

水浸蔡家園，玉山出狀元。

玉池坊讖 又：大庾玉池坊最高，弘治庚申大水，坊亦爲所浸，有讖云云。明年，郡人劉節領鄉薦第一。

水浸玉池蓮，南安出解元。

西山讖 又：南昌西山緱嶺之東悟禪院側有深巖，禱雨輒應。相傳許旌陽有讖云：

老龍寄在蟾塢内，留與江西救旱災。

修水記 又：修水在分甯縣北，經武甯海昏入蠡湖。世傳郭璞記云云，言可避亂也。

有魚名儵，有水名潃。天下大亂，此地無憂。

江西讖 又：江西有謠云云。信州張真人家山頭向上，子孫相繼膺封錫。雩都張氏，其山頂向下，故世出一人與冥相通。

金鵞頭向天，代代出神仙。金鵞頭向水，代代出人鬼。

撫州讖 又：臨汝東西兩阜相望，一曰金石臺，一曰玉石臺。文昌堰在汝水之滸。《舊圖經》云上值文昌星，故名。有讖云：

金玉臺高丞相出，文昌堰合狀元生。

臨江古石刻讖

又：臨江郡庠，唐盧肇讀書故基也。嘉靖甲子，分守陳大賓拓而新之，掘地得石刻云云。後陳改蕭姓，惟『壬甲子』及『八十』之説終不知所謂。

甲子重逢壬甲子，八十蕭公下脈真。

南豐老人謡

又：楊士奇字伯儒，山東魚臺人，家素封而好行其德。於書無所不窺，然不屑章句，一以倫紀爲本。初官鉛山令，調南豐，務爲寬簡，愛民禮士。每歲自其家輦金給官舍用，以其餘興作以利民。期年之間，政敷人和。以母思歸急，遂乞養去豐。民扶老攜幼，酌酒送之，有老人倚杖而謡：

前有趙名膺圖褚名侯藻，後有吴名秉和張名景載。慈母嚴父，無有短長。我老八十，乃見魚臺楊。父復有父，母復有母。猗嗟窮乎，君樂而我苦。

廣昌童謡

又：廣昌邑如牌形，童謡云云。今何氏住牌頭，出顯官。楊氏住牌中，饒於財。張睢陽廟在牌尾，禱多應。

住牌頭，出公侯。住牌心，斗量金。住牌尾，神靈異。

新城童謡

又：鄧徵君潛谷居新城南津，與校武場相望。未生時，有童謡云云。嘉靖七年，有青蓮自水中漂至南津，次年而徵君生。

水内生青蓮，黎川出大賢。

華林山謡 又：瑞州華林山左近有三寶嶺，山勢危峻。正德初，官兵屯此以討華林。先是，有謡云：

若要華林敗，三寶去立寨。

天井湖謡 又：天井湖在南城西南高山上，水色藍碧，里人以是卜晴雨。有謡云：

湖水淺，今年旱。水滿湖，禾不枯。

孟家灣謡 又：武甯雙嶠山，溪水南流，又西折與修水合。溪東南曰孟家灣，地勢窪下。或山水驟漲，往往横流入灣，民謡云云。蓋本形家水破巽方之説。縣尹令鄉民周植楓杞以爲捍蔽。

水走孟家灣，黎民逃上山。

學使謡 《蚓菴瑣語》：明萬曆末年，有督學使者喬公試士。公廉嚴毅，不少假借。公瞽一目，諸生嘲之爲『獨木橋』，蓋況其難履也。詩謡云：

秀才擺摇摇，難過獨木橋。過了獨木橋，依舊擺摇摇。

明末謡 《艮齋雜説》：明末婦人衣尚繩黑。秀才所帶䍠䍠巾者，前後二片，長大皆尺許，每風動如飛，亦服妖也。時有謡云：

男子頭上蝴蝶飛，女子身上和尚衣。

童謡

《静志居詩話》：此予童穉日，偕閭巷小兒，聯臂蹋足而歌者。不詳何義，亦未有驗。

貍貍斑斑，跳過南山。南山北斗，獵迴界口。界口北面，二十弓箭。

大廟峽舟人歌

《廣東新語》：大廟峽前有二小峰，曰獅子、眠羊。横當灣環之間，舟人畏之，歌云云。自此至清溪、濛裏二驛，一路多虎，乃歌云云。

朝見眠羊，估客燒香。暮見獅子，梢公化紙。

清溪濛裏，早眠晏起。

行者謳

又：錦石山在德慶州西，高百餘丈，一石狀天柱削成而圓。制府淩雲翼常屬黎舍人民表，大書「華表石」三字刻其上，以比伏波銅柱，故行者謡云：

上不見華表是封川，下不見華表是德慶。

廣州漁者歌

又

水頭魚多，水尾魚少。不如沓潮，魚無大小。沓潮者，潮之盛也。

米貴水謡

又：清遠有米貴水，在金釵灣上，中有二水，有謡云：

米貴水流朱溪岸，米賤水流緑林塘。

南江水口舟人謡

又：南江水口有浮沉石在江中，舟人謡云：

要知風雨至，但視石浮沉。

金華夫人謡

又：廣州有金華夫人祠，夫人少爲女巫，溺死湖中。祈子往往有驗，婦女有謡云：

祈子金華，多得白花。三年兩朵，離離成果。

猺人謡

又：萬曆初，兩廣寇之劇者曰羅旁猺，其峯有九星巖，一石竅深二尺許，猺輒吹之以號衆。又有石，其底空洞，撞之淵淵作鼓聲，猺亦以爲號。其謡云：

撞石鼓，萬家爲我虜。吹石角，我兵齊宰剥。

官有萬兵，我有萬山。兵來我去，兵去我還。

猺峒歌

又：猺俗最尚歌，男女雜遝，一唱百和。專以比興爲主，而布格用意，有迥出於民歌以外者。

黄蜂細小螫人痛，油麻細小炒仁香。

行路思娘留半路，睡也思娘留半牀。

與娘同行江邊路，卻滴江水上娘身。滴水一身娘莫怪，要憑江水作媒人。

嶺南民謡

又：嶺南賈人以金爲貨，利常數倍。民謡有云：

黄金自吴來，精者十三倒。□□爭買時，白銀不言好。

舟子謡

又：粤舟上樂昌灘，率以雙篙穿舟腰之而上，舟子謡云：

朝穿腰，暮穿腰，篙如鐵一條。

上灘篙在手，下瀧篙在腰。

又

其上烏蠻大灘者，每一落篙，男女則偃身船旁，以助其勢，曰眠篙，行者笑之。有謡云：

婦人撑右，丈夫撑左。估客笑人，眠篙不可。

鴛鴦雙篷，使風西東。

行者歌

又：肇慶新橋而上，人煙寥落，山路多岐。舟人及此險地，即然萝香，客皆酣卧昏迷。若枕間置水一盂，則迷魂之藥涣散。又以藥名破布葉者煎湯服之，並解。行者歌云：

身無破布葉，莫上萝香船。

山歌

又：青雒狀如鴿，喜食檳榔之未熟者。山歌云：

多謝青雕鳥，檳榔要與郎。寧食我橄欖，莫食我檳榔。

青雕且莫來，檳榔猶未熟。莫食檳榔青，寧食檳榔肉。

魚童謠 又：淘鵝，即鵜鶘也。曰逃河者，淘鵝之訛也。陽江人則謂水流鵝。漁童謡云：

水流鵝，莫淘河。我魚少，爾魚多。竹弓欲射汝，奈汝會逃何。

牧者歌 又：西江有潛牛，牛身魚尾，能上岸與牛鬬。牧者歌云：

毋飲江流，恐遇潛牛。

越謡 又

一檳一榔，無蔞亦香。扶留似妾，賓門似郎。賓門即檳榔也。

檳榔爲命賴扶留。

粤謡 又：羅定西甯産小馬，可騎行樹下，名果下馬。又有果下牛，出高凉郡，即《爾雅》所謂犤牛也。粤謡云：

果下馬，果下相逢爲郎下。果下牛，果下相逢爲儂留。

又

天桃大如木瓜，凡渡海者，食之不嘔浪，然年荒乃多結實。

米價高，食天桃。

又

荔枝好食不生子，苦楝無甘墜折枝。

粵女歌

指甲葉，鳳仙花，染成纖爪似紅芽。

瓊州謡

又：蛇蠱狀如蜘蛛而足短，最毒，出瓊州。見者以爲蜘蛛也，易視之，忽爲所中。有謡云：

生根蜘蛛無結網，無絲無緒最傷人。

又

瓊州人以檳榔白爲茶。檳榔白者，檳榔始花未結實，以花莖嫩者食之以代茶。有謡云：

檳榔白，不食花。食花蒂，當靈茶。檳榔青，子初成。食青子，當茶清。青以子言，白以花言。

童謠

的的確，買羊角。秋風轉，脱蛇殼。相傳爲祝頌舉子之詞。的確，不易也；羊角，解也。

鹽販謠《沅湘耆舊集》。

淮鹽貴如金，粵鹽賤如土。淮鹽一斗泥，粵鹽一斗鹵，將鹵换泥官不許。

里老謠 又

一案牽十起，一案飛十里。貧民供鞭箠，富民吸骨髓。

票上一點墨，民間千點血。

治苗去螣，治民去賊。

賊案不開花，真正好官家。

去草先去莎，去賊先去窩。斬艸不除根，終久又蔓延。

資江舟子謠 又

五十三灘，一灘一灣。

一灘高十丈，十灘高百丈，寶慶在天上。

放船出了茱樓門，艄公放了膽，客人定了魂。茱樓門，俗呼諸樓門，蓋茱萸之轉聲也。
大柳洋，小柳洋，十個艄公九個忙。
紙船鐵艄公，怕淺不怕風。
大洋江，小洋江。鄧家溪，在中央。

黔西謠 又

天無三日晴，地無一里平，人無半點情。

三隅山謠

《四川通志》：三隅山在資州仁壽縣東、西、南三隅，而治居其中，去陵井各一里。古謡云：

三隅青，陵陽榮。三隅翠，陵陽貴。

俗占月出早遲歌

十七八，爬更挖。十八九，坐等守。二十亨亨，月上二更。廿一及廿二，漸到半夜底。廿三四，月上山頭四更四。廿五六，月上山頭煮飯熟。

童女謠

月亮光光，孥來望娘。娘看見心頭肉，爹爹看見百花香。哥哥看見親姊妹，嫂嫂看見辦家娘。蓋言一家惟嫂爲外人也。

巴東三峽歌二首

酈道元《水經注》曰：巴東三峽，謂廣溪峽、巫峽、西陵峽也。三峽七百里中，兩岸連山，略無闕處。重巖疊嶂，隱蔽天日。非亭午夜分，不見日月。其中有灘，名曰黄牛。江湍紆回，信宿猶見，故行者謡曰：『朝發黄牛，莫宿黄牛。三日三莫，黄牛如故。』◎《宜都山川記》曰：自黄牛灘東入西陵界，至峽口一百里許，山水紆曲，林木高茂。猿鳴至清，山谷傳響，泠泠不絶。行者聞之，莫不懷土，故漁者歌云：

巴東三峽巫峽長，猿鳴三聲淚沾裳。

巴東三峽猿鳴悲，猿鳴三聲淚沾衣。

雲女巖謡

《廣西通志》：雲女巖有石，小而長，名曰石女。謡曰：

雲淹石女，水流春杵。

惠州謡

《廣東通志》：東山在惠州府和平縣，古讖云：

東山成市，公卿立至。

又謡 金雞石在惠州府長甯縣，諺云：

天下太平，金雞出鳴。

天台山讖《天台山志》：山讖云云。然則地爲靈仙所宅，尚矣。

曲豆女台，可以避灾。

鳳山石讖《福建通志》：臺灣府鳳山，昔年有石忽開，内有讖云云。又相傳有佃民墾田得一石碑，内鐫「山明水秀，閩人居之」八字。

鳳山一片石，堪容百萬人。五百年後，閩人居之。

腰帶水謡《江西詩徵》：武甯縣南有腰帶水，源出神童山，爲縣脈。西界水從西門入江，屢經衝決。順治間，知縣任天祚改入縣治，流至東水關入修江。有謡云：

水繞縣前流，官清百姓柔。

都下語《沅湘耆舊集》：乾隆初，茶陵彭維新、甯鄉王文清同官京師，二人皆博聞强記，都人語云：

記不明，問文清。解不真，問維新。

趙青天謡 又：趙恭毅公申喬巡撫湖南，人呼趙青天。長沙居民賽會，用二人擡一座，兩旁插清道旌幟，道字皆斜寫。又以錢結兩師子置座上，中插一大燭，名曰照青天。其詞云：

兩道俱不正，兩司俱要錢，中間一燭照青天。

謝公謡 又：許容巡撫湖南，與糧道謝濟世互劾，侍郎阿里衮、御史胡定來湖南會鞫。長沙民謡云：

濟世有謝公，許子不能容。時又有偶語云：『許子衣，許子冠，衣冠禽獸；胡然天，胡然帝，天帝神明』。又云：『阿彌陀佛饒了你，齊天大聖不容情。』胡謂胡定；阿彌陀佛謂阿里衮；齊天大聖謂孫士淦【一】。時文定公方爲楚督也。

校按：

【一】『孫士淦』，當爲『孫嘉淦』。孫嘉淦，字錫公，乾隆時曾任湖廣總督，賜謚文定。

秣陵童謡 《書影》。

楊柳青，放風箏。楊柳黄，擊棒壤。

清河謡 《曠園雜志》：賁達，清河人，少以勇直聞。康熙乙丑秋七月，久雨，淮黄水漲，河堤使者欲決一堰以洩其勢。堰在清河上流，決當淹民田廬。賁不可，挺身持矛立於堰上，曰：『誰敢決此堰，吾當刺之。』胥徒畏其勇，皆辟易。告其主，縛而杖殺之，一鄉皆哭。既收葬，清河人謡云：

費達費達，忠正明察。哀我良人，無辜被殺。生爲英雄，死作菩薩。

江甯童謡 康熙二十六年八月初八日，江甯鄉試，入闈主試者米翰林漢雯也。舉子纔點名，忽聞空中聲勢洶湧。仰視，見飛蝗蔽天自東北來，日色爲其所掩。經進之處，瓦屋層疊數寸，時有童謡云云。米君素有文名，竟被黜。

蝗蟲入考場，有米也要荒。

松江謡 《蓴鄉贅筆》：吾松舊有謡云云。吏兹土者往往不能廉潔。

秀野原來不入城，鳳凰飛不到華亭。明星出在東關外，月到雲間便不明。

閩謡 又：福建城隍廟，忽於七月朔旦，鼓樓火起，延燒至運司及大小公署、寺院、民房，又焚雙門一帶約八千餘間。先是，鼓樓匾額有『海天鼇柱』四字，土人有謡云云，至是果驗。

雙門堪走馬，鼇柱變成灰。

古今諺拾遺

古今諺拾遺卷一

樂亭　史夢蘭　香厓輯

《牧誓》引古人言

牝雞無晨。牝雞之晨，惟家之索。

《康誥》引古人言

人無於水監，當於民監。

《秦誓》引古人言【一】

民訖自若是多盤，責人斯無難。

校按：

【一】『言』字原脱。

《論語》引人言

爲君難，爲臣不易。

予無樂乎？爲君唯其言而莫予違也。

又引南人言

人而無恒，不可以作巫醫。

《左傳》楚子文引古人言 僖七年。

知臣莫若君。

又衛侯衎引古人言 襄二十六年。

非所怨勿怨。

又周劉定公引諺 昭元年。

老將知而耄及之。

又魯謝息引人言 昭七年。

雖有挈缾之智，不失守器。◎按，《戰國策》靳黈所引，無「雖有」二字。

又鄭子産引諺 昭七年。

蕞爾國而三世執其政柄，其用物也宏矣，其取精也多矣。

又陳芋尹蓋引先民言 哀十五年。

無穢虐士。虐士，死者。

《周語》單襄公引人言

兵在其頸。

《戰國策》莊謂王稽引所聞 莊，人名也。

三人成虎，十夫楺椎。衆口所移，毋翼而飛。

又蔡澤説應侯引語

日中則移，月滿則虧，物盛則衰。

又蔡澤引所聞

鑒於水者見面之容，鑒於人者知吉與凶。

又燕王謝樂閒書引語

仁不輕絶，智不輕怨。

《史記·佞幸傳》引諺

力田不如逢年，善仕不如遇合。

又《賈誼傳》引鄙諺

前車覆，後車誡。

又《秦始皇紀》引野諺

前事之不忘，後事之師也。

又《滑稽傳》引諺

相馬失之瘦，相士失之貧。

《東觀漢記》陳忠引語

迎新千里，送故不出門。

又明德馬后引俗語

時無赭，澆黄土。

《後漢書》宋弘引所聞

貧賤之交不可忘，糟糠之妻不下堂。

又《朱浮傳》引古語

中國失禮，求之於野。

又《陳蕃傳》引鄙諺

盜不過五女門。

《三國志·魏諸王傳》註引諺

貧不學儉，卑不學恭。

又《魏王昶傳》引諺

救寒莫如重裘，止謗莫如自修。

又《吴薛綜傳》引諺

千金之子，坐不垂堂。

又《吴孫奮傳》引里語

明鏡所以照形，古事所以知今。

《晉書·劉毅傳》引諺

受堯之誅，不能稱堯。

又《劉琨傳》引古語

山有猛獸，藜藿爲之不採。◎按，桓寬《鹽鐵論》引《春秋》曰：『山有虎豹，葵藿爲之不採。國有賢士，邊境爲之不害。』

又《吐谷渾傳》引古語

夏蟲不知冬冰。

又《祖納傳》引古人言

貞良而亡，先人之殃。酷烈而存，先人之勳。

又《魯褒傳》引諺

錢無耳，可使鬼。

又《凉張顯傳》引諺

野獸入家，主人將去。

又《列女傳》引諺

忍辱至三公。

又《列女傳》引諺

雞夜鳴者不利行師，犬群嗥者宫室必空。兵動馬驚，軍敗不歸。

《北史·李彪傳》引諺

一日不書，百事荒蕪。

又《邢巒傳》引俗諺

耕則問田奴，絹則問織婢。

《南史·王鎮惡傳》引語

猛獸不如群狐。

《唐書·辛替否傳》引古語

福生有基，禍生有胎。

《十國春秋·吴越傳論》引語

二用則爲虎，不用則爲鼠。

《宋史·畢仲衍傳》引諺

鋤一惡，長十善。

又《王阮傳》引古語

千里之行，起於足下。

又《趙葵傳》引諺

護家之狗，盜賊所惡。

《遼史·宗室傳》引諺

偏憐之子不保業，難得之婦不主家。

《金史·陳起傳》引古語

疑則勿任，任則無疑。謀之欲衆，斷之欲獨。

《明史·彭時傳》引諺

子出多母。

《韓非子》引鄙諺

虜自賣裘而不售，士自譽辯而不信。

又引宋人語

一雀，過羿必得之。

又引古諺

知淵中之魚者不祥。又趙文子引用諺云：『察見淵魚者不祥，智料隱逸者殃。』

《風俗通》引諺

趙王好大眉，人間半額。楚王好廣領，國人没項。齊王好細腰，後宫有餓死者。

又引俚語

狐欲渡河，無奈尾何。

婦死腹悲，惟身知之。

《晏子》引所聞

近臣嘿，遠臣瘖，衆口鑠金。

《家語》引里語

相馬以車，相士以居。

《六韜》引諺

天下攘攘，皆爲利往。天下熙熙，皆爲利來。

《孔叢子》平原君引遺諺

堯舜千鍾，孔子百觚。子路嗑嗑，尚飲十榼。

《述異記》引漢世古諺

雖有神藥，不如少年。雖有珠玉，不如金錢。

《龍城録》引俗諺

白日無談人，談人則害生。昏夜無談鬼，談鬼則怪至。

《金樓子》引諺

雨月額，千里赤。蓋旱之徵也。

《資暇録》引古諺

借書一嗤，還書一嗤。後人因訛爲「癡」，又云當作「瓻」。

《蠡海録》引諺

牛食如澆，羊食如燒。凡草木，經牛嗷之餘必重茂，經羊嗷之餘必悴槁。

《逌旃璅言》引諺

忙家不會，會家不忙。

百戰之後，豪傑挺生。

人與智長，習與性成。

《聞見近録》引古諺

遲是疾，疾是遲。

《俟鯖録》引諺

力能勝貧，謹能勝禍。

《獨醒雜志》引諺

張果老，撑鐵船。謂難過也。

《鈍吟雜録》引諺

風潮過了世界在。

《雞肋編》引諺

病從口入，禍從口出。◎按，此本晉傅玄《口銘》中語。

《豹隱紀談》引諺

夏至未來莫道熱，冬至未來莫道寒。

《北夢瑣言》引諺

乘船走馬，去死一分。

好事不出門，惡事行千里。

小舅小叔，相追相逐。

《蔣子萬機論》引諺

學者如牛毛，成者如麟角。

《抱朴子》引諺

古人欲達勤誦經，今世圖官勉治生。

《商君書》引所聞

疑行無名，疑事無功。

愚者暗於未成，智者見於未萌。

桓譚《新論》引諺

侏儒見一節，而長短可知。

崔寔《政論》引里諺

州郡記，如霹靂。得詔書，但掛壁。

應劭《漢官儀》引里語

任智不正車生咀。

王朗《貧窶語》引諺

魯班雖巧，不能爲乞丐者顏。

《魏武遺令》引諺

失晨之雞，思補更鳴。

曹植令引諺

相門有相，將門有將。

轂千駑不如養一驢。

《前秦録》苻堅引諺

怒其室而作色於父母。◎按，《綱鑑》無「母」字。

欲人勿知，莫若勿爲。

桓寬《鹽鐵論》引語

廚有肥肉，國有饑民。廐有肥馬，路有餧人。「餧」音「餒」。

未見君子，不知僞臣。

五盜執一良人，枉木惡直繩。

貨賂下流，猶水之赴下，不竭不止。

又引世人語

鄙儒不如都士。都，美也；都者，鄙之對也。《左傳》曰：「都鄙有章。」

又引鄙語

賢者容不辱。

又引人言

安者不能恤危，飽者不能食饑。

荀悦《申鑒》引語

盜跖不能盜田尺寸。

有鳥將來，張羅待之。

王充《論衡》引語

圖王不成，其弊可以霸。

王符《潛夫論》引語

人惟舊，器惟新。昆弟世疏，朋友世親。

又引諺

曲木惡直繩，重罰惡明證。

徐幹《中論》引古語

至德之貴，何往不遂。至德之榮，何往不成。

賈誼《新書》引語

爞爞弗滅，炎炎若何。萌芽不伐，且折斧柯。

禍出者禍反。

劉向《新序》引語

愚者暗成事，知者見未萌。民不可與慮始，可與樂成功。

彊者善攻，而弱者不能守。

仁不輕絶，智不簡功。

劉向《説苑》引諺

誠無垢，思無辱。

《淮南子》引諺

鳥窮則噣，獸窮則軬，人窮則詐。

又引里人諺

烹牛而不鹽，敗所爲也。烹羹不與鹽不成羹。

揚子《法言》引語

事歷終古，以魚爲魯。

《傅子》引諺

巧詐不如拙誠。

干寶《搜神記》引諺

巧言以免責。

又引語

莫言鬼無身，杜伯射宣王。莫言鬼無形，都直訟生人。

《北征記》引古語

視卒如嬰兒，可與赴深溪。視卒如愛子，可與之俱死。

《山海經》引古老語

百無一有，百行百窮。

《廣韻》引諺

城門失火，殃及池魚。古有池仲魚。城門失火，仲魚燒死，故諺云云。《金罍子》引古諺云：『城門失火，殃及池魚。楚國亡猿，禍延林木。』◎按，此四語乃北齊杜弼《檄梁文》本之《淮南子》。

《天禄閣外史》引諺

農勤於朝，女勤於宵。宵必顧杼，朝必望雨。言得時毋怠也。

唐趙甤《長短經》引諺

浴不必江河，要之去垢。馬不必騏驥，要之善走。士不必賢也，要之知道。女不必貴種，要之貞好。

又引語

瓊艘瑶檝，無涉川之用。金弧玉弦，無激矢之能。

同明者相見，同聽者相聞。德合則未見而相親，聲同則處異而相應。

知人未易，人未易知。

時不與善，己獨由之。

羿關弧，則越人之行自若。弱子關弧，則慈母入室閉户。

以權力合者，權力盡而交疏。以色事人者，色衰則愛絶。

積恩不已，天下可使。

連雞不俱棲，可離而解。

不爲禍始，不爲福先。

以心度心，間不容鍼。

禄薄者不可與入亂，賞輕者不可與入難。

交接廣而信衰於友，爵禄厚而忠衰於君。

又引古語

圖王不成，弊猶足霸，圖霸不成，弊將如何？

天下嗷嗷，新主之資也。

窮鼠嚙貍，匹夫奔萬乘。

禹以夏王，桀以夏亡。湯以殷王，紂以殷亡。闔廬以吴戰勝，無敵於天下，而夫差以見擒於越。穆公以秦顯名尊號，而二世以劫於望夷。

土性勝水，掬壤不可以塞河；金性勝木，寸刃不可以殘林。

一里之厚，而動千里之權者，地利也。

貴不與驕期而驕自至，富不與侈期而侈自來。

一棲不兩雄，一泉無二蛟。

凡人情，以同相妬。

忠無不報。

又引鄙人言

何知仁義？已饗其利者爲有德。

又注引語

應天以實不以文。言上天不以僞動也。

又注引古語

廉士非不愛財，取之以道。

富能富人者，欲貧不可得。貴能貴人者，欲賤不可得。達能達人者，欲窮不可得。

《顔氏家訓·教子篇》引俗語

教婦初來，教兒嬰孩。

又《治家篇》引諺

落索阿姑餐。此其相報也。婦人之性，率寵子壻而虐兒婦。

又《勉學篇》引諺

積財千萬，不如薄伎在身。

又《省事篇》引古人言

多爲少善，不如執一。鼯鼠五能，不成伎術。

又《雜藝篇》引江南諺

尺牘書疏，千里面目。

《東坡志林》引俗諺

下有茯苓，上生兔絲。

《莊子》引野語

衆人重利，廉士重名。賢士尚志，聖人貴精。

《魯定公記》引古語

寧得一把五加，不用黃金滿車。寧得一把地榆，不用明月寶珠。

商君引語

貌言華也，至言實也。苦言藥也，甘言疾也。

左邱明引古諺《苻子》。晉苻朗傳。

築室道傍，三年不成。

《詩疏》引俗諺

洛鯉伊魴，貴於牛羊。

《詩正義》引語

四足之美有麃，兩足之美有鷮。

《湧幢小品》引諺

佛面上刮金。嘉靖初，用工部侍郎趙璜奏，没入正德末所造諸寺繪鑄佛像，刮取一千三十餘兩，正合諺語，可笑。

《泊宅編》引諺

背無好瘡。言發背治之宜早也。

《荆州歲時記》引諺

臘鼓鳴，春草生。

《丹鉛録》引古語

枇杷黄，醫者忙。橘子黄，醫者藏。蘿蔔上場，醫者還鄉。言夏多疾，冬自平也。

又引諺

將軍大彍騎，衛佐小郎官。言彍騎之弊也。

若無此輩，餓殺此輩。

又引俗諺

馬蟻戴籠頭。

玉波去四點，依舊是王皮。

《南齊書·王敬則傳》引語

三十六策，走爲上計。

《魏氏春秋》曹冏引諺

百足之蟲，至死不僵。

梁祚《魏國統》王昶《戒子書》引諺

知足不辱。如不知足，則失所欲。

《宋書·顔延之傳》引諺

富則盛，貧則病。

陶潛《答龐參軍詩序》引諺

數面成親舊。

宋呂居仁《官箴》引諺

忍事敵灾星。王沂公嘗説：『喫得三斗釅醋，方做得宰相。』蓋言忍受得事也。杜詩：『忍過事堪喜。』

《鑑斷》引語

前門拒虎，後門進狼。

《嬾眞子録》引古語

五角六張。謂五日遇角宿，六日遇張宿，此兩日作事多不成。然一年之中，不過三四日。

《蓴鄉贅筆》引古語

升不受斗，不毁則覆。

康對山《武功志》引諺

物豐於所聚，利竭於所産。

陳幾亭《外書》引諺

實病無良醫。

《蘄州志序》引諺

山大多刺棘，國大多奸黠。

《釵小志》引諺

白頭花鈿滿面，不若徐妃半粧。◎按，《唐摭言》：蔣凝應宏詞，爲賦止及四韻，頃刻播傳，或稱之云云。

《女紅餘志》引語

欲知菡萏色，但請看芙蓉。欲知莫愁美，但看阿侯容。阿侯，莫愁子也。

《谿山餘話》引諺

倖門如鼠穴。

《國寶新編》引諺

瓊玖蚤折，白石巋業。

辛氏《三秦記》引語

城南韋杜，去天尺五。

杜重威引俚語

逢賊得命，更望複子。

《太平寰宇記》引諺

高粱無上源，清泉無下尾。蓋以高粱微涓淺薄，裁足津通，憑藉涓流，方成川甽。清泉至潞，所在枝分，更爲微津，散漫難尋故也。

《酉陽雜俎》引古語

三守庚申三尸伏，七守庚申七尺滅。

佛書引語

停囚長智

赤腳人趁兔，著鞾人喫肉。

《埤雅》引諺

鴇無舌，兔無脾。

《朝野僉載》引俗諺

棗子塞鼻孔，懸樓閣却種。

蟬鳴蛁蟟喚，黍種餻糜斷。

唐中宗引諺

《全唐詩》：景龍三年十一月十三日乙丑，冬至。時有請改就十二月甲子爲吉者。侍御史唐紹、太史令傅忠孝引曆爭，帝引諺以爲不可，竟從紹等議。

冬至長於歲。

賈言忠引諺 又：高宗遣李勣伐高麗，侍御史賈言忠計事還，帝問軍中云何。言忠以爲男生兄弟鬩墻，爲我鄉導，師必克，引此。

軍無媒，中道回。一作『賊無歷底中道回』。

李勣別張文瓘引諺 又

千里相送，終於一別。

路勵行引諺《啟顔録》。

一人在朝，百人緩帶。

郝南容引諺《朝野僉載》。

三公後，出死狗。

婁師德引諺《全唐詩》。

卒客無卒主人。

張果引諺 又：明皇欲以玉真公主降果，果先知之，引此以辭。

娶婦得公主，平地生公府。

宋守敬引諺 又：守敬清謹，老任龍門丞，竟登岳牧。每勉人但守清，勿憂不遷。引此，云仕宦亦無休勢也。

雙陸無休勢。

唐代宗引諺《通鑑》：郭曖與昇平公主嘗與爭言，子儀囚曖待罪，帝引諺云：

不癡不聾，不作家翁。家音姑。

李振引諺《全唐詩》。

百歲奴事三歲主。

李哲《家恠》引諺 又

一雞死，一雞鳴。

王彥章引諺《五代史》。

人死留名，豹死留皮。

《奚囊橘柚》引語

欲知女子强，轉臭得成香。女香草出繁績，婦女佩之則香，男子佩之則臭。昔海上有丈夫拾得此香，嫌其臭，棄之。有女子拾去，其人跡之，香甚，欲奪之，女子疾去。其人逐之不及，乃止。《吕氏春秋》云：『海上有逐臭之夫。』疑即此事。

《船窗夜話》引諺

要死食蛇毒。謂蛇瘳草，食之殺人也。

順昌谷道人种語

大風先倒無根樹，傷寒偏死下虚人。

王恬智語

犯色傷寒猶易治，傷寒犯色最難醫。

《臨海異物志》引諺

人寧負人千石之羹，不願負人猴頭羹臛。安家夷皆好噉猪頭羹。

寧去累世田宅，不去鯯魚額。鯯魚炙食甚美。

古今諺拾遺卷二

樂亭　史夢蘭　香厓輯

得意失意語《古諺閑譚》：舊傳有俚語四句，頌得意者云云。好事者續以失意者四句云云。可喜可悲之狀溢於言外。

久旱逢甘雨，他鄉遇故知。洞房花燭夜，金榜挂名時。

寡婦攜兒泣，將軍被敵擒。失恩宮女面，下第舉人心。

吏部舊語《全唐詩》：吏部故事，放長榜，舊語云：

長名以前，選人屬侍郎。長名以後，侍郎屬選人。

省中語《唐國史補》：郎官故事，吏部郎中二廳，先小銓，次格式。員外郎二廳，先南曹，次廢置。刑部分四覆，户部分兩賦。其制尚矣。舊説吏部爲省眼，禮部爲南省，舍人、考功、度支爲振行。比部得廊下食，以飯從者，號比盤。二十四曹呼左右司爲都公。省中語云：

後行祠屯，不博中行都門。中行禮部一作刑户，不博前行駕庫。

郎吏語《全唐詩》：尚書郎，吏兵部爲前行，司門、都比、屯田、虞水、膳部主客，皆在後行，閑簡無事。語曰：

司門水部，入省不數。

諫院臺省語《唐國史補》：諫院以章疏之故，憂患略同。臺中則務糺舉。省中多事，旨趨不一。故言云：

遺補相惜，御史相憎，郎官相輕。

御史臺語《全唐詩》：御史故事，監察院長與同院禮隔，語云：

事長如事端。

臺中諺又：殿中侍御史，新入知右巡，已次知左巡，所主繁劇。及遷向上，則又入推，益爲勞屑。惟其中間，則入清閑。故臺中諺云：

免巡未推，只得自知。

京兆府語又：京兆府兩縣引馬到府門，傳門而報。兩尹入廳，大尹亦到廳。不得候兩尹坐後出，不得候兩尹立後出。

不立兩縣令，不坐兩少尹。

翰林諫議語 又：唐稱翰林爲坡，諫議大夫亦稱坡。諫議大夫班本在給，舍上，其遷轉則諫議歲滿方遷給事中，自給事中遷舍人。故當時語云：

饒道斗上坡去，亦須却下坡來。

舉子語 又：舉子七月後即於諸州拔解。人爲語曰：

槐花黄，舉子忙。

明經進士語 唐王定保《摭言》：進士科始於隋大業中，盛於貞觀。縉紳雖位極人臣，不由進士者，終不爲美。歲貢常八九百人。

三十老明經，五十少進士。言其艱難也。

詞臣諺 《談苑》：文宗尤重内外制之任，嘗謂近臣曰：『詞臣之選，古今猶重。朕聞朝廷除一舍人，六親相賀。諺以爲「一佛出世」，豈容易哉？』見葉廷珪《海録碎事》。

一佛出世。

汴京曹吏語 《委巷叢談》：自元豐制，尚書省復二十四曹，繁簡絶異。在汴京時，有語云云。及駕幸臨安，喪亂之後，士大夫亡失告身批書者多。又軍賞百倍，平時賄賂公行，冒濫相乘，軍讓日滋，賦歛愈繁，而刑獄亦衆。故吏、户、刑三曹吏胥人人富饒，它曹寂寞彌甚。吏輩又爲之語云云。

吏勳封考，筆頭不倒。户度金倉，日夜窮忙。禮祠主膳，不識判硯。兵職駕庫，典了襏袴。刑都比門，總是冤魂。工屯虞水，白日見鬼。

臨安曹吏語

吏勳封考，三婆兩嫂。户度金倉，細酒肥羊。禮祠主膳，啖虀吃麪。兵職駕庫，齩薑呷醋。刑都比門，人肉餛飩。工屯虞水，生成餓鬼。

兵部四司語

《春風堂隨筆》：今世官司各有俚語，以寓譏評。如在京兵部四司云云。聞他衙門尚多，惜不得其詳。

武選武選，多恩多怨。職方職方，最窮最忙。車駕車駕，不上不下。武庫武庫，又閒又富。

知縣諺

《筠廊隨筆》。

前生不善，今生知縣。前生作惡，知縣附郭。惡貫滿盈，附郭省城。

甯茵事諺

《全唐詩》。◎按，徐嶷《物怪録》「甯茵」作「甯菌」。此諺乃班寅將軍所引。班寅，虎怪也。

鵓鳩樹上鳴，意在麻子地。一作「意在麻畬裏」。

鸕鷀諺 又

鸕鷀不打腳下塘。鸕鷀能没水捕魚。栖宿之處，雖水深魚多，未嘗犯。

鹽鐵諺 又：唐世，鹽鐵轉運使在揚州，盡筦利權，商賈如織。天下之盛揚爲首，而蜀次之。故諺曰：

揚一益二。

内經真諺

子欲夜書，當修常居。眉後小穴中爲上元六合之府，主化生眼暉，和瑩精光，長珠徹童，保鍊目神。是真人坐起之上道，一名曰真人常居。

相書諺 張景藏《論婦人相》引諺云：

目有四白，五夫守宅。

心相諺《青箱雜記》。

有心無相，相逐心生。有相無心，相隨心滅。

太平酒諺《真誥》：楊義夢遊蓬萊山，會蓬萊仙公洛廣休。既下山半，見許主簿，相逢於夾石之間。公語主簿曰：『吾爲汝置酒四升，在山上，可往飲之。此太平家酒，治人腸也。諺云。』

欲得長生飲太平。

馬肝石語 郭憲《别國洞冥記》：元鼎五年，郅支國貢馬肝石，服之，彌年不飢渴。是時公卿語云：

不用作方伯，惟須馬肝石。

黄虵珠語 同上。

寧失千里駒，不失黄虵珠。

風聲木語 同上。

年未半，枝不汗。此木五千年一溼，萬年不枯。

鼀黄語 同上。

夜未央，待鼀黄。

龍爪薤語 同上。

薤和膏，身生毛。烏哀國有龍爪薤，煎之有膏，以和紫桂爲丸，服一粒，千歲不飢。

飲酒諺《魏書·高允傳》。

其益如毫，其損如刀。

桃棗諺

杖策插桃桃得食，扶行栽棗棗難嘗。

桃橘諺《曲洧舊聞》：諺云云。言桃易實可待，橘實遲不可待。

頭有二毛好種桃，立不踰膝好種橘。

錢古語《貴耳録》。

少則樂，無則憂，多則累。
牢收長物金三品，密寫虛名墨一行。
須知世上金銀寶，借汝閒看六十年。

饒君且恁埋藏卻，嚥有人曾作主來。

枸杞諺《致富奇書》。

去家千里，勿食枸杞。

種竹諺《群芳譜》。

種竹無時，雨過便移。多留宿土，記取南枝。

樹介諺 周櫟園《書影》。

樹若稼，三公怕。以爲應在貴臣也。◎按，《舊唐書·五行志》：『開元二十九年十一月二十九日，雨木冰，凝凍裂，數日不見。甯王見而歎曰：「諺云：樹木稼，達官怕。必有大臣當之。」其月王薨。』

河豚諺《爾雅翼》：鯢，今之河豚。率以冬至後來，每三頭相從，號爲一部。諺云云。言烹和所用多也。

得一部，典一袴。

立夏諺《玄池說林》：立夏日，俗尚啖李，時人語云：

立夏得食李，能令顔色美。

蚤蝨諺 齊卞彬《蚤蝨賦序》。

朝生暮孫。

事狐神諺

《朝野僉載》：唐初以來，百姓多事狐神，當時有諺云：

無狐魅，不成村。

粤諺 屈大均《廣東新語》。

半北半南三二月，南風過夜必端陽。海南三四月時，晝有南風，夜則無之。至五月乃有過夜南。

潮長風起，潮平風止。

朝北暮南子夜東。

朝三暮七，晝不過一。

六月無閒北。凡六月，有北風必作颶。◎以上三條謂颶風也。

春寒春煖，春煖春寒。一春之寒煖以立春卜也。

春晴一春晴，春陰一春陰。

下白雨，娶龍女。凡天晴暴雨忽作，曰白撞雨，亦曰白雨。

早禾壯，須白撞。

冬乾年濕，禾米莫粒。瓊冬至宜雨。

乾冬濕年，禾黍滿田。廣冬至不宜雨。

冬濕年乾，倉廩團團。瓊元日宜晴。

年濕冬乾，農夫加餐。廣元日宜微雨。

勤下糞不如早犂田。粤無冰，歲有微霜，則百物蕃盛。諺所云言打霜也。

六月六，白雨足。粤在天南，多白雨。白雨在北則爲雹，雹在南則爲白雨。白雨盛夏益多。

七風八到，九日無來風過造。

朝三晚七，半夜下風無過日。風之始發，恒以月七八之日及蚤暮二時。過此，即甚暴烈，多不終朝。

鹹水清，淡水濁。鹹水滿洋，不如淡水一掬。言淡者雖濁而可食也。凡海水秋冬鹹而春夏淡，鹹則益清見底。

海水莫熱，禾穀將結。海水其涼，禾穀登場。瓊州以海水占年，凡海水熱則荒。

水消水上灘，水長水下灘。甘竹灘在順德南四十里。凡灘水皆一流，而甘竹灘兩流，潮長則水滿而下灘，潮消則水乾而上灘。

初一十五，水上日午。初九二十三，水大牛歸欄。言廣州裏海潮候也。

蓬萊一山，合於羅山。東武一石，附於韶石。韶石東北一里有逃石，高三十餘丈。相傳自武城逃來，與韶石相麗。

廣西有一留人石，廣東有一望夫山。留人石在南甯江北岸，狀如女子。廣東之賈多贅於廣西而不返，其怨婦皆以此石留人，西望而詛祝之。

上海人，下海神。言以海神爲命也。

女忌緑郎，男忌紅娘。廣州女子年及笄，多有犯緑郎以死者。男子未娶，亦多犯紅娘以死。皆婚姻不及其時所致。

好禾不過降。言至霜降而畢穫也。

冬不藏菜。廣中隆冬，時常得鮮蔬，故人家絶少鹹葅。

物賤銀貴，無錢可替。商賈多運銀而出，所留於東粤者無幾。

瀾蚌之胎有玫瑰，文魮之腹有美玉。文魮狀如覆銚，是生珠玉。

文魮鳴，美玉生。高州海中有文魮，鳴似磬而生玉。

六月六，黏子熟。倒捻子，果名，一名黏子。熟以爲酒，色紅味甘。

鐵船紙人，紙船鐵人。

廣州大艨艟，使得兩頭風。輸一篷，贏一篷。横行曰輸，直行曰贏。

後八字，風揚篷當中。前八字，風勾篷西東。每艦有二篷，風正曰八字。八字風在後則正，在前則横。

過得牯牛，舟子白頭。韶州水急，至險者爲牯牛灘。

行過牯牛五石灘，寄書歸去報平安。

未鬬龍船，先鬬龍歌。欲求錢帛，中字須多。瓊人重龍船。四月八日，雕木爲龍，置於廟，唱龍歌迎之。五月之朔至四日，乃以次迎龍。主人先爲龍歌，包以繡帕置龍前。其歌詞不可見，止歌末一字可見。諸客度韻湊歌，能中帕中歌字多者得酬物多。

族有布衣墳，繁昌必有聞。宋有厲布衣者，善相墳地。今廣州故家大族之祖墳多布衣所定穴。

嬰兒瘦，探石瞉石燕産西樵巖穴中，大如乳燕，足生翼末。山人小兒羸瘦取食之。

天雞知日，潮雞知潮。羅浮有天雞。天雞者，碧雞也，日出時先鳴。

家有竹雞啼，白蟻化爲泥。竹雞形如鷓鴣，性好啼，啼曰『泥滑滑』，白蟻畏之。

老薑蒸牛，子薑炒鴨。當盛夏時，廣人多以茈薑炒子鴨。茈薑，子薑也。

秋冬食麞，春夏食羊。麞以釀酒，羊以爲糧。

寧爲番狗，莫作鬼奴。蠔鏡澳多産番狗，矮而小，毛若獅子，番人貴之。

朝爲泡魚，暮爲蒿豬。朝爲懶婦，暮爲奔䱐。刺婦女之不能服勤者也。箭豬本泡魚所化，其毫如蒿，亦曰蒿豬，一名嬾婦，多食禾稻。以機柚紝織之器置田間，則不敢近。齒長輒入海，化爲巨魚，名曰奔䱐。

網魚得鱮，不如啗茹。言不美也。

鯇魚頭，鯉魚尾，鰱魚之腹甘且旨。

水鯰土鯽，病人宜食。鯰浮鯽沉，可以滋陰。

第一鯧，第二鮰，第三第四馬膏鯽。

黃白二花，味勝南嘉。謂黃花魚、白花魚也。

寒鱭熱鱸。鱭冬肥，鱸夏肥。

黃花不上雙魚石，三鯬不上銅鼓灘。三鯬者，鰣也。

北江魚種讓西江。

下流魚花上流魚。魚花，魚秧也。

上江魚放下江花。

魚生犬肉糜，扶旺不扶衰。

冬至魚生，夏至犬肉。

九江估客，魚種爲先。左手數魚，右手數錢。廣州九江鄉多以池沼養魚爲業。

龍川不可往，羚魚不可養。

一鱠二鰻。鱠體圓，一名鏡魚。

香山黨，雌長雄幼。雌大，常負其雄。

水潮蚜，食鹽解。蚜，蛤屬。

蟾蜍蛤蚜。三者形狀相似，而廣州人惟食蛤，不食蟾蜍、蚜。蚜惟潮州人食之，故名曰「潮州蚜」。

今年白蜆多，蛋家銀滿篸。

田雞聲啞，田好稻把。田雞聲響，田好蕩漿。蛤生田間名田雞。三月三日，農以其聲卜水旱。

霜蟹雪贏，味不在多。

贏饑蜆肥。年豐則蜆多，凶則汐贏多。

饑贏飽蜆。

湖上漁家，白飯丹蝦。丹蝦產惠州西湖，絶鮮美。白飯者，水晶魚也，長不盈寸。

爾有垣牆，我有火秧。火秧叢生成樹，四稜有芒刺，廣人以作籬落。

東家白蠟蟲，西家黃蠟峰。養蜂得蜜食，養蟲得燭紅。

荔枝惜花，龍眼惜子。

荔枝十花一子，龍眼一花十子。
荔枝宜肥，龍眼宜确。
當日荔枝，背日龍眼。
檳榔爲酒，桄榔爲飯。
桃李爭秋。瓊州有李桃，一枝有紅白，或一花有紅白。八九月時，與桃花盛開。
饑食荔枝，飽食黄皮。黄皮果狀如金彈，六月熟。
黄皮白蠟，甜酸相雜。白蠟子與黄皮相似，其味尤勝。
南花宜暖，北花宜寒。
六月六日種茉莉，雙瓣重臺香撲鼻。
油葵蓑，蒲葵笠。朝出風乾，暮歸雨濕。
只賣葉，休賣花。花貧葉富，二葵成家。
蒲葵爲扇油葵箕，家種二葵得利多。
海南多陽，一木五香。
南蕹西芹，菜茹之珍。
在田薑多腴，在山薑多辣。
欲得小兒安，多食使君子。能治蟲。一名留求子，廣東多有之。
多食馬蘭，少食芥藍。芥蘭葉如芥，以微藍，故又名芥藍。

毋佩睡蓮，使人好眠。睡蓮葉如荇而大，花有五色。當夏晝開，夜縮入水底，晝復出也。

風病須風菜。肇慶七星巖出風藥，治風病。一曰風艸，亦曰風菜。

欲速死，請二子。瓊州有牛心茄子，一核者入口即死，兩核者可以糞清解之。

東路檳榔，西路米粻。瓊州東路地瘠，腴壤多在西。

閩諺《稗海紀遊》。

六月一雷止三颱，七月一雷九颱來。六月有雷則無颱。

雨前濛濛終不雨，雨後濛濛終不晴。

火燒薄暮天。

又 黄石在清流縣東，爲邑水口，水漲石没，則舟難行。

黄石蓋頭，十箇稍公九箇愁。

又《赤嵌筆談》。

冬山頭，春海口。春日晚觀西，冬日晚觀東，有黑雲起主雨。

閩語《閩部疏》。

山食鷓鴣麞，海食馬鮫鯧。

北諺《逌旃璅言》：大同婦人多美豔。宣府教場東西幾十里，南北二十里。蔚州城磨磚所砌。朔州近山易採木，市房簷廊今頗傾頹。語云云，亦不誣也。

大同婆娘，蔚州城墻。宣府教場，朔州營房。

蜀諺《明詩綜》。

灩澦冒頂，黑石下井。

杭諺《委巷叢談》：曹元寵《題村學堂圖》云：『此老方捫蝨，衆雛爭附火。想當訓誨間，都都平丈我。』語雖調笑，曲盡社師之狀。杭諺言，社師讀《論語》，『郁郁乎文哉』，訛爲『都都平丈我』，委巷之童習而不悟。一日，宿儒到社中，爲正其訛，學童皆駭散。時人爲之語云云，曹詩蓋取此也。

都都平丈我，學生滿堂坐。郁郁乎文哉，學生都不來。

又《委巷叢談》：杭俗浮誕，輕譽而苟毀。道聽塗説，無復裁量。故諺云：

杭州風，會撮空。好合歹，立一宗。

杭州風，一把葱。花簇簇，裹頭空。

吴諺《平江記事》：大德丁未，吴中蟹厄如蝗，稻穀蕩盡。吴諺云云，正謂此也。

蝦荒蟹亂。

又 陳幾亭《外書》。

宰相腹，可行艭。
盜無腳，竊不著。
欲要長，觀後養。

又《范石湖詩集》注：謂立秋日雷也。

秋孛轆，損萬斛。

又《明詩綜》。

南道如虎，升官半府。

又《浩然齋視聽抄》。

正月逢三亥，湖田變成海。

又吳中諺《明詩綜》。

有利無利，但看二月十二。花朝日晴，則百果多實。

三月溝底白，莎草變成麥。三月無雨，麥乃有收。

六月不熱，五穀不結。

除夜犬不吠，新年無疫癘。除夜宜靜。除夜惡犬嗥，新年多火盜。或因公私作鬧，驚動閭里者，村中來年必有横事。見《風土記》。

浙諺《雞肋編》：越州在鑑湖之中，繞以秦望山，而魚薪難得，故諺云云。里俗頗以爲諱。

有山無木，有水無魚，有人無義。地無三尺土，人無十日歡。

蘇杭兩浙，春寒秋熱。對面厮啜，背地厮説。

雨夜便寒晴便熱，不論春夏與秋冬。

又《後山談叢》：浙西地下積水，故春夏厭雨。諺云：

夏旱修倉，秋旱離鄉。

又《西野雜記》：錢塘江有子午潮不爽，如過夷亭，則狀元出。故諺云：

潮過夷亭出狀元。

潁諺《後山談叢》：潁諺云云。夏中候黄鸝不鳴，則蕎麥可廣種也。

黄鸝禁口蕎麥斗。

南海俗諺《述異記》：凡珠有龍珠，龍所吐者；虵珠，虵所吐者。南海俗諺云云，言虵珠賤也。

虵珠千枚，不及玫瑰。

越人諺 又

種千頭木奴，不如一龍珠。

東海島古語 又：東海島龍川，穆天子養八駿處也。有草，名龍芻，馬食之，一日千里。古語云：

一株龍芻，化爲龍駒。

楚諺《荆州記》：枝江縣西至上明，東及江津，其中有九十九洲。楚諺云：

州不滿百，故不出王者。

員莊諺《樹萱録》：員半千莊在焦戴川北，枕白鹿原。蓮塘、竹徑、荼蘼架、海棠洞、會景堂、花塢、藥畦、碾磨、麻稻壟塍鱗次。里諺曰：

上有天堂，下有員莊。

澠池語《風俗通》。

東殽西殽，澠池所高。

丹徒諺《全唐詩》：吴多産出，可攝生，自奉養。丹徒土堅緊如蠟，可葬。

生東吴，死丹徒。

湖州里諺《西吴枝乘》：唐末五代，天下皆被兵，獨湖州獲免。其時語云：

放爾生，放爾命，放爾湖州做百姓。

益陽諺《全唐詩》：益陽去長沙三百里，縣治東望，時見長沙城郭人物影。其土諺曰：

長沙益陽，一時相印。

昭潭諺 又：昭潭山下有潛穴通洞庭，水深不測。諺云：

昭潭無底橘洲浮。

江右四郡諺 又

筠袁贛吉，腦後插筆。言好訟也。

徐聞諺 又：徐聞縣冬耕夏收，名再熟。彼中諺云：

欲拔貧，詣徐聞。

荆棺峽諺 又：峽壁有棺，以荆爲之。相傳人有九子，不能葬，女編荆爲棺，庋之此。土人諺云：

九子不葬父，一女打荆棺。

南中諺 又

秋收稻，夏收頭。謂婦人截髮而貨，歲以爲常也。

雒谷諺 又：雒谷中有地名艸諰洞，皆難行，故諺云：

諰洞入黄泉。

鬼門關諺 又：容州北流縣南三十里，有兩石對立。遷謫至此者，罕得生還，俗號鬼門關。唐諺云：

鬼門關，十人去，九不還。

建安語 又：成都距長安纔二千里，每歲隨計求名者甚鮮。建安之貢，無歲無之，故曰：

龍門一半在閩川。

江陵語 又：江陵在唐世號衣冠藪澤，時人稱云：

琵琶多於飯甑，措大多於鯽魚。

汾晉閒語 又

欲作千箱主，問取黄金母。謂多稼厚蓄，耕土所致也。

秦中兒童語

又：顛當窠深如蚓穴，網絲其中，土蓋與地平，大如榆莢。常仰捍其蓋，伺蠅蠖過，輒翻蓋捕之。纔入復閉，與地一色，並無絲隙可尋。其形似蜘蛛，《爾雅》謂之王蛛蜴，《鬼谷子》謂之蛈母。秦中兒童語曰：

顛當牢守門，蠮螉寇汝無處奔。蠮螉即蜾蠃，銜蟲子，祝之化爲己子。

滄洲語

《杜陽雜編》：滄洲去中國數萬里，有金蓮花，洲人研之如泥，以間彩繪，與真金無異。又有金莖花，其花似蝶，每微風至，則摇蕩如飛，婦人采爲首飾。有語曰：

不戴金莖花，不得到仙家。◎按，《全唐詩》引此作金蓮花。

蜀里諺

《法苑珠林》：葛由，蜀羌人，能刻木爲羊賣之。一旦，乘羊入蜀城，蜀之豪貴，或隨之上綏山。綏山高峻，在峨眉之西。隨者皆得道，不復還。故里語云：

得綏山一桃，雖不能仙，亦足以豪。

蘇湖二州語

《衣冠盛事》：咸通末，鄭渾之爲蘇州録事，談銖爲醝院官，鍾輻爲院巡。時湖州牧李超、趙蒙相次俱狀元。二郡地土相接，時爲語云：

湖接兩頭，蘇連三尾。

三門諺

《全唐詩》：唐時漕經底柱入三門，每雇平陸人爲門匠，執標指麾。一舟百日乃能上，覆者幾半，故諺云云。謂皆溺死也。

古無門匠墓。

冀州諺《隋書·地理志》：冀州古堯都也，其聲悲歌慷慨。椎剽掘冢，亦自古之所患焉。前諺云云，實弊此也。

仕宦不偶遇冀部。

齊人諺《酉陽雜俎》：臨濟有妬婦津，婦人渡此津者，皆壞衣枉粧，然後敢濟。不爾，風波暴發。醜婦雖粧飾而渡，其神亦不妬也，故齊人諺云：

欲求好婦，立在津口。婦人水傍，好醜自彰。

武夷諺《明詩綜》。

一曲一彎，一彎一灘。

泉州語 又

洛陽橋一望，四里皆琨瑶。

吴中下里曲《槁簡贅筆》。

消梨應郎心上冷，甘蔗應郎心上甜。

羅帬十二摺，小妻也是妾。

淮南諺《老學菴筆記》：淮南諺曰：『雞寒上樹，鴨寒下嵴。』驗之皆不然。有一媪云：『上距謂縮一足，下嵴謂藏其咮於翼間。』

雞寒上距，鴨寒下嵴。

京口諺 周必大《泛舟遊山録》。

金山屋裹山，焦山山裹屋。

俞塘諺 許尚《華亭百詠》注：俞塘在府東五里，往來之舟皆可揚帆。

雖有珠千斛，不賣俞塘北。

射的山諺《水經注》：射的，山名，土人以驗年之豐不。

射的白，斛米百。射的玄，斛米千。

廣州諺《廣東通志》：潯洋山在廣州府新甯縣，其左有仙妹峰，世傳仙女劉三妹所居。諺云云，皆以絶技名也。葢三妹善謳不嫁，修道於此，遂仙去云。

好唱莫如劉三妹，好打莫如朱光卿。

又

石灣瓦，勝天下。

秦嶺諺《河南通志》：秦嶺在陝州閿鄉縣南，起自秦隴。

秦頭虢尾，太華相連。

忻州諺《山西通志》：蝦蟆石，在忻州。諺云：

水湾蝦蟆石，水湮正定府。

苦泉諺《元和志》：苦泉在朝邑縣西北三十里許，其水鹹苦，羊飲之肥，故諺云：

苦泉羊，洛水漿。

巍山諺《陝西通志》：巍山在同州府韓城縣西南。諺云云，地勢可知矣。

華山高，只值巍山腰。

姑蘇諺《三餘帖》：姑蘇城中，街衢潔淨，爲天下第一。古語云：

蘇城街，雨後著繡鞋。

廬山語《能改齋漫録》：廬山簡寂觀，乃陸修静之居也，出苦筍而味反甜。歸宗寺造鹽齏而味反淡。山中佳物也。

簡寂觀前甜苦筍，歸宗寺裏淡鹽齏。

滇中諺《明詩綜》。

山巒不落葉，地巒湯自熱。

吴中里語《却掃編》。

等人易得久，瞋人易得醜。

滇黔諺《滇行紀略》：滇省多風，皆西南風。舊志云：

雨師好黔，風伯好滇。

方山諺《江西通志》：方山在贛州府興國縣東北四十里。山頂如雲，城中輒雨。

方山戴笠，滿街著屐。

迎山諺《湖廣通志》：迎山在黄州府羅田縣。諺云云，謂其迎雨也。

迎山雲起，大雨千里。

長沙古語《夷堅志》：駝嘴者，山也，其形似之。在州北，正直水口。迨丙午夏，駝嘴中斷爲兩，不一歲而王南强應之。

駱駝嘴斷狀元出。

太白山諺 唐《郿縣志》有太白山。

武功太白，去天三百。

黔中諺《明詩綜》。

四月八，凍殺鴨。

九月重陽，移火進房。

萬安上灘諺 又

一灘高一丈，南安在天上。

巴陵諺

《潛居録》：巴陵鴉不畏人。除夕，婦女各取一隻，以米果食之。元日，各以五色縷繫於鴉頸，放之，視其方向卜一歲吉凶。

鴉子東，興女紅。鴉子西，喜事臨。鴉子南，利桑蠶。鴉子北，織作息。

粵西諺

雍正七年，廣西學政衛昌績奏稱：粵西民情，畏鄉紳如虎，畏士子如狼，故俗有『舉人閣老，秀才尚書』之語。其畏官長也，不如畏紳士，故俗有『官如河水流，紳衿石頭在』之語。

舉人閣老，秀才尚書。

官如河水流，紳衿石頭在。

灤州諺

正月酒，家家有。

甘肅諺

合水只喝水，兩當不可當。莫言崇信苦，還有鞏昌漳。蓋言四邑之苦也。

江南諺

長腰粳米，縮項鯿魚。

豫章諺

時來風送滕王閣，運去雷轟薦福碑。紀實事也。

廬陵諺

若要事成全，果老撐鐵船。言難遇也。廬陵楊元皋於紹興初爲舉子時，夢人告之曰：『子欲及第，除是撞着張果老撐鐵船。』皋疑爲不中。一日，於古剎見壁間畫，題云『張果老撐鐵船』。皋喜，以爲符夢矣。揭曉，果中。

江南里諺蘇軾《仇池筆記》：江南人好作盤遊飯，鮓脯膾炙無不有，埋在飯中。里諺云云。取凡飲食雜烹之，名谷董羹。詩人陸道士出一聯云：『投醪谷董羹鍋内，掘窖遊盤飯盌中。』

掘得窖子，羅浮穎老。

貴州諺

黄平鐵，興隆雪。

福州諺《福建通志》。

水浸方山鼻，不没獅子耳。下洞江中有獅子石，與方山對峙，巨浸不没。

三山藏，三山現，三山不可見。城中有九山。

湯嶺兜，比嶺頭。言險也。

佛子灘諺《福建通志》：延平府沙縣佛子灘，一名囝仔灘。中流一巨石，狀如蟾蜍。相傳每遇暴漲，有二小豎格鬬石上。篙師見之，舟往往溺於洄洑。後有異人經此，繪金仙像於石，其怪遂滅。上書『佛子灘』三字，行舟以見金佛爲候。諺云：

水浸佛肩，不敢行船。水浸佛足，舟行宜速。

桂林諺

鳥不過靈川。桂林府有北障山，在靈川縣北。每風飈起，則飛鳥回旋不能度。

謝花頂上雲陰陰，旱風作怪農人嗔。謝花頂上明淨淨，三日即雨農人慶。桂林府全州謝花峰，歲旱於此爲驗。

商河七十二漥諺

十年九不收，一收勝十秋。商河有七十二漥，遇豐倍收，遇潦則一苗不遺。

鼓山諺《畿輔通志》：磁州鼓山有石二所，若鼓形，南北相當。諺云：

南鼓北鼓。相去十五。

南宮諺 南宮縣治在飛鳳岡，諺云：

舊城卧牛，新城飛鳳。

郴州諺《明一統志》：郴州有五蓋山，鄉人每歲以雪占年。諺云：

五蓋雪普，米賤如土。雪若不均，米貴如銀。

肇慶諺 廣東肇慶府陽春縣有射木山，一名雲靈山。雲幕其上則雨，開則霽。諺云：

晴不晴，看雲靈。

廣西諺

盎有一斗米，莫泝藤峽水。囊有一陌錢，莫上府江船。藤峽徑府江三百餘里，以力山爲中界。力山之人以毒藥傅弩矢，中者立斃。故能東助府江，西援藤峽。

石鼓鳴，盗賊興。平樂府永安州石鼓山頂有大石如鼓，遇寇變則自鳴，州人每以爲驗。

出門莫問天，但看晒袍山。平樂府恭城縣有晒袍山，雲出即雨。春夏草碧爲緑袍，秋冬野燒後爲青袍。殊驗。

潮州古諺 饒平縣有鳳凰山，古諺云：

鳳凰山嘯西湖平，代代出公卿。

大竹路諺《玉堂閒話》：興元之南有大竹路，通于巴州，其絶頂謂之孤雲兩角。彼中諺云：

孤雲兩角，去天一握。

洛中舊語《畫墁録》：洛中耆舊言，伊、洛水六十年一泛濫。自祥符至熙甯中，福善坡以北率被昏墊。城下惟福善坡不及，城外惟長夏門不及，洛中故有語云云。至此乃知水讖不苟云。

長夏門外有莊，福善坡頭有宅。

燕人諺《明詩綜》。

過了八達嶺，征衣添一領。

北地諺 又

駱駝見柳，渴羌見酒。

清江諺《江西詩徵》：清江西鄉沙田，時旱時澇，有諺云：

五夜月明常叫旱，一聲雷響便撑船。

上高諺 又：上高裏陂，受蒙、末二水之流，其勢衝激，難成易壞，蔭田可四十五頃，蓋利之最溥者。有諺云：

若要上高米價平，除是作得裏陂成。

廣信造紙諺 又：廣信諸邑多産紙，造作之工甚繁瑣。有諺云：

片紙非容易，措手七十二。

蘆洲諺 又：臨江蘆洲，地當孔道。春夏間，水泛則洲宛在水中。對岸爲善嘉洲，沿洲而轉，人不病涉。有諺云：

蘆洲對善洲，江水兩分流。

春洞諺 又：瑞州碧落山有洞，每遇立春，陽氣吹灰出外。人以鵝、鴨羽試之，輒軒舞而出。諺云：

袁州更鼓瑞州春。

松湖諺

又：南城松湖，一名上湖，湖涯際聚居二百餘家。有諺云：

湖水繞村曲，里中科第續。

袁州語

又：彭伉、湛賁俱袁州人，伉妻湛姨也。伉舉進士及第，湛猶爲縣吏。妻族爲伉置賀宴，飯湛於後閣。妻忿然責之，湛感而勤學，數年登第。伉方遊郊外，聞報，失聲墜驢。袁人爲之語云：

湛賁及第，彭伉落驢。

簫峰里語

又：簫峰有亭，祠蕭史弄玉。峰爲西山最高處，此峰雲，則衆山雨矣。里人爲之語云：

簫仙戴笠，鳳凰翅濕。簫仙著衣，烏雀淋漓。

洪邁對孝宗語

又：宋孝宗問洪容齋饒州産何物，洪對云：

沙地馬蹄鼈，雪天牛尾狸。

周必大對孝宗語

又：孝宗問周益公吉州産何物，周對云：

金柑玉版筍，銀杏水精葱。

古今諺拾遺卷三

樂亭　史夢蘭　香匳輯

祠田祝詞 劉向《説苑》。

下田洿邪，得穀百車。蟹堁者宜禾。又云：『蟹堁者宜禾，洿邪者百車。傳之後世，洋洋有餘。』

田家五行諺

日頭跰雲障，晒殺老和尚。日外自雲障中起，主晴。◎以下論日。

烏雲接日，明朝不如今日。

日落雲没，不雨亦寒。

日落雲裏走，雨在半夜後。

日落烏雲半夜枵，明朝晒得背皮焦。此言半天原有黑雲，日落雲外。其雲夜必開散，明必甚晴也。

今夜日没烏雲洞，明朝晒得背皮痛。此言天雖有雲，及日没下去，都無雲而見日，狀如岩洞者也。

月照後壁，人食狗食。新月落北，主米貴。

一個星，保夜晴。雨後天陰，但見一兩星，此夜必晴。
明星照爛地，來朝依舊雨。言久雨，正當黄昏，卒然雨住雲開，便見滿天星斗。豈但明日有雨，當夜亦未必晴。
西南轉西北，搓繩來絆屋。以下論風。
半夜五更西，天明拔樹枝。
日晚風和，明朝再多。
風急雨落，人急客作。
東風急，備簑笠。
東北風，雨太公。言艮方風雨，卒難得晴。
西南早到，晏弗動草。
南風尾，北風頭。言南風愈吹愈急，北風起初便大。
雨打五更，日晒水坑。以下論雨。
一點雨似一個釘，落到明朝也不晴。一點雨似一個泡，落到明朝未得□。
天下太平，夜雨日晴。
病人怕肚脹，雨落怕天亮。言久雨正當昏黑，忽自明亮，則是雨候也。
夾雨夾雪，無休無歇。
飄風不終朝，驟雨不終日。
上風皇，下風隘。無簑衣，莫出外。以下論雲。

太婆年八十八，弗曾見東南陣頭發。言雲起自東南來者絶無雨。

旱年只怕沿江挑，水年只怕北江紅。

西北赤，好晒麥。

朝要頂穿，暮要四脚懸。

魚鱗天，不雨也風顛。

老鯉斑雲障，晒殺老和尚。

識每護霜天，不識每著子一夜眠。

朝霞暮霞，無水煎茶。

南閃千里，北閃眼前。

清明斷雪，穀雨斷霜。言天氣之常。

一年之計在春，一日之計在寅。

夏至日，莫與人種秧。冬至日，莫與人打更。

一九二九，扇子弗離手。三九二十七，冰水甜如蜜。四九三十六，出汗如出浴。五九四十五，頭帶秋葉舞。六九五十四，乘涼不入寺一作『入佛寺』。七九六十三，上牀尋被單。八九七十二，思量蓋夾被。九九八十一，家家打炭墼。

河東西，好使犁。河射角，好夜作。

冬至前後，瀉水不走。

一九二九，相喚弗出手。三九二十七，籬頭吹觱栗。四九三十六，夜眠如露一作「鷺」宿。五九四十五，太陽開門户。六九五十四，貧兒爭意氣。七九六十三，布衲擔頭擔一作「布被兩頭攤」。八九七十二，猫狗尋陰地。九九八十一，犁把一齊出。

一日赤膊，三日齷齪。

大寒須守火，無事不出門。

大寒無過丑寅，大熱無過未申。

臘月廿四五，錐刀不出土。

初三月下有横雲，初四日裏雨傾盆。

廿五六，若無雨，初三初四莫行船。

春雨壬子，秧爛蠶死。

雨打六壬頭，低田便罷休。一云更須看甲寅日，若晴拗得過不妨。

壬子是哥哥，爭奈甲寅何。若得連晴爲上，不然，二日內亦當以壬子日爲主。

甲申尤自可，乙酉怕殺我。言申日雨尚庶幾，酉日雨主久雨。◎按，《明詩綜》云：『二語宋時即有之，見《范石湖詩》註。而江南至今傳之，却成亡國之讖。』

甲日雨，乙日晴。乙日雨，直到庚。

久晴逢戊雨，久雨望庚晴。

逢庚須變，逢戊須晴。

久雨不晴，且看丙丁。

水底起青苔，卒逢大水來。以下論水。

大旱不過周時雨，大水無非百日晴。

乾晴無大汛，雨落無小汛。論潮。

頭苎生子，没殺二苎。二苎生子，旱殺三苎。

鴉浴風，鵲浴雨，八八兒洗浴斷風雨。鳩鳴有還聲者，謂之呼婦，主晴。無還聲者，謂之逐婦，主雨。鵲巢低，主水；高，主旱。俗傳鵲意既預知水，則云終不使我没殺，故意愈低。既預知旱，則云終不使我晒殺，故意愈高。

烏肚雨，白肚風。海燕成群而來，主風雨。

一聲風，二聲雨，三聲四聲斷風雨。夜間聽九逍遥鳥叫，卜風雨。

朝鸕晴，暮鸕雨。◎按，鸕疑是鸛字之譌。

黑龍護世界，白龍壞世界。龍下便雨，主晴。凡見黑龍下，主無雨，縱有亦不多。白龍下，雨必到。水鄉諺云云。

多龍多旱。龍下頻生旱。

猪來貧，狗來富。猫兒來，開質庫。

燈花今夜開，明朝喜事來。燈花不可剔去。至一更不謝，明日有喜事。半夜不謝，主有連綿喜慶，或有遠親友信物至。

火留星，必定晴。久陰息燈，燈煤如炭紅，良久不過，明日喜晴。

田家雜占

陸泳《吴下田家志》。

風吹鶴神口，米長千錢斗。

未喫端午粽，寒衣未可送。

朝立秋，暮啾啾。

八月初一雁門開，嬾婦催將刀尺裁。

雜占諺 孔平仲《談苑》。

芒種雨，百姓苦。

雲向南，雨潭潭。雲向北，老鸛尋河哭。雲向西，雨没犂。雲向東，塵埃没老翁。一作『雲走東，雨空空。雲走西，騎馬送蓑衣。雲走南，雨潭潭。雲走北，雨難得』。又：『雲行西，星照泥。』

又《月令廣義》。

有利無利，只看四月一四。四月十四日得東南風，大吉。

又《月令通考》。

除夕狗不叫，來年無賊盜。除夕貓不嗃，來年無虎豹。

又《蓴鄉贅筆》。

夏至難逢端午日，百年難遇歲朝春。言節氣相值之難，非以爲瑞也。

歲時雜占諺《致富奇書》。

歲朝東北好種田。元日天晴爲上。西北風主米貴，每月如之。

歲朝西北風，大雨定妨農。立春日同占。

晴爲祥，雨爲殃。東方朔新春八日占云然。一雞，二犬，三羊，四猪，五牛，六馬，七人，八穀是也。

甲子豐年丙子旱，戊子蝗蟲庚子叛。惟有壬子水滔滔，俱在正月上旬看。正月上旬子日占歲事。

上元無雨多春旱。元宵晴，主一春水少。

風吹上元燈，雨打寒食墳。

驚蟄聞雷米是泥。

未蟄先雷須見冰。

春分無雨病人稀。春分雨，人有災。

田家無五行，水旱卜蛙聲。三月初三日爲上巳。是日，蛙上晝叫，上鄉熟；下晝叫，下鄉熟；終日叫，上下皆熟。

雨在石上流，桑葉好喂牛。謂三月三日雨也。

清明無雨旱黄梅。清明日雨，主有梅雨。

雨打墳頭錢，一年好種田。

三月十六皎皎晴，桑葉頭上揀人情。三月十六爲黄姑浸種日，西南風，主大旱，又主桑葉貴。

四月初八晴燎焇，高田好張釣。四月初八烏漉禿，不論高低一概熟。

小麥是個鬼，只怕四月初八夜裏雨。是夜有雨損小麥。

月照日光，水没牀桄。四月十六日看月上早，主大旱。嘉靖辛酉年，日臨于酉而即見月，路上行人云云。是年五月，大水没田，船行田中。而此云大旱，何也？

四月十六雨飄飄，高鄉廣種雜澇漕。主旱。四月十六多雨點，鄉人只把腳來攢。主水。◎按，二説不同。

日煖夜寒，東海也乾。四月内日煖夜寒，主少水。

梅裏西南，時裏潭潭。夏至前芒種後雨爲黄梅雨。梅裏西南風，主時雨多。

梅裏一聲雷，時裏一陣雨。芒種後半月謂之禁雷天。

雨打梅頭，跋轉眠牛。

迎梅一寸，送梅一尺。

高田只怕迎時雨，低田只怕送三時。

端陽曬得蓬頭乾，十片高田九片浮。端午日晴，主水。

夏至無雲三伏熱。

夏至日雨，一點千金。主年豐。

夏至前，蟹上岸。夏至後，水到岸。夏至前岸上有蟹，主大水。

時裏一日西南風，准抵黄梅兩日雨。夏至後半月爲三時。頭時三日，中時五日，三時七日，諺云云。又云：『時裏西南，老鯉奔潭。』二説相反。又云：『朝西暮東，正是旱天公。』『中時腰爆没低田。』末時得雷，謂之送晴，主久晴。

迎梅雨，送時雷。

三時三送，低田白弄。

二十分龍廿一黴，拔起黃秧便種豆。二十分龍廿一雨，水車閣在街堂裏。五月二十日爲大分龍，與小分龍同占。◎按，《埤雅》引諺云：『二十分龍二十雨，八十公公去車水。二十分龍廿一雨，水車园入街唐裏。』謂本日雨主旱，次日雨主潦也。

五月裏，有迷霧，行船弗問路。五月内有霧，主水。

六月初三晴，竹篠盡枯零。六月初三一陣雨，夜夜陣頭到立秋。

伏裏西北風，臘裏船弗通。

六月裏迷霧，要雨直到白露。六月有霧主旱。

六月無蠅，新舊相登。六月蒼蠅少，主米價平。

朝立秋，涼颼颼；夜立秋，熱到頭。

秋前無雨水，白露枉來淋。處暑内喜雨。

處暑若還天不雨，縱然結實也無收。

秋前黴，米穀來；秋後黴，米穀去。七月虹見，主米貴。

八月初一難得雨，九月初一難得晴。

白露前是雨，白露後是鬼。稻花見日方吐，其時雨，來不及收花，所以多秕。

十六雲遮月，來年防水没。是夜無雲，來年大熟。

分後社，穀米遍天下；社後分，穀米上錦墩。秋分宜在社前。
田怕秋旱，人怕老窮。
三庚三卯，高鄉麥好。三卯三庚，麥出低鄉。
賣絮婆子看冬朝，無風無雨哭號啕。十月朔日晴則一冬晴，雨則一冬雨。
十月初一西北風，糴了壠下糴冬春。十月朔東南風爲關倉風，主來年夏米貴。
十月雷，路白雨來催。十月有雷，主疫。
冬至西南百日陰，半晴半雨到清明。冬至日西南風，主久陰。
冬前米價長，窮人倒好養。冬前米價落，窮人越蕭索。
臘雪是被，春雪是鬼。
除夜東北，來年大熟。除夜占風，東北爲上。

占風濤諺 又

日没脂紅，非雨即風。星光閃爍，必定風作。
雲若車形，大主風聲。
水生靛青，主有風行。
海燕成群，風雨便臨。白肚風作，烏肚雨淋。海猪亂起，風不可已。逍遥夜叫，風雨即到。◎按，逍遥，鳥名。

水蛇盤蘆上，水漲高若干。頭垂立至，頭高少延。蝦籠得鰻，必主風。

農家諺 又

荒地種芝麻，一年不出草。芝麻葉上雨露最苦，草木沾之，必萎。
無灰不種麥。白露後，以灰拌勻密種。
大麥不過年，小麥不過冬。
收麥猶如救火。遲恐遇雨則傷。
刈黍欲早，刈穄欲晚。黍可釀酒，穄可作飯。
三日猶可，四日殺我。三月三日有雨，則桑葉貴，四日尤甚。
養羊種薑，子利相當。
種桃宜密，種李宜稀。
上巳有風梨有蠹，中秋無月蚌無胎。
枇杷黄，果子荒。

又

《沅湘耆舊集》。

最喜立春晴一日，農夫耕田不費力。
驚蟄不動蟲，寒至五月中。

春社無雨莫耕田，秋社無雨莫耕園。
春乾高起倉，秋乾斷種糧。
秧一拳，忙抄田。
禾怕午時風，人怕老來窮。
四月八日晴，打鼓蒔茅坪。四月八日雨，打鼓求木主。
立夏不下，高田放罷。小滿不滿，芒種不管。
頭小尾小，耕田口了。頭大尾大，耕田有賣。
秋前扮不得，秋後扮不徹。
處暑滿田黄，家家修廩倉。
高田一望，不如低田一段。
一下鋤頭一線粟，吃到殘年饒積穀。

占年諺

正月三白，雨公笑赫赫[一]。

校按：

【一】『雨公笑赫赫』，文淵閣《四庫全書》本《欽定授時通考》卷三作『田公笑赫赫』。

熟不熟，但看來正三箇六。謂初六、十六、二十六宜晴。

正月雷鳴二月雪，三月禾秧生老節。

三月三，脱了寒衣穿汗衫。

芒種火燒天，夏至雨連綿。

夏至五月頭，一邊喫，一邊愁。夏至五月中，白飰滿童童。夏至五月尾，禾黄米價起。

夏至東風摇，麥子水裹撈。夏至西風刮，麥子乾場打。

六月六，晒得雞蛋熟。

六月秋，要到秋。七月秋，不到秋。謂早稻收穫時也。

南風吹過北，有錢糴不得。北風吹過南，倉下無人擔。

過了七月半，人似鐵羅漢。

十月初一晴，柴炭灰樣平。

要宜麥，見三白。

占雨諺

未雨先雷，到夜不來。未雨先風，來也不凶。

天將雨，鳩逐婦。◎按，《埤雅》：『鵻鳩，陰則逐其雌，晴則呼而返之。今人辨其聲，以爲無屋住也。』

田家諺

荷鋤候雨，不如決渚。言時不可緩也。見《外史》。

椹厘厘，種黍時。見《齊民要術》。

欲得穀，馬耳鏃。苗生如馬耳，則鏃鋤。見《齊民要術》。

兩春夾一冬，無被暖烘烘。

重陽無雨一冬晴。重陽日晴，則冬至、元日、上元、清明皆晴，雨則皆雨。

九月十三晴，釘鞾挂斷繩。一云：『九月十三晴，不如十四靈。九月十四晴，釘鞾挂斷繩。』九月十三爲稻羅生日，雨則久雨。

臘報春多雪。

冬無雪，麥不結。

鵓姑姑，呼阿媍。晴哭晴，雨哭雨。

三霉三伏，稻黄秫熟。

六月常常旱，只怕交秋廿日晴。

天公蒻帽大。

秋雨隔牛背，夏雨隔堵墻。

過了夏至節，夫妻各自歇。

六月六，紅酒炒雞肉。

宋時農諺

《雞肋編》：靖康元年，麥多高於人者。既大雨，所損十八。

麥過口，不入口。

秦晉間農夫語

侯延慶《退齋閒雅録》。

小麥鑽火秀，旱殺豌豆花。稙穀拖泥秀，爛起田中瓜。

辰州田家諺

《明詩綜》。

四月八日晴，魚兒上高坪。

一日雨連連，高山也是田。

湘邵間農謡

《沅湘耆舊集》。

邵人不修塘，未旱迎城隍。湘人不信鬼，未旱先蓄水。

雲走邵陽，曬破腦漿。雲走安化，衝爛新壩。

海洋占驗《東西洋考》。

朝看東南黑，勢極午前雨。暮看西北黑，半夜看《漳州志》作『有』字風雨。占天。

天外飛游絲，久晴便可期。清朝起海雲，風雨霎《漳州志》作『接』字時辰。

風靜鬱蒸熱，雷雲《漳州志》作『霆』字必振烈。東風雲過西，雨下不移時。

東南卯没雲，雨下巳時辰。雲起南山遍，風雨辰時見。

日出卯過雲，無雨必天陰。雲隨《漳州志》作『陰』字風雨疾，風雨片時息。

迎雲對風行，風雨轉時辰。日没黑雲接，風雨不可説。

雲布滿山低，連宵雨亂飛《漳州志》作『風雨飛』。雲從龍門起，颶風連急雨。

西北黑雲生，雷雨必聲訇。雲勢若魚鱗，來朝風不輕。

雲鈎午後排，風色屬人猜。夏雲鈎内出，秋風鈎背來。

亂雲半天遶，風雨來多少。風送雨傾盆，雲過都暗了。

紅雲日出生，勸君莫出行。紅雲日没起，晴明未堪許。以上占雲。

風雨潮相攻，颶風難將避。初三須有颶，初四還可懼。望日二十三，颶風君可畏。七八必有風，信頭有風至。春雪百二旬，有風君須記。占風。

二月風雨多，出門還可記。初八及十三，十九二十四。

三月十八雨，四月十八至。風雨帶來潮，傍船人難避。

端午信頭風，二九君還記。西北風大狂，回南必亂地。

六月十二三，彭祖連天忌。七月上旬來，爭秋莫船開。

八月半旬時，隨潮不可移。以上占風雨。

烏雲接日，雨即傾滴。雲下日光，晴朗無妨。

早間日珥，狂風即起。申後日珥，明日有雨。一珥單日，兩珥雙起。

午前日暈，風起北方。午後日暈，風勢須防。暈開門處，風色不狂。

早白暮赤，飛沙走石。日没暗紅，無雨必風。

朝日烘天，晴風必揚。朝日燭地，細雨必至。

返照黄光，明日風狂。午後雲過，夜雨滂沱。以上占日。

虹下雨雷《漳州志》作『虹日雷雨』，晴明可期。斷虹晚見，不見天變。占虹。

斷虹早挂，有風不怕。曉霧即收，晴天可求。

霧收不起，細雨不止。三日霧蒙，必起狂風。以上占霧。

電光西南，明日炎炎。電光西北，雨下連宿。

辰闕電飛，大颶可期。遠來無慮，遲則有危。《漳州志》作『可危』。

電光亂萌，無風雨晴。閃爍星光，星下風狂。以上占電。

螻蛄放洋，大颶難當。兩日不至，三日無妨。

海泛沙塵，大颶難禁。若近沙岸，仔細思尋。

烏鰌弄波，風雨必起。二日不來，三日難抵。

東風可守，回來暫傲。白蝦弄波，風起便知。以上占晦。
月上潮長，月没潮漲。大信潮光，小信月上。
水漲東北，南東漸復。西南水回，便是水落。
擊定且手，船走難纜。紐定必凶，直至沙岸。
走花落矴，神鬼驚散。要知矴地，大洪泥波。以上占潮。
◎按，占驗諸説，似可解似不可解，似有韻，似無韻，聊備人記憶，與古謡諺並論。以上本《東西洋考》，恐傳鈔多訛字。

古傳俗諺

一畝之地，三蛇九鼠。《爾雅翼》。
雨水前雷，雨雪披披。
千里井，不反唾。◎按，《資暇録》：『蓋由南朝宋之計吏瀉剉殘草於公館井中，且自言「相去千里，豈當重來？」及其復至，熱渴，汲水遽飲，不憶前所棄草，草結於喉而斃。俗因相戒曰：「千里井，不反剉。」復訛爲「唾」爾。』
姨娘懷裏，識得娘香。
有麝自然香，何必迎風立？
猪來窮家，狗來富家，貓來孝家。《雪濤談叢》：猪貓二物皆爲人忌，有至必殺之。而邑中博士名張宗聖者解曰：『諺語正不爾，無足忌者。蓋窮家藩穿壁破，故猪來，非猪能兆窮也。富家飲饌豐，遺骨多，故狗來，非狗能兆富也。家多鼠蟲爲耗，故貓來。孝家，則耗之訛，非貓能兆孝也。』此説甚當。

三世仕宦，方解著衣喫飯。《老學庵筆記》。◎按，魏文帝詔云：「三世長者知被服，五世長者知飲食。」言被服飲食難曉也。今諺云云，本此。

一絇絲能得幾時絡。《嬾真子録》。喻小人逐目前之利樂也。「一絇」或作「一曲」，又作「一綹」。

俚語《苕溪漁隱叢話》。

聞事莫説，問事不知。閒事莫管，無事早歸。

少喫不濟事，多喫濟甚事。有事壞了事，無事生出事。

里諺《沅湘耆舊集》。

五月壬子破，大水穿山過。

夏至伴端陽，家家餓斷腸。

朝霞雨漣漣，晚霞火燒天。

月光生毛，大水推濠。

屋簷水，點點滴滴不還改。

孝順還懷孝順胎，忤逆還生忤逆孩。

寧可大人容小人，切莫家鬼弄家神。

一債還一債，加利不肯賴。一拜還一拜，有禮不可再。

俗諺

初五十四二十三，太上老君不出菴。或云：『太上老君不煉丹。』謂此三日爲月忌，凡事宜避也。

鳥困投林，人困投人。

一朝權在手，便把令來行。◎按，朱灣《奉使設宴戲擲籠籌》詩云：『一朝權在手，看取令行時。』蓋諺語所本。

官高易險，樹大招風。

龜背上刮氈毛。此古諺也。坡公詩『刮毛龜背上，何時得成氈』，本此。

人貧志短，馬瘦毛長。

寧走十步遠，不走一步險。

人心似鐵，官法如爐。

屋漏更遭連夜雨，船遲又被打頭風。

夏至有風三伏熱，重陽無雨一冬晴。◎按，《湧幢小品》：『俗云云。驗之殊不然。及閱《感精符》，云「夏至酉逢三伏熱，重陽戊遇一冬晴」，乃知俗説之訛也。』

遠水難救近火，遠親不如近鄰。《韓非子》：『失火而取水於海，海水雖多，火必不滅矣。』此時諺所本。

駑馬戀棧。

未能免俗，聊復爾爾。

聞所聞而來，見所見而去。

掩耳盜鐘。

掩耳盜鈴。◎按，《吕氏春秋》：「范氏亡，有得其鐘者，欲負而走，則鐘大不可負。以椎毁之，鐘怳然有聲。恐人聞之而奪己，遽掩其耳。」此鄙語所本。宋時有「掩耳盜鈴」之諺，見《能改齋漫録》。

嗔拳不打笑面。《古諺閒譚》：江淮俗，每作諸戲，必先設嗔拳笑面。村野之人以臘末爲之，不知其所謂也。今諺云云，似本此。

五十不造屋，六十不種樹，七十不製衣。

閒時不燒香，急時抱佛脚。◎按，「垂老抱佛脚」，孟東野《讀經》詩也，里諺本此。

賣席人睡土炕。◎按，此即《淮南子》「屠者羹藿，爲車者步行，陶者用缺盆，匠人處狹廬，爲者不得用，用者弗肯爲」之意也。

包彈是買主。◎按，此即《淮南子》「訾我貨者欲與我市」之意。

爭名者於朝，爭利者於市。語本劉向《新序》。

多年道，走成河。多年婦，熬成婆。

漫上不漫下。◎按，宋江萬里《宣政雜録》云：「靖康初，民間以竹徑二寸，長五尺許，冒皮於首，鼓成節奏，取其聲似，曰『通同部』。又謂製作之法，曰漫上不漫下。通衢用以爲戲。」據此，則「漫上不漫下」之語，其由來久矣。

拏賊要贓，拏姦要雙。◎按，胡大初《晝簾緒論》引諺云：「『捉賊須捉贜，捉姦須捉雙。』此雖俚言，極爲有理。」

三歲至老。王文禄《機警》曾引。

人過留名，雁過留聲。即王鐵槍「人死留名，豹死留皮」之意。

童生入學喜不了，閣老不陞終日惱。
官斷十條路。
駐了轆轤乾了畦。
清官難逃猾吏手。
衙門六扇開，有理無錢莫進來。
堂上一點硃，民間千點血。
一人之謀，不敵兩人之智。
無謊不成狀。
公門中，好修行。
好動扶人手，莫開殺人口。
角力不解，必同仆地。角飲不解，必同沈醉。
澆花澆根，交人交心。
種瓜得瓜，種豆得豆。
大難不死，必有大福。
百丈之堤，潰於蟻穴。
貓哭老鼠假慈悲。
螢火蟲，不自炤。

福無雙至，禍不單行。◎按，《説苑·權謀篇》：韓昭侯造作高門，屈宜咎決其不出此門，云此所謂「福不重至，禍必重來」者也。蓋古人已先言之矣。

寧薦布棊，勿薦盧醫。見毛西河《再辭徵檄揭子》。

古今諺拾遺卷四

樂亭　史夢蘭　香厓輯

秦人諺《史記·樗里子傳》。

力則任鄙，智則樗里。

楚人諺《漢書·季布傳》。

得黄金百，不如得季布諾。

廷尉語 又《于定國傳》：決疑平法，罪疑從輕，加審慎之心。朝廷稱之云：

張釋之爲廷尉，天下無冤人；于定國爲廷尉，人自以不冤。

諸儒爲朱雲語 又《朱雲傳》：是時，少府五鹿充宗貴幸，爲《梁丘易》，諸儒莫能與抗。有薦雲者，召入，攝齊登堂，抗首而請，音動左右。既論難，連拄五鹿君，諸儒爲之語云：

五鹿嶽嶽，朱雲折其角。

長安里中語 又《王吉傳》：吉少時，學問居長安。東家有大棗樹垂吉庭中，吉婦取棗以啖吉。吉後知之，乃去婦。東家聞而欲伐其樹，鄰里共止之，因固請吉令還婦。里中爲之語云：

東家有樹，王陽婦去。東家棗完，去婦復還。

京兆語 又：吉子駿爲京兆尹，試以政事。先是，京兆有趙廣漢、張敞、王尊、王章，至駿皆有能名，京師稱曰：

前有趙張，後有三王。

鄒魯諺 又《韋賢傳》：賢四子，長子方山爲高寢令，早終；次子弘至東海太守；次子舜留魯守墳墓；少子玄成復以明經歷位至丞相。故鄒魯諺云：

遺子黄金滿籝，不如一經。

長安語 又《蕭育傳》：往者有王陽、貢公，故長安語云云，言其相薦達也。

蕭朱結綬，王貢彈冠。

京師語 又《諸葛豐傳》：豐爲司隸校尉，刺舉無所避。京師爲之語云云。註：師古曰：『言間者何久闊不相見，以逢諸葛故也。』

閒何闊，逢諸葛。

諸儒爲匡衡語 又《匡衡傳》。

無説詩，匡鼎來。匡説詩，解人頤。

諸儒爲張禹語 又《張禹傳》：始魯扶卿及夏侯勝、王陽、蕭望之、韋玄成皆説《論語》，篇第或異。禹先事王陽，後從庸生，采獲所安，最後出而尊貴。諸儒爲之語云云。由是學者多從張氏，餘家寖微。

欲爲論，念張文。

京師爲揚雄語 又《揚雄傳》：王莽時，劉歆、甄豐皆爲上公。莽既以符命自立，即位之後，欲絶其原以神前事，而豐子尋、歆子棻復獻之。莽誅豐父子，投棻四裔，辭所連及，便收不請。時雄校書天禄閣上，治獄使者來，欲收雄。雄恐不能自免，迺從閣上自投下，幾死。莽聞之曰：「雄素不與事，何故在此？」間請問其故，迺劉棻嘗從雄學作奇字，雄不知情。有詔勿問。然京師爲之語云：

惟寂寞，自投閣。爰清靜，作符命。

出入關者爲甯成語 又《義縱傳》：甯成爲關都尉，歲餘，關吏税肄郡國出入關者，號曰：

寧見乳虎，無直甯成之怒。

涿郡語 又《嚴延年傳》：爲涿郡太守。大姓西高氏、東高氏，自郡吏以下皆畏避之，莫敢與牾。咸曰：

寧負二千石，無負豪大家。

王莽居攝時語 《後漢書·彭寵傳》：王莽爲宰衡時，甄豐旦夕入謀議，時人語云：

夜半客，甄長伯。

鄉里爲馮衍語 又《馮衍傳》：衍子豹，字仲文，長好儒學，以《詩》《春秋》教麗山下。鄉里爲之語云：

道德彬彬馮仲文。

南陽語 又《杜詩傳》：詩遷南陽太守，時人方於召信臣。南陽爲之語云：

前有召父，後有杜母。

時人爲慶廉語 又《廉范傳》：初，范與洛陽慶鴻爲刎頸交，時人稱云：

前有管鮑，後有慶廉。

京師爲桓典語 又《桓典傳》：是時，宦官秉權，典執政無所回避。常乘驄馬，京師畏憚，爲之語云：

行行且止，避驄馬御史。

時人爲丁鴻語 又《丁鴻傳》：鴻字孝公。

殿中無雙丁孝公。

京師諺 又《胡廣傳》：廣字伯始，性温柔謹素，練達事體，明解朝章。雖無謇直之風，屢有補闕之益。京師諺云：

萬事不理問伯始，天下中庸有胡公。

時人爲王符語 又《王符傳》：符少好學，有志操。後度遼將軍皇甫規解官歸安定，鄉人有以貨得雁門太守者，亦去職還家，書刺謁規。規卧不迎，既入而問：『卿前在郡食雁美乎？』有頃，又白王符在門。規素聞符名，乃驚遽而起，衣不及帶，屣履出迎，援符手而還，與同坐，極歡，時人爲之語云云。言書生道義之爲貴也。

徒見二千石，不如一縫掖。

諸儒爲楊震語 又《楊震傳》：震字伯起，明經博覽，無不窮究。諸儒爲之語云：

關西孔子楊伯起。

潁川語 又《荀爽傳》：爽字慈明，潁川爲之語云：

荀氏八龍，慈明無雙。

京兆語 又《延篤傳》：先是，陳留邊鳳爲京兆尹，亦有能名，郡人爲之語云云。註：《前書》趙廣漢、張敞、王遵、王章、王駿俱爲京兆尹也。

前有趙張三王，後有邊延二君。

京師爲李固父子語 又《李固傳》：固子燮，靈帝時拜安平相。先是，安平王續爲張角賊所掠，贖還，議復其國。燮上奏曰：『續在國無政，爲妖賊所虜，損辱聖朝，不宜復國。』燮以謗毀宗室，輸作左校。未滿歲，王果坐不道被誅。京師語云：

父不肯立帝，子不肯立王。

三府諺 又《陳蕃傳》：朱震字伯厚，初爲州從事，奏濟陰太守單匡臧罪，並連匡兄中常侍車騎將軍超。桓帝收匡下廷尉，以譴超，超詣獄謝。三府諺曰：

車如雞栖馬如狗，疾惡如風朱伯厚。

時人爲三賈語 又《賈彪傳》：彪字偉節。初，彪兄弟三人並有高名，而彪最優。故天下稱云：

賈氏三虎，偉節最怒。

時人爲任安語 又《儒林傳》：任安字定祖，少遊太學，受《孟氏易》，兼通數經。又從同郡楊厚學圖讖，究極其術。時人稱云：

欲知仲桓問任安，居今行古任定祖。

京師爲楊政語 又《儒林傳》：楊政字子行，少好學，從代郡范升受《梁丘易》，善説《詩經》。京師爲之語云：

説經鏗鏗楊子行。

京師爲戴憑語 又《儒林傳》：戴憑爲侍中，正旦朝賀。帝令群臣能説經者更相難詰，義有不通輒奪其席以益通者。憑遂重坐五十餘席。京師爲之語云：

解經不窮戴侍中。◎按，《東觀漢記》作『説不窮，戴侍中』。

鄉里爲召馴語 又《儒林傳》：召馴，字伯春，少習《韓詩》，博通書傳，以志義聞。鄉里號之云：

德行恂恂召伯春。

時人爲許慎語 又《儒林傳》：許慎字叔重，少博學經籍，馬融常推敬之，時人爲之語云：

五經無雙許叔重。

京師爲黄香語 又《文苑傳》：黄香字文彊，江夏安陸人也。年九歲失母，思慕憔悴，殆不免喪，鄉人稱其至孝。年十二，太守劉護聞而召之，署門下孝子。京師號曰：

天下無雙，江夏黄童。

鄉里爲雷陳語 又《獨行傳》：雷義舉茂才，讓於陳重，刺史不聽。義遂佯狂，被髮走，不受命。鄉里爲之語云：

膠漆自謂堅，不如雷與陳。

益部語 又《方術傳》：任文公，巴郡閬中人也，益部爲之語云：

任文公，智無雙。

時人爲王君公語 又《逸民·逢萌傳》：王君公儈牛自隱，時人謂之論曰：

避世墻東王君公。

京師爲井丹語 又《逸民傳》：井丹字大春，扶風郿人也。少受業太學，通五經，善談論。京師爲之語云：

五經紛綸井大春。

時人爲戴遵語 又《逸民傳》：戴良，汝南慎陽人也，曾祖父遵，字子高，平帝時爲侍御史。王莽篡位，稱病歸鄉里。家富好給施，尚俠氣，食客常三四百人。時人爲之語云：

關東大豪戴子高。

長安語 《西京雜記》：韓嫣好彈，以金爲丸，一日所失者十餘。長安爲之語云：

苦飢寒，逐彈丸。

漢武宫中語 《庶物名義疏》：漢武宫中用李少君續膏，一名都膚，婦女傅之，膚色都麗。又能接骨。宫中語云：

枯容悴軀有都膚，折爪落髮有接骨。

僰道諺 《華陽國志》：武帝初，欲開南中，令蜀通僰、青衣道。是元年，僰道令通之，費功無成，百姓愁怨。使者唐蒙執令斬之。蒙乃斬石通閣道。故世爲諺云云。後蒙爲都尉，治南夷。

思都郵，斬令頭。

益部諺 又：昔中郎將尹就伐羌，擾動益部。百姓諺云：

虜來尚可，尹將殺我。

南鄭語 又：泰瑛，南鄭楊相[一]妻，大鴻臚劉巨公女也。有四男二女。相亡，教訓六子，動有法矩。長子元珍出行，醉，母十日不見之，曰：『我在，汝尚如此；我亡，何以帥群弟子？』元珍叩頭謝過。次子仲珍，白母請客，既至，無賢者，母怒責之。仲珍乃革行，交友賢人，兄弟爲名士。故時人語曰：

三苗□止[二]，四珍復起。

校按：

【一】『楊相』，文淵閣《四庫全書》本《華陽國志》作『楊柜』，今本《華陽國志校注》卷十作『楊矩』。

【二】原文『苗』『止』間缺一字。或作『三苗亂止』，或作『三苗不止』。今本《華陽國志校注》卷十注曰『舊校云闕』。

符縣語 又：符縣，郡東二百里。永建元年，縣長趙祉遣吏先尼和拜檄巴蜀守，過成瑞灘，死。子賢求喪不得。女絡至二年二月十五日，乘小船至父没所，哀哭自沈。見夢告賢曰：『至二十一日與父屍俱出。』至日，父子浮出。人爲語曰：

符有先絡，僰道張帛。◎按，僰道黄帛，張貞妻也。沈身求貞，事頗類此，語乃云。

三輔舊語《三輔決録》：張氏得鉤，何氏得算，故三輔舊語云云。言何氏有肥人輒貴，瘦人輒賤。張氏瘦者輒貴，肥者輒賤。故二族以鉤算知吉凶，以肥瘦知貴賤。

何氏算，張氏鉤。何氏肥，張氏瘦。

後漢時里諺

《拾遺記》：漢郭況，光武皇后之弟也，累金數億，里諺云云。都城之富難匹。

洛陽多錢，郭氏萬千。

汝南語

應劭《風俗通義》。

衛修有事，陳茂治之。衛修無事，陳茂殺之。

蜀語

《華陽國志》：先主薨後，雍闓殺益州太守正昂，更以蜀郡張裔爲太守。闓假鬼教曰：『張裔府君如瓠壺，外雖澤而内實粗，殺之不可，縛與吴。』案，《蜀書》云云。

張府君，如瓠壺。外雖澤，而内實粗。不是【一】殺，令送與吴。

校按：

【一】『是』，據《三國志·蜀書》當爲『足』。

南陽舊語

《三輔決録》。

前隊大夫范仲翁，鹽豉蒜果共一筩。言其節儉也。◎按，王莽時，官有前隊之名。

杜陵諺

《高士傳》：蔣詡字元卿，杜陵人，爲兖州刺史。王莽爲宰衡，詡稱病歸杜陵，終身不出。時人諺云：

楚國二龔，不如杜陵蔣翁。

淮陽語《河南志》：應曜隱於淮陽山中，與四皓俱徵，獨不受。時人語云：

商山四皓，不如淮陽一老。

郭況時里語《拾遺記》：郭況，光武皇后之弟也，累金數億，家僮數百餘人。錯雜寶以飾臺榭，懸明珠於四垂。晝視之如星，夜望之如日。里語云：

洛陽多錢郭氏寶，夜日晝星富無匹。

龐儉時語《風俗通》：龐儉父先逃走，隨母流宕。後居鄉里，鑿井得銅，遂温富。買奴，曰：『堂上者，我婦也。』問其故，奴曰：『我婦姓艾，字阿宏。足下有黑子，腋下有赤志。』母曰：『我翁也。』遂爲夫婦。時人云：

鑿井得銅，買奴得翁。

王莽時語蔡邕《獨斷》：古幘無巾。王莽頭秃，乃始施巾，故語云：

莽頭秃，幘如屋。

桓帝時語邯鄲氏《笑林》：桓帝時，有人辟公府掾者，倩人作奏記文。人不能爲作，因語曰：『梁國葛龔者，先善爲記文，自可寫用，不煩更作。』遂從人言寫記文，不去龔姓名。府公大驚，不答而罷歸。時人語云：

作奏雖工，不去葛龔。

京師諺

《三國志·袁紹傳》註：袁成字文開，壯健有部分，貴戚權豪自大將軍梁冀以下皆與結好，言無不從。故京師爲作諺云：

事不諧，問文開。

呂布時語

又《呂布傳》：布有良馬曰赤兔。時人語曰：

人中有呂布，馬中有赤兔。

京師爲鄧颺語

又《曹爽傳》註：鄧颺爲人好貨，前在内職，許臧艾授以顯官。艾以父妾與颺，京師爲之語云：

以官易婦鄧玄茂。

時人爲邢子昂語

又《邢顒傳》：顒字子昂，河間鄚人也，爲冀州從事。時人稱之云：

德行堂堂邢子昂。

時人爲楊豐語

又《閻温傳》注：楊阿若後名豐，字伯陽，酒泉人。少游俠，常以報仇解怨爲事。時人爲之號云：

東市相斫楊阿若，西市相斫楊阿若。

潁川陳氏語

又《陳群傳》註：太丘長陳寔，寔子鴻臚紀，紀子司空群，群子泰。四世於漢魏二朝並有重名，而其德漸漸小滅。時人爲之語云：

公慚卿，卿慚長。

襄陽鄉里諺

又《諸葛亮傳》註：《襄陽記》曰：『黃承彦者，高爽開列，爲沔南名士，謂諸葛孔明曰：「聞君擇婦；身有醜女，黃頭黑色，而才堪相配。」孔明許，即載送之。時人以爲笑樂，鄉里爲之諺云。』

莫作孔明擇婦，止得阿承醜女。

宜城鄉里諺

又《馬良傳》：良字季常，兄弟五人，竝有才名，鄉里爲之諺云云。良眉中有白毛，故以稱之。

馬氏五常，白眉最良。

巴西郡語

又《王平傳》：平字子均，巴西宕渠人也。初，平同郡句扶，功名爵位亞平。註：《華陽國志》曰：『後張翼、廖化並爲大將軍，時人語云。』

前有王句，後有張廖。

時人爲公沙語 袁山松《後漢書》：公沙穆有六子。時人號云：

公沙六龍，天下無雙。

大小鴻臚語 《魏略》：韓暨、韓宣爲大鴻臚，稱職。語云：

大鴻臚，小鴻臚，前後履行相曷如。

時爲賈洪敬危語 又：賈洪字叔業，好學有才，與馮翊敬危材學最高。衆人爲語云：

州中華華賈叔業，辯論洶洶敬文通。

廣陵諺 張勃《吴録》：陸稠爲廣陵太守，姦吏斂手。廣陵諺云：

解結理煩，我國陸君。

李巖鄉里諺 《江表傳》：諸葛亮表都護李巖。巖少爲郡職吏，用情深刻，苟利其身。鄉里爲巖諺云：

難可狎，李鱗甲。

柳琮鄉里諺 又：柳琮字伯騫，所拔進皆爲時所稱，致位牧守。鄉里爲諺云：

得黃金一笥，不如爲柳伯騫所識。

魏武時諺 王嘉《拾遺記》：魏武帝討董卓，夜行失馬，曹洪以其所乘馬讓帝。其馬號曰白鵠，數百里瞬息而至，人謂乘風而行。諺云：

憑空虛躍，曹家白鵠。

几亭陂諺 《水經注》：几亭陂東有樊家故宅。樊氏既滅，庾氏取其陂，故諺云：

陂汪汪，下田長，樊子失業庾公昌。

巴蜀語 《華陽國志》：永嘉四年，天水文石殺雄太宰李國，以巴西降尚，梓潼、巴西還屬。初，巴西譙登殺雄巴西太守馬脱，還住涪。折衝將軍張羅進據犍爲之合水。巴蜀爲語云：

譙登治涪城，文石在巴西。張羅守合水，巴氏那得前。

司馬懿時諺 《晉書·宣帝紀》。

死諸葛走生仲達。

北州語 又：歐陽建，字堅石，世爲冀方碩族，擅名北州。人爲之語云：

渤海赫赫，歐陽堅石。

時爲石苞語 又《石苞傳》：苞字仲容，雅曠有智局，容儀偉麗，不修小節。時人爲之語云：

石仲容，皎無雙。

羊祜時語 又《羊祜傳》：步闡之役，祜以軍法將斬王戎，故戎、衍並憾之，每言論多毁祜。時人爲之語云：

二王當國，羊公無德。

時爲裴秀語 又《裴秀傳》：秀好學有風操，八歲能屬文。時人爲之語云：

後進領袖有裴秀。

時爲衛玠語 又《衛玠傳》：王澄有高名，少所推服，每聞玠言，輒歎息絶倒，故時人爲之語云云。澄及王玄、王濟並有盛名，皆出玠下，世云云。玠妻父樂廣，有海内重名，議者以爲云云：

衛玠談道，平子絶倒。

王家三子，不如衛家一兒。

婦公冰清，女婿玉潤。

京都爲荀闓語 又《荀闓傳》：闓字道明，亦有名稱。京都爲之語云：

洛中英英荀道明。

三魏語 又《劉毅傳》：僑居平陽，太守杜恕請爲功曹，沙汰郡吏百餘人，三魏稱焉。爲之語云：

但聞劉功曹，不聞杜府君。

廣陵語 又《劉頌傳》：頌字子雅，廣陵人，漢廣陵厲王胥之後也，世爲名族。同郡有雷、蔣、穀、魯四姓，皆出其下。時人爲之語云：

雷蔣穀魯，劉最爲祖。

時人爲謝鯤語 又《謝鯤傳》：鯤字幼輿，通簡有高識，不修威儀。鄰家高氏女有美色，鯤嘗挑之。女投梭，折其兩齒。時人爲之語云云。鯤聞之，慠然長嘯曰：『猶不廢我嘯歌。』

任達不已，幼輿折齒。

時爲江統語 又《江統傳》：統字應元，陳留圉人也，靜默有遠志，時人爲之語云：

嶷然稀言江應元。

趙王倫時諺

又《趙王倫傳》：每朝會，貂蟬盈坐，時人爲之諺云：

貂不足，狗尾續。

京都爲劉琨兄弟語

又《劉琨傳》：琨字越石，兄輿字慶孫，並尚書郭奕之甥，名著當時。京都爲之語云：

洛中奕奕，慶孫越石。

時爲王珉兄弟語

又《王珉傳》：珉少有才藝，善行書，名出珣右，時人爲之語云云。僧彌，珉小字也。法護，珣小字也。

法護非不佳，僧彌難爲兄。

時爲郗超王坦之語

又《王坦之傳》：坦之字文度，弱冠與郗超俱有重名，時人爲之語云云。嘉賓，超小字也。

盛德絶倫郗嘉賓，江東獨步王文度。

時爲三嘏語

又《劉惔傳》：惔字真長，沛國相人也。祖宏，字終嘏，光禄勳。宏兄粹，字純嘏，侍中。宏弟潢，字沖嘏，吏部尚書，竝有名中朝。時人語云：

洛中雅雅有三嘏。

中興人語　又《諸葛恢傳》：恢字道明，琅琊陽都人也。于時潁川荀閭字道明，陳留蔡謨字道明，與恢俱有名譽，號曰中興三明。人爲之語云：

京都三明各有名，蔡氏儒雅荀葛清。

時人爲鄧攸語　又《良吏傳》：鄧攸在郡，刑政清明，百姓歡悦，爲中興良守。棄子之後，妻子不復孕。過江納妾，甚寵之，訊其家屬，説是北人遭亂。憶父母姓名，乃攸之甥。攸素有德行，聞之感恨，遂不復畜妾，卒以無嗣。時人義而哀之，爲之語云：

天道無知，使鄧伯道無兒。

時爲繆斐語　皇甫謐《達士傳》：繆斐字文雅，代修儒學，時人爲之語云：

素車白馬繆文雅。

楚諺　張方賢《楚國先賢傳》。

黄尚爲司隸，姦慝自弭。左雄爲尚書令，天下慎選舉。

陳留諺　《陳留風俗傳》：許晏字偉君，授《魯詩》於琅琊。王改學曰：『許氏章句，列在儒林。』故諺云：

殿上成群許偉君。

相人里諺

《文士傳》：留侯七世孫張讃，初居吴縣相人里。時人諺云：

相里張，多賢良。積善應，子孫昌。

三輔語

《三輔決録》：馬氏五人共居，作五門客舍，主養猪賣豚。民爲之語云：

苑中三公，館下二卿。五門嚾嚾，但聞豚聲。

關中諺

又：游殷字幼齊，爲胡軫所害。月餘，軫得病，但言『伏伏，游幼齊將鬼來。』於是遽死。關中諺云：

生有知人之明，死有責人之靈。

吏部語

《談藪》：宋謝莊代顔峻爲吏部尚書。峻容貌嚴毅，常有不可犯之色。莊風姿温美，人有喧訴，常歡笑答之。時人語云：

顔吏部嗔而與人官，謝吏部笑不與人官。

都下語

《南史·徐湛之傳》：時安成公何勗，無忌之子；臨汝公孟靈休，昶之子也。竝名奢豪，與湛之以肴膳、器服、車馬相尚。都下爲之語云：

安成食，臨汝飾。湛之美，兼何孟。

時爲王志兄弟語 又《王彬傳》：彬好文章，習篆隸，與志齊名。時人爲之語云：

三真六草，爲天下寶。

時稱二王語 又《王延之傳》：宋德既衰，齊高帝輔政，朝野之情，人懷彼此。延之與尚書令王僧虔中立，無所去就。時人語云：

二王居平，不送不迎。

時稱張種語 又《張種傳》：種字士苗，永從孫也。祖辯，宋大司農、廣州刺史。父略，太子中庶子、臨海太守。種少恬静，居處雅正，傍無造請。時人語云：

宋稱敷演，梁則卷充。清虚學尚，種有其風。

竟陵西邸語 又《劉繪傳》：永明末，都下人士盛爲文章談義，皆湊竟陵西邸，繪爲後進領袖。時張融以言辭辯捷，周顒彌爲清綺，而繪音采不贍，雅麗[一]有風則。時人爲之語云云，言其處二人間也。

三人共宅夾清漳，張南周北劉中央。

校按：

【一】『雅麗』，《南史》諸本作『麗雅』。

省中語 又《賀琛傳》：武帝與語常移晷刻，省中語云云。琛容止閑雅，故時人呼之：

上殿不下有賀雅。

時爲鮑正語 又《鮑客卿傳》：客卿三子：檢、正、至，竝才藝知名，俱爲湘東王五佐。正好交遊，無日不適人。人爲之語云：

無處不逢烏噪，無處不逢鮑佐。

東海語 又《何思澄傳》：初，思澄與宗人遜及子朗俱擅文名，時人語云云。思澄聞之，曰：『此言誤耳。如其不然，故當歸遜。』思澄意謂宜在己也。子朗，字世明，早有才思，周捨每與談，服其精理。世人語云云。

東海三何，子朗最多。

人中爽爽有子朗。

稱桓康語 又《桓康傳》：高帝誅黄回。回時爲南兗刺，部曲數千，欲收，恐爲亂。召入東府，停外齋，使康數回罪，然後殺之。時人爲之語云：

欲侜張，問桓康。

時稱丁旿語 又：高祖壯士丁旿，有氣力。時人語云：

勿拔扈，付丁旿。

時爲王瑩語 又：梁王瑩位開府儀同三司。須開黄閣，宅前促，欲買南鄰羊侃半宅。侃懼見侵，貨錢百萬，瑩乃回閣向東。時人爲之語云：

欲向南，錢可貪。遂向東，爲黄銅。

時稱蕭晃語 《南齊書》：長沙威王晃爲甯朔將軍。初，沈攸之事起，晃便弓馬，多從武容，熏赫都街。時人爲之語云：

焕焕蕭四繖。

時稱荀伯玉語 又：上嘉荀伯玉盡心，愈見親信。時人爲之語云：

十敕五令，不如荀伯玉命。

南齊俗諺 又：顧憲之上疏言：『永興、諸暨，公私殘盡。倘值水旱，實不易念。俗諺云云。按會稽舊稱沃壤，今猶若此，吴興本是塉土，因循餘弊，誠宜改更。』

會稽打鼓送卹，吴興步擔令史。

梁時語 唐孫頠《神女傳》：沈警字玄機，美風姿，善吟咏，爲梁東宫常侍，名著當時。每公卿宴集，必致騎邀之。語云：

玄機在座，顛倒賓客。

梁時諺《顔氏家訓·慕賢篇》：梁孝元帝在荆州，有丁覘者，頗善屬文，工草隸。孝元書記，一皆使之。軍府輕賤，多未之重。時曰：

丁覘十紙，不如王褒數字。

又《勉學篇》：梁朝全盛之時，貴遊子弟，多無學術。

上車不落則著作，體中何如則秘書。◎按，此《南史》作宋時謡，詞亦微異。

蜀諺 崔鴻《蜀録》：李雄異母兄始，字伯茲。爲太保，善撫士，衆多歸之。時人爲之諺云：

欲養老，屬太保。

北魏京師語《洛陽伽藍記》：白馬寺漢浮圖前，柰林蒲萄異於餘處，味並殊美。京師語云：

白馬甜榴，一實直牛。

鄴下語《北史》：李渾與弟繪、緯俱爲聘使主。緯位中散大夫，聘梁，頗爲稱職。鄴下語云：

學則渾繪緯，口則繪緯渾。

鄴下諺《顔氏家訓·勉學篇》。

博士買驢，書券三紙，未有驢字。問一言輒酬數百，責其指歸，或無要會。

古今諺拾遺卷五

樂亭 史夢蘭 香厓輯

苻堅時諺 崔鴻《前秦録》：有人持一銅斛於市賣之。其形正員，下向爲斗，横梁昂者爲升，低者爲合。梁一頭爲籥，籥同黄鐘可容半合，邊有篆銘。堅以問道安，安曰：『此王莽時物，自言出自舜皇龍戊辰，改正即真。以同律量，布之四方。欲小大器鈞，令天下取平焉。』堅乃勅學士内外有疑皆師于安，故時人爲之諺云：

學不師安，義不中難。

又 初，諺云云。群臣勸堅停項城，爲六軍聲鎮。堅不從，故致於敗。

堅不出項。

關東語 又《前秦録》：梁讜與弟熙俱以文藻見重，人爲之語云：

關東堂堂，二申兩房。未若二梁，環文綺章。

秦雍語

又《前涼録》：辛攀，隴西人。父奭，尚書郎。兄鑒曠，弟寶迅，皆以才識知名。秦雍爲之語云：

五龍一門，玉友金昆。

西州諺

又《西涼録》：李暠妻尹氏，暠之創業，多所贊毗。故西州諺云：

李尹王燉煌。

宋齊間語

蓋時重大令，而敬元爲大令門人，妙有大令法者也。

買王得羊，不失所望。

拓跋諺

《北史》：魏聖武皇帝諱詰汾，嘗田於山澤，欻見輜軿自天而下。既至，見美婦人，自稱天女，受命相偶。旦日請還，期年周時復會於此，言終而别。及期，帝至先田處，果見天女，以所生男授帝曰：『此君之子也，當世爲帝王。』語訖而去。即始祖神元皇帝也。故時人諺云：

詰汾皇帝無婦家，力微皇帝無舅家。

時爲元魏二王語

又《魏宗室傳》：子儀膂力過人，弓力將十石。陳留公虔，矟大稱異。時人云：

衛王弓，桓王矟。

時爲元彧語 又：彧字文若，紹封濟南王。少有才學，當時甚美，與從兄安豐王延明、中山王熙，並以宗室博古文學齊名，時人莫能定其優劣。尚書郎范陽盧思道謂吏部清河崔休曰：『三人才學雖並優美，然安豐少於造次，中山皂白太多，未若濟南風流寬雅。』時人爲之語云：

三王楚楚皆琳琅，未若濟南備員方。

時爲元欽語 又《魏諸王傳》：元欽字思若，少好學，早有令譽。時人語云：

皇宗略略，壽安思若。

蜀中稱于仲文語 又《于仲文傳》：仲文字次武。刺史屈突尚，宇文護之黨也。先坐事下獄，無敢繩者。仲文至郡，窮之，遂竟其獄。蜀中語云：

明斷無雙有于公，不避彊禦有次武。

時爲崔李語 又《崔儦傳》：儦與頓丘李若俱見稱重，時人語云：

京師灼灼，崔儦李若。

時爲崔約語 又：儦子約，五歲喪父，不肯食肉。後喪母，居喪哀毀骨立。人云：

崔九作孝，風吹即倒。

時爲王嶷語

又《王憲傳》：子嶷，儒緩不斷，終日昏睡。李訢、鄧宗慶等號爲明察，而二人終見誅戮。餘十數人或出或免，唯嶷卒得自保。時人語云：

實癡實昏，終得保存。

宋游道時臺中語

又《齊宋游道傳》：酈善長嘉其氣節，引爲殿中侍御史。臺中語云：

見惡能討宋游道。

又時人語

游道獮猴面，陸操科斗形。意識不關見，何謂醜者必無情。

寺中語

又：宋世軌爲少卿，大理正蘇珍之以平幹知名。寺中語云云。時人以爲寺中二絶。

決定嫌疑蘇珍之，視表見裏宋世軌。

雍州民語

又《公孫表傳》：子軌字元慶。太武將北征，發驢以運糧，使軌部調雍州。軌令驢主皆加絹一匹，乃與受之。百姓語云：

驢無彊弱，輔脊自壯。

時爲陸乂語 又《陸卬傳》：子乂，五經最精熟，館中謂之『石經』。人爲之語云：

五經無對有陸乂。

幽州語 又：盧昌衡，小字龍子。從弟思道，小字釋奴。宗中推重，故幽州語云：

盧家千里，釋奴龍子。

時爲崔楷語 又：崔楷性嚴烈，能摧挫豪强。時人語云：

莫儁郁貴反𠑽孤楷反，付崔楷。

鄴下語 又《崔暹傳》：子達拏，年十三，令儒者權會教其解《周易〔一〕》兩字，乃集朝貴名流，命達拏高坐開講。同郡眭仲讓陽屈服之，暹用仲讓爲司徒中郎。鄴下爲之語云：

講義兩行得中郎。

校按：

【一】『周易』原作『周姜』，據通行本《北史》改。

時稱李謐語　又《李謐傳》：謐字永和，少好學，周覽百氏。初，師事小學博士孔璠，數年後，璠還就謐請業。同門生爲之語云：

青成藍，藍謝青。師何常，在明經。

時爲李義深語　又《李義深傳》：義深，趙郡高邑人，有當世才用，而心胸險峭。時人語云：

劍戟森森李義深。

時稱王慧龍兄弟語　又《王慧龍傳》。

英英濟濟，王家兄弟。

時爲裴讓之皇甫和兄弟語　又《裴讓之傳》：讓之、諏之及皇甫和、和弟亮並知名於洛下。時人語云：

諏勝於讓，和不如亮。

相府爲裴漢語　又《裴漢傳》：漢善尺牘，尤便簿領。理識明贍，斷割如流。相府爲之語云：

日下粲爛有裴漢。

時爲李崇王融語　又《李崇傳》：崇在官和厚，明於決斷。然性好財賄，販肆聚斂。孝明靈太后嘗幸左藏，王公嬪主從者百餘人，皆令任力負布絹，即以賜之。多者過二百匹，少者百餘。惟長樂公主兩手持絹二十匹而出，示不異衆而已，世稱其廉儉。崇與章武王融以所負多，顛仆於地。崇乃傷腰，融至損脚。時人爲之語云：

陳留章武，傷腰折股。貪人敗類，穢我明主。

時爲陽休之語 又《陽休之傳》：儁爽有風概，好學愛文藻。時人爲之語云：

能賦能詩陽休之。

時爲陰鳳語 又《賈思伯傳》：初，思伯與弟思同師事北海陰鳳。業竟，無資酬之，鳳遂質其衣物。時人爲之語云云。及思伯之部，送縑百匹遺鳳，因具車馬迎之，鳳慚不往。

陰生讀書不免癡，不識雙鳳脱人衣。

高僧諺 《五色線》：魏有高僧支謙，爲人細長黑瘦，眼多白而睛黄，多智。時諺云：

支郎眼中黄，形軀雖細是智囊。

時稱祖瑩袁翻語 《北史·祖瑩傳》：瑩與陳郡袁翻齊名，時人爲之語云：

京師楚楚袁與祖，洛中翩翩祖與袁。

時稱陳元康語《隋書·陳元康傳》：文襄入輔，居鄴下。崔暹、崔季舒、崔昂等竝被任用，張亮、張徽纂竝爲神武待遇，然皆出元康下。神武每與元康久語，文襄門外待接之。時人語曰：

三崔二張，不如一康。

中書語《北史·趙隱傳》：趙隱字彦深，自云南陽宛人。齊宰相，善始令終唯彦深一人。然諷朝廷以子叔堅爲中書侍郎，頗招物議。時馮子琮子慈明、祖珽子君信並相繼居中書，故時語云云。叔堅身才最劣。

馮祖及趙，穢我鳳池。

舊京語 又《柳虯傳》：大統三年，馮翊王元季海、領軍獨孤信鎮洛陽。于時舊京荒廢，人物罕存，唯有虯在陽城，裴諏在潁川。信等乃俱徵之，以虯爲行臺郎中，諏爲北府屬，竝掌文翰。時人爲之語云：

北府裴諏，南府柳虯。

北地語 又《唐永傳》：在北地四年，與賊數十戰，未嘗敗北。時人語云云。永所營處，至今猶稱唐公壘也。

莫陸梁，恐爾逢唐將。

諸生爲吕思禮語 又《吕思禮傳》：長於論難，諸生爲之語云：

講書論易鋒難敵。

隋文帝時語

又《劉昉傳》：文帝以昉有定策功，拜上大將軍，封黄國公，與沛國公鄭譯皆爲心膂。前後賞賜鉅萬，出入以甲士自衛，朝野傾矚。時人語云：

劉昉牽前，鄭譯推後。

冀州語

又《熊安生傳》：宗道暉好著高翅帽、大屐。州將初臨，輒服以謁見，仰頭舉肘，拜於屐上，自言學士比三公。後齊任城王湝鞭之，道暉徐呼：『安偉！安偉！』出，謂人曰：『我受鞭，不漢體。』復躡屐而去。冀州人爲之語云云，謂之『四大』。顯公，沙門也；宋公，安德太守也；洛姬，婦人也。

顯公鐘，宋公鼓。宗道暉屐，李洛姬肚

兩儁語

又《何妥傳》：蘭陵蕭昚亦有儁才，住青楊巷。妥住白楊頭，時人爲之語云：

世有兩儁，白楊何妥，青楊蕭昚。

四王語

《唐書·江安王元祥傳》：性庸遬，所至營財産無厭。藤、蔣、虢三王皆貪暴，得其府官者惡之不願行。時語曰：

寧向儋崖振白，不事江藤蔣虢。

先天時京中語

又《姜師度傳》：師度喜渠漕，所至徭役紛紜，不能皆便，然所就必爲後世利。是時，太史令傅孝忠以知星顯。

時爲語云：

孝忠知仰天，師度知相地。◎按：此一作『姜師度一心看地，傅孝忠兩眼相天』。『相天』又作『看天』。『看地』又作『穿地』。

竇僕射語

又《竇懷貞傳》：睿宗爲金仙、玉真二公主營觀，費鉅萬。諫者交疏不止，唯懷貞勸成之，躬護役作，督繕益急。時語云云。言事公主如邑官屬也。

前作后國奢，後爲主邑丞。

吏部過官語

又《裴光廷傳》：初，吏部求人不以資考爲限，所奬拔惟其才，往往得俊乂任之，士亦自奮。其後士人猥衆，專務趨競，銓品枉撓。光廷懲之，因行僉長名榜，乃爲循資格，無賢不肖，一據資考配擬。又促選限盡正月，任門下省主事閻麟之專主過官。凡麟之裁定，光庭輒然可。時語云：

麟之口，光廷手。

洛州語

又《張仁愿傳》：先是，賈敦頤嘗爲長史，有政績。時人爲之語云：

洛有前賈後張，敵京兆三王。

斜封官語

又《柳澤傳》：詣闕上疏曰：『今天下咸稱太平，公主與胡僧慧範以此誤陛下。故語云。』

姚宋爲相，邪不如正。太平用事，正不如邪。

江淮間語　又《郝處俊傳》：處俊臨事敢言，武后雖忌之，以其操履無玷，不能害。與舅許圉師同里，俱宦達。鄉人田氏、彭氏以高貲顯，故江淮間爲語云：

貴如郝許，富如田彭。

時爲李乂語　又《李乂傳》：韋氏之變，詔令嚴促，多乂草定。進吏部侍郎，仍知制誥。與宋璟等同典選事，請謁不行。時人語云：

李下無蹊徑。◎按，李知遠亦號「李下無蹊」。

四俊語　又《張嘉貞傳》：嘉貞性簡疏，與人不疑，内曠如也。所薦中書舍人苗延嗣、吕太一，考功員外郎員嘉靜、殿中侍御史崔訓，皆位清要，日與議政事。故當時語云：

令君四俊，苗吕崔員。

吏人語　又《尹思貞傳》：長安中，遷秋官侍郎。忤張昌宗意，出爲定州刺史，召授司府少卿。時卿侯知一亦厲威嚴，吏爲語云：

不畏侯卿杖，祗畏尹卿筆。

景雲初語 又《盧從愿傳》：初，高宗時，吏部號稱職者裴行儉、馬載。及是，從愿與李朝隱爲有名，故號云：

前有裴馬，後有盧李。

八友語 又《趙宗儒傳》：交友行義，不以夷險恩操。少與殷寅、顔真卿、柳芳、陸據、蕭穎士、李華、邵軫善，時爲語云：

殷顔柳陸，李蕭邵趙。

舉場語 又《楊虞卿傳》：虞卿佞柔，善諧麗權幸，倚爲姦利。歲舉選者，皆走門下，署第注員，無不得所欲，升沈在牙頰間。當時有蘇景胤、張元夫，而虞卿兄弟汝士、漢公爲人所奔向，故語云：

欲趨舉場問蘇張。蘇張猶可，三楊殺我。◎按，此一作「欲入舉場，先問蘇張。」

真源邑中語 又《張巡傳》：調真源令。土多豪猾，大吏華南金樹威恣肆，邑中語云云。巡下車，以法誅之。

南金口，明府手。

贊皇鄉人語 又：李知本，趙州元氏人，元魏洛州刺史靈六世孫。父孝端，仕隋爲獲嘉丞。與族弟太沖俱有世閥，而太沖官婚最高，鄉人語云：

太沖無兄，孝端無弟。

二賀語 又《賀德仁傳》：德仁與從兄德基師事周弘正，以文辭稱。人爲語云：

學行可師賀德基，文質彬彬賀德仁。

神龍中語 又《武承嗣傳》：崔日用、冉祖雍、鄭愔等共託三思權，熏炙中外。天下語云：

崔冉鄭，亂時政。

河北語 又《武懿宗傳》：始萬榮入寇也，别帥何阿小陷冀州，殺人無餘種。以懿宗暴忍似之，故號稱『兩何』，相語云：

唯此兩何，殺人最多。

魏博語 又《羅紹威傳》：魏牙軍，起田承嗣募軍中子弟爲之，父子世襲，姻黨盤互，悍驕不顧法令。憲誠等皆所立，有不慊，輒害之無噍類。時語云云，謂其勢彊也。紹威懲曩禍，雖外示優假，而内不堪。

長安天子，魏府牙軍。

里閭詛語 又《王旭傳》：時監察御史李嵩、李全交皆嚴酷，取名與旭埒，京師號『三豹』。里閭至相詛云：

若違教，值三豹。

崔鉉時諺

又《崔鉉傳》：鉉所善者，鄭魯、楊紹復、段瓌、薛蒙，頗參議論。時諺云云。帝聞之，題於扆。

鄭楊段薛，炙手可熱。欲得命通，魯紹瓌蒙。

時爲張懷慶語

《大唐新語》：有棗强尉張懷慶，好偷名士文章。時人爲之語云：

活剥王昌齡，生吞郭正一。

時人爲李義甫語

《全唐詩》：義甫專權，其子津、洽、洋，壻柳元貞四人皆憑恃受賕。義甫敗，並除名長流。時人爲之語云：

今日巨唐年，還誅四凶族。

京洛語

《全唐詩》：許欽明與郝處俊鄉黨親族，兩家子弟類多醜陋，而盛飾車馬以遊里巷。京洛爲之語云：

衣裳好，儀容惡。不姓許，即姓郝。

臺中語

《朝野僉載》：周夏官侍郎侯知一年老，敕放致仕，上表不伏，於朝堂踴躍馳走，以示輕便。張悰丁憂，自請起復。吏部主事高筠母喪，親戚爲舉哀，筠曰：『我不能作孝。』員外郎張栖貞被訟，詐遭母憂，不肯起對。時臺中爲之語云：

侯知一不伏致仕，張悰自請起復。高筠不肯作孝，張栖貞情願遭憂。皆非名教中人，並是王化外物。人面獸心，不其然乎？

選人語《御史臺記》：石抱忠檢校天官郎中，與侍郎劉奇、張詢古同知選。抱忠素非靜慎，奇久著清平，詢古通婚名族。將分銓，時人語曰云云，斯言果徵。復與許子儒同知選，劉奇獨以公清稱。抱忠、師範、子儒，頗任令史句直，每注官，呼曰：『句直乎？』時人又爲之語云云。抱忠後與奇同棄市。選人或爲擯抑者，後又爲之語云云。

有錢石上好，無錢劉下好，士大夫張下好。

碩學師劉子，儒生用與言。

今年柿子併遭霜，爲語石榴須早摘。

韋氏語《全唐詩》：韋承慶罷相，除禮部尚書，嗣立繼爲鸞臺侍郎平章事。時人語曰：

大郎罷相，小郎拜相。

時人爲鄒昉語《朝野僉載》：鄒駱駝，長安人。先貧，責蒸餅於勝業坊。鑁得金數斗，於是巨富。其子昉與蕭佺駙馬遊，時人語云：

蕭佺駙馬子，鄒昉駱駝兒。非關道德合，只爲錢相知。

時人爲崔無詖語《全唐詩》：崔無詖，韋后中表。時蕭至忠甚承中宗恩顧，無詖婚至忠女，后爲女家，中宗爲兒家，供擬甚厚。時人爲之語云：

皇后嫁女，天子娶婦。

李處郁語 又：幽州都督孫佺五月北征，軍師李處郁諫，不從，師果敗。

飧若入咽，百無一全。飧，音孫。山東人謂溼飯爲飧。幽州以北並爲燕地，故云。

時人號王邱崔沔語 又：邱與沔並掌吏部，時人爲之語云：

邱山岌岌連天峻，沔水澄澄澈底清。

郇公廚語 又：韋陟襲父安石封郇國公。廚中飲食，香味錯雜。人或入其中，多飽飫而歸。俗語云：

人欲不飯筋骨舒，夤緣須入郇公廚。

陝州語《開元天寶遺事》：盧奐爲陝州刺史，嚴毅之聲聞于關內。州民多有淫祀者，士民相語云：

不須賽神明，不必求巫祝。爾莫犯盧公，立便有禍福。

時稱二王語《全唐詩》：王右丞維及弟縉，以科名文學冠絶當代。時人云：

朝廷左相筆，天下右丞詩。

代宗朝京師語

《杜陽雜編》：唐元載專權，事以貨成。及常袞爲相，雖賄賂不行，而介僻自專，失於分別。京師語云：

常無分別元好錢，賢者愚，愚者賢。

戲諫司語

《全唐詩》：李泌相德宗，奏請罷拾遺補闕。上雖不從，亦不授人，諫司惟韓皐、歸登而已。泌仍命收其署餐錢，令登等寓食於中書舍人。故時戲云：

韓諫議雖分左右，歸拾遺莫辨存亡。

寶曆宮中語

《杜陽雜編》：寶曆二年，浙東貢舞女二人，曰飛鸞、輕鳳。每歌罷，上令藏之金屋寶帳，蓋恐風日故也。宮中語云：

寶帳香重重，一雙紅芙蓉。

京師號牛楊語

《全唐詩》：牛僧孺與楊虞卿兄弟驅駕輕薄，有不附己者，潛被瘡痏。京師爲之語云：

太牢筆，少牢口，東西南北何處走。

又號牛李語

門生故吏，不牛則李。李謂宗閔也。

時號沈宋語 又

蘇李居前，沈宋比肩。沈謂佺期，宋謂之問。蓋舉蘇武、李陵與之並舉也。

時號錢郎語 又：錢起能詩，與郎士元齊名。語云：

前有沈宋，後有錢郎。

潘何詩賦語 又：咸通中，湘南何涓《瀟湘賦》、潘緯《古鏡詩》，天下傳之云：

潘緯十年吟古鏡，何涓一夜賦瀟湘。

魏薛草書語 又：魏徵之子叔瑜善草，以筆意傳其子華及甥薛稷。世稱之云：

前有虞褚，後有薛魏〔二〕。

薛稷書語 又：薛善書，師褚河南。時語云：

買褚得薛不落節。

閩人語 又

歐陽獨步，藻藴横行。謂歐陽詹及林藻、林藴相繼登第也。

大中後進士語

又：大中後，進士尤盛。李都、崔雍、孫瑝、鄭嵎四君子，蒙其盼睞者多進升，故曰：

欲得命通，問瑝嵎都雍。

選舉人語

《唐摭言》：大中、咸通中，盛傳崔慎由相公常寓尺題於知聞，故選舉人爲此語云：

王凝裴瓚，舍弟安潛。朝中無呼字知聞，廳裏絶脱靴賓客。

科目舉人語

又：太平王崇、竇賢二家，率以科目爲資，足以升沈後進。故科目舉人相謂云：

未見王竇，徒勞漫走。

戲杜審權語

《全唐詩》：杜審權知舉，放盧處權。人戲語云：

座主審權，門生處權。

崔沆放榜時人語

又：沆放崔瀣。時人語云：

座主門生，沆瀣一家。

唐末五代人語 又：唐末五代，權臣執政，公然交賂。科第差除，各有等差。故當時語云：

及第不必讀書，作官何須事業。

時人爲劉畢語 又：劉商官爲郎中，愛畫松石樹木，格性高邁。時有畢庶子，亦善畫松樹木石。時人云：

劉郎中松樹孤標，畢庶子松根絶妙。

時人爲黄筌語 又：筌善寫花竹翎毛。於孟昶殿畫六鶴，因目其殿爲六鶴殿。當時語云：

黄筌畫鶴，薛稷減價。

時人爲楊惠之語 又：惠之，不知何處人。唐開元中，與吴道子同師張僧繇筆跡，而道子獨顯。惠之遂焚筆硯，專肆塑作，能奪僧繇畫相，與道子争衡。時人語云：

道子畫，惠之塑，奪得僧繇神筆路。

并州人爲道傑語 又：武德中，蒲州栖巖寺釋道傑遊并、晉，講肆難擊，能令人流汗。并州人語云：

大頭傑，難殺人。

洛人語《嘉話録》：唐汝南袁德師，故給事高之子，嘗於東都買得婁師德故園地，起書樓。洛人語云：

昔日婁師德園，今乃袁德師樓。

河北諺《五代史》：梁侍中葛從周有殊功，鎮青社。人爲語云：

山東一條葛，無事莫撩撥。

蜀諺《圖書見聞志》：高道興，成都人，事蜀爲内圖畫庫使。用筆神速，觸類皆精。時諺云：

高君墜筆亦成畫。

古今諺拾遺卷六

樂亭　史夢蘭　香厓輯

宋時語

李相太醒，張相太醉。李文靖，賢相也，與張齊賢稍不協。齊賢竟以被酒失儀罷相，時人語云云。此亦里巷之公論也。

京師諺

《東軒筆録》：王荆公次子名雱，爲太常寺太祝。素有心疾，娶同郡龎氏女爲妻。逾年生一子，雱以貌不類己，百計欲殺之，竟以悸死。又與其妻日相鬭鬨。荆公知其子失心，念其婦無罪，欲離異之，則恐其誤被惡聲，遂與擇壻而嫁之。是時有工部員外郎侯叔獻者，荆公之門人也，娶魏氏爲妻。少悍，叔獻死而帷箔不肅，荆公奏逐魏氏婦歸本家。京師有諺語云：

王太祝生前嫁婦，侯工部死後休妻。

宋時語

《曲洧舊聞》：王將明當國時，賣官鬻爵，至有定價。故當時爲之語云：

三千索，直秘閣。五百貫，擢通判。◎按，《中興姓氏姦邪録》作『三百貫，且通判。五百索，直秘閣』。

宋時俚語

《歸田録》：俚諺云云。不知是何等語，雖士大夫亦往往道之。天聖中，有尚書郎趙世長者，常以滑稽自負。其老也，求爲西京留臺御史，有輕薄子送以詩云：『此回真是送燈臺。』世長深惡之，亦以不能酬酢爲恨。其後竟卒於留臺。

趙老送燈臺，一去更不來。

宋英宗時士人語

《綱鑑》：英宗時，士人以登臺閣、陞禁從爲顯官，而不以官之遲速爲榮滯。故爲之語云。

寧登瀛，不爲卿。寧抱槧，不爲監。

宋都人語

《玉照新志》：左與言，天台名士也。錢唐幕府樂籍有名姝張穠者，色藝妙天下，左頗顧之。如『盈盈秋水，淡淡青山，帷雲翦水，摘〔一〕粉搓酥』，皆爲穠作。當時都人有對云：

曉風殘月柳三變，摘〔二〕粉搓酥左與言。

校按：

〔一〕〔二〕『摘』，文淵閣《四庫全書》本《玉照新志》作『滴』。

筠州人語

宋羅誘《宜春傳信録》：屯田郎中李公儒，明道中通判筠州，寬慈不擾。前官受秋租，而吏恣取無厭。公逐日入倉監視，吏無所措手。筠人爲之語云：

輸租不使錢，賴有李屯田。

宋京師語

《歸田録》：三班院所領使臣，每歲乾元節醵錢飯僧，進香合，以祝聖壽，謂之香錢，判院官常利其餘。群牧司領内外坊監使副判官，比他司俸入最優，又歲收糞墼錢頗多。故京師謂之語云：

三班喫香，群牧喫糞。

又

《歸田録》：盛文肅豐肌大腹而眉目清秀，丁晉公疎瘦如削，二公皆浙人也。梅學士詢性喜香，每晨起，必焚香兩爐，以公服罩之。有竇元賓者，不喜修飾，經時未嘗沐浴。故時人爲之語云：

盛肥丁瘦，梅香竇臭。

爲韓縝語

《宋史》：韓縝字玉汝，分司南京。秦人語云云，其暴酷如此。

寧逢乳虎，莫逢玉汝。

包老語

又：包拯立朝剛毅，京師爲之語云：

關節不到，有閻羅包老。

時爲李稷李察語

又：李稷與李察皆以苛暴著稱，時人語云：

寧逢黑殺，莫逢稷察。

時爲岳武穆語 又《岳飛傳》。

撼山易，撼岳家軍難。

二寶語 又：汪藻，饒州德興人。徽宗親製《君臣慶會閣》詩，群臣皆賡進，惟藻和篇，衆莫能及。時胡伸亦以文名，人爲之語云：

江左二寶，胡伸汪藻。

宋時諺《近峰聞略》：周益公云：『蘇子容聞人語故事，必令人檢出處。司馬温公聞新事，即便鈔録，且記所言之人。故當時諺云。』

古事莫語子容，今事勿告君實。

都人諺《玉壺清話》：趙昌言爲樞密副使，時陳儀與董儼俱爲三司鹽鐵副使。會飲於樞第，每乘醉夜方歸。都人諺云：

陳三更，董半夜。

京師語《詩話雋詠》：石藏用、劉寅俱擅醫名。石喜用熱藥，劉喜用凉藥。京師爲之語云：

藏用簷中三斛火，劉寅匣内一壺冰。

北宋朝中語《歸田録》：宋制：大宴，樞密使不坐，侍立殿上，既而退就御廚賜食，與閤門、引進、四方館使列坐廡下，親王一人伴食。每春秋賜衣門謝，則與内諸司使、副班於垂拱殿外庭中，而中書則别班謝於門上。故朝中語云：

廚中賜食，階下謝衣。

嘉祐中京師諺《東軒筆録》：嘉祐中，翰林諸公皆入政府。時包拯爲三司使，宋祁守鄭州，二公久著人望而不見用。京師諺云：

撥隊爲參政，成群作副樞。虧他包省主，悶殺宋尚書。

熙甯中語《墨客揮犀》：熙甯中，京師久旱。按古法，令坊巷各以大甕貯水，插柳條，泛蜥蜴，使青衣小兒環繞，呼云云。開封府不能盡得蜥蜴，以蠍虎代之。蠍虎入水即死，小兒更其語云云。

蜥蜴蜥蜴，興雲吐霧。降雨滂沱，放汝歸去。

冤苦冤苦，我是蠍虎。似恁昏昏，怎得甘雨。

元豐中諺《能改齋漫録》：元豐八年，尚書户部侍郎李定權知貢舉，其夜四鼓，開寶寺寓禮部貢院火。後别試，更得焦蹈爲魁。諺云：

不因開寶火，安得狀元焦。

北宋俚語《雞肋編》。

人作千年調，鬼見拍手笑。

宋初士子語《老學菴筆記》：國初尚《文選》，當時文人專意此書。士子爲之語云：

文選爛，秀才半。

宋時諺 太平老人《袖中錦》。

鳳州三出手柳酒，宣州四出漆栗筆蜜。

南京石上語《侯鯖録》：南京人家掘得一石，上有字，可考云云。不知是何等語也。

猪拾柴，狗燒火，野狐掃地請客坐。

汴渠諺《東軒筆録》：汴渠舊例，十月閉口，舟楫不行。王荆公當國，欲通冬運，遂不令閉口。水淺舟不可行，而流冰損舟楫。於是以船腳數十，前設巨碓以搗流冰。役夫苦寒，死者甚衆。京師有諺云：

昔有磨去，磨平漿水。今見碓，擣冬凌。

關中醫諺《江鄰幾雜志》：長安張詩以能醫稱。予至關中，人説藥死者甚衆，尤好用轉藥。關中諺云：

既服黄龍丹，便乘白虎車。

池州語 史容《山谷後集》注：東流、建德兩縣皆隸池州。山谷詩：『東流會賓客，建德椎羊牛。』元注語云云。

東流速客，驚動建德。

崇甯間諺《老學菴筆記》：崇甯間，置居養院、安濟坊、漏澤園，所費尤大，朝廷課以爲殿最。諺語云云。葢軍糧乏，民力窮，皆不問，若安濟等有不及，則被罪也。

不養健兒，却養乞兒。不管活人，只管死尸。

宣和間諺 又：宣和間，親王、公主及近屬戚里，入宫輒得金帶關子，旋填姓名賣之，價百五十〔一〕。方臘破錢唐時，朔日，太守客次有服金帶者數十人，皆朱勔家奴也。時諺云：

金腰帶，銀腰帶，趙家世界朱家壞。

校按：

〔一〕『百五十』，文淵閣《四庫全書》本《老學庵筆記》作『五百千』。

都下諺 又：貴臣有疾宣醫及物故勅葬，本以爲恩，然中使挾御醫至，凡藥必服，其家不敢問，葢有爲醫所誤者。勅葬則喪家所費，至傾竭資産，其地又未必善也。故都下諺曰：

宣醫納命，敕葬破家。

靖康間語《避戎夜話》：金人既出境，朝廷措置多不急之務。如復春秋科、太學生免解、改舒王從祀之類。時爲語云：

不管肅王，却管舒王。不管燕山，却管聶山。不管山東，却管陳東。不管東京，却管蔡京。不管河北界，却管秀才解。

蜀士語《老學菴筆記》：建炎以來，尚蘇氏文章，學者翕然從之，而蜀士尤盛。有語云：

蘇文熟，喫羊肉；蘇文生，喫菜羹。

宋世諺 鄭虎臣《吴都文粹》。

蘇湖熟，天下足。

春陵語《宋史·儒林傳》：韓侂冑擅政，設僞學之禁。蔡元定謫道州，遠近來學者日衆。有名士挾才簡傲、非笑前修者，亦心服謁拜，執弟子禮甚恭。人爲之語云：

初不敬，今納命。

甯宗朝語《宋史·許及之傳》：韓侂冑生日，朝行上壽畢集，及之後至，閽人掩關拒之，及之俯僂以入。爲吏部尚書，二年不遷，見侂冑，流涕，序其知遇之意及衰遲之狀，不覺膝屈。侂冑憐之，遷同知樞密院事。當時語云云，傳以爲笑。

由竇尚書，屈膝執政。

開禧市語《四朝聞見録》：韓侂胄用事，所引率多匪類。有市井小人，以片紙摹印烏賊出没於潮，一錢一本以售，且誦言云云。又賣漿者敲盞以唤人，云云。「冷」謂「韓」，「盞」謂「斬」也。

滿潮都是賊，滿潮都是賊。

冷底喫一盞，冷底喫一盞。

甯宗朝語《後村詩話》：高文虎作《西湖放生池記》，以「鳥獸魚鱉咸若」爲商王事，太學諸生爲謔詞哂其誤。陳晦行史集賢制用「昆命元龜」字，閩帥倪侍郎駁論之。陳累疏，援引唐人及本朝命相皆用此語。史擢陳臺端，劾倪，削職罷去。或爲一聯云：

舍人舊錯夏商鼈，御史新爭舜禹龜。

太學語《鶴林玉露》：太學語云云。言其清苦而鯁亮也。

有髮頭陀寺，無官御史臺。

紹定中語《宋季三朝政要》：紹定三年，上飲宴過度，史彌遠卧病中。時人譏之云：

陰陽眠燮理，天地醉經綸。

端平中語《癸辛雜志》：真文忠負一時重望。是時楮輕物貴，民生頗艱，意謂真儒一用，必有建明。於是民間爲之語云云。及入朝，首以尊崇道學爲第一義，繼以《大學衍義》進。愚民無知，以其所言爲不切於時務，復以俚語足之云：

若要百物賤，直待真直院。喫了西湖水，打作一鍋麪。

理宗朝語《古杭雜記》：理宗朝，喬行簡拜平章，史嵩之作相專政。時人爲之語云：

橋老無人渡，松枝作棟梁。

又《西湖志餘》：賈似道賜第葛嶺，大小朝政就決館中，宰執充位而已。當時語云：

朝中無宰相，湖上有平章。

咸淳間語《宋季三朝政要》：咸淳五年，詔禁珠翠，宫中簪琉璃花，都下人争效之。時有詩云云。識者以爲流離之兆。

京城禁珠翠，天下盡琉璃。

寶祐中朝門語 又：寶祐三年，閻妃怙寵，丁大全、馬天驥用事。無名子書八字於朝門云：

閻馬丁當，國勢將亡。

行都諺

《二老堂雜志》：車駕行在臨安，東門絶無民居，彌望皆菜圃。西門則引湖水入城中，以小舟散給坊市。嚴陵、富陽之柴，聚於江下，繇南門而入。蘇、湖米則來自北關。故諺云：

東門菜，西門水，南門柴，北門米。

宋末行都語

《委巷叢談》：度宗崩，幼君諒陰。榜第一名王龍澤，二名路萬里，三名胡幼黄。行都爲之語云：

龍在澤，飛不得；萬里路，行不得；幼而黄，醫不得。

建炎後俚語

《雞肋編》：有見當時之事者，如『仕途捷徑無過賊，上將奇謀是受招』云云。

欲得官，殺人放火受招安。欲得富，趕著行在發酒醋。

宋太學中語

《楓窗小牘》：邢昺以九經及第，鬱爲儒者，乃傾意欽若，納身垢污，爲士流所薄。常奉勅撰《爾雅疏義》，其後，太學生郭盛言：『昔人不分老子，與韓非同傳。郭注邢疏，無論周公不享其意，即先人得無稱冤地下？且郭迕逆敦，邢附欽若，《爾雅》近正，今則近邪。』盛舉九經，乞辭此疏。時邢自稱子才之裔，太學中語云：

景純有孫，子才無後。

金河内諺

《金史》：王競轉河内令，民爲之諺云云。蓋以前政韓希甫與競相繼治縣，皆有幹能。絳州正平令張元亦有治績而差不及，故云。

西山至河岸，縣官兩人半。

京師語《明史》：左鼎居官清勤，卓有聲譽。御史練綱以敢言名，而鼎尤善爲奏章。京師語云云。自公卿以下咸憚之。

左鼎手，練綱口。

時爲謝遷劉健李東陽語 又：謝遷與劉健、李東陽同輔政，而遷見事明敏，善持論。時人爲之語云：

李公謀，劉公斷，謝公尤侃侃。

都下語 又：林俊上疏，請斬妖僧繼曉並罪中貴梁芳，帝大怒，下詔獄考訊。后府經歷張黻救之，並下獄。太監懷恩力救，俊得謫姚州判官，黻師宗知州。時言路久塞，兩人直聲震動。都下爲之語云：

御史在刑曹，黄門出後府。

都人爲陳與郊語 又《王汝訓傳》：海甯陳與郊者，大學士王錫爵門生，又附申時行，恣甚。汝訓抗疏，數其罪，乃調汝訓南京。頃之，御史王明復劾與郊，詔奪明俸，擢與郊太常少卿。都人爲之語云：

欲京堂，須彈章。

吴人語 又《皇甫涍傳》：父録，生四子，沖、涍、汸、濂，並好學工詩，稱皇甫四傑。其後，里人張鳳翼、燕翼、獻翼並負才名。

吴人語云：

前有四皇，後有三張。

館中語 又：李維楨弱冠登朝，博聞强記，與同館許國齊名。館中爲之語云：

記不得，問老許；做不得，問小李。

時爲三李語 又《閹黨傳》：李恒茂、李魯生、李蕃，日走吏、兵二部，交通請託，時人爲之語云：

官要起，問三李。◎按，《明詩綜》作『二李』，謂魯生與蕃也。

成化間京師語 施愚山《矩齋雜記》：舊制，學校生員，廩膳有額，增廣無額。成化三年定額，京師語云云。不得已，附學之名立焉。

和尚普度，秀才拘數。禮部姊嫂，顛倒錯誤。

惠安語《明詩綜》：洪武中，三河安景賢知惠安縣事，民頌之曰：

安公莅止，視民如子。

閩中語 又：布衣高瀫、傅汝舟從鄭善夫游，學爲詩。閩人爲之語云：

高垂股，傳脱粟。言斷斷，中歌曲。

福建語 又：會稽商爲正，萬曆初巡按福建，與巡撫都御史龐尚鵬協心共事，百廢具興。福建語云：

恤我甘苦，龐父商母。

京師語 又：永樂中，仁和何澒官刑曹郎，持法不避權貴。京師語云：

毋縱誕，避何鐵面。

又 潁上李芳，中永樂中進士，任刑科給事中，執法不撓。忤權倖，謫海鹽丞，棄官居家。宣宗嘗顧問曰：『李芳何在？』近倖畏其剛直，多沮之。京師爲之語曰：

永樂紀綱，宣德李芳。

又 正統戊辰，京師語云云。是年，安福彭時殿試賜第一甲第一名。

莫問知不知，狀元是彭時。

京闈語 又：景泰癸酉，廬陵羅崇嶽舉順天鄉試第一，以詭籍斥還。後三年，大學士陳循子瑛、王文子倫入試，皆不得舉，有旨特賜舉人。時人語曰：

榜有姓名，還是學生。榜無姓氏，京闈貢士。

翰林語 又：

茶陵李東陽等爲翰林長，而王九思等爲簡討。時人語云：

上有三老，下有三討。

京都語 又：

成化中，光州熊翀官兵部侍郎。時馬□爲尚書，而侍郎有左熊、右熊。京師語云：

兩熊一馬，天下太平【一】。

校按：

【一】『天下太平』，文淵閣《四庫全書》本《明詩綜》卷一百作『太平天下』。

京師語 又：

弘治中，鍾祥沈文華爲刑部員外郎，事多平反。京師語云

有事匆忙，須問沈郎。

又

麥公牢子崔公馬，高公銀子當塼瓦。

都下諺 又

吏部官，户部飯。刑部紙，工部炭。兵部皂隸禮部看。

安州語 又：蘇州張寅仲明中正德辛巳進士。知安州，浚牙家港，築隄，暇則與士子講學。時孔天胤知祁州，亦以才見重。時人語曰：

有所疑，問安祁。莫憂竦，有張孔。

京師語 又：嘉靖五年，天台起復知縣潘淵進《嘉靖龍飛頌》，效蘇蕙織錦圖。帝以其文縱横莫辨，使開寫正文以進。是時，請建世室者有監生王淵，進《世廟頌》，擢上林監丞。京師語曰：

兩淵口，闊如斗。笑殺張蘿峰，引出一群狗。

容城語 又：容城楊繼盛，少時讀書僧寺。時僧多病疫，同舍生咸亡去。繼盛爲調藥餌，僧以次愈。時人異之，語云：

疫無鬼，以爲不信視楊子。

束鹿語 又：濮州蘇祐補束鹿知縣，邑多囚繫。下車一日，釋數百人。明日，革罷徭車三十兩。又明日，有詔召束鹿令。邑人語曰：

三日官府，百年父母。

合肥語 又：萬曆中，合肥黄道月好挾少年，岸幘，衣半臂紫袷，坐驄馬，挾彈游西山。時人從之，語云：

得山禽，從舍人。

富林語 又：華亭曹時中與兄泰隱富林，以詞翰自老。時人語云：

富林二曹，一時人豪。

留都語 又：扶溝劉自强，嘉靖中官應天府尹，尋轉都察院右都御史，進户部尚書，再改兵部。居官峻法，一尚書囑以事，怒曰：『贓吏敢爾邪？』起，奮拳仆其隸人。留都爲之語曰：

尚書贓，輿臺僵，矯矯劉公洵自强。

吴人語 又：長洲文震孟，性孝友。居翰苑，未踰年，罷官家居。吴人語曰：

求忠臣，須孝子。緊爲誰，文文起。

德州諺 又：德州苦水鋪，土人素狡。諺云：

苦水鋪，神仙過，留筒布。

通許諺 又：通許婁良與同郡賈恪齊名，兩人皆中正統進士。邑人諺曰：

婁良賈恪，氣如山嶽。

慶陽軍中語 又：洪武初，張良臣復據晉陽以叛，其兵精悍。養子七人，咸善戰。軍中語曰：

不畏金牌張，但畏七條鎗。

越人語 又：長清李僑，嘉靖中知紹興府，多惠政。時知山陰縣事李某不得於民，每出，則以兩鐵索前導，而僑必懸兩爐焚香。越人語曰：

府香爐，縣鐵索。一爲善，一爲惡。

平湖諺 又：平湖俞瓛字廷貴，有行誼。熊卓知縣事，引與計事，行之，民輒曰：『神明。』或干以私，遂謝弗與通。里人諺曰：

郭東俞生，當春握冰。

嘉興語 又：金溪洪範知嘉興縣事，承知府楊繼宗之後，廉靜寡欲。士民語云：

洪令楊守，承前啟後。

安仁語 又：南海冼光，正德中知安仁縣，能辨疑獄。百姓語曰：

民無冤訟，有洗燈籠。訟無滯屈，有洗三日。

九江語 又：萬衣爲南京刑部主事，頻夢其父，心動，請急歸。抵家九日，父没。里人爲之語云：

萬孝子，生知死。

常州語 又

江陰莫動手，無錫莫開口。江陰人拳勇，無錫人善歌。

諸城諺 又：諸城縣漢王山西南五里，有卷簾莊，雖嚴冬，無霜降。邑人諺云：

卷簾莊，秋冬不下霜。

萬載諺 又：萬載翟昌甫，家貧樂道，好讀書，春夏移書於佛塔，秋冬樓居。里人諺云云。後以人才舉爲郎。

春夏塔，秋冬樓。風吹四面摇，昌甫獨不憂。

辰州苗民語 又

不畏官軍，但畏粻屯。沈融谷云：苗民負固，恃有千萬山峒，軍退則突出，軍至則潛藏。惟官軍粻多，築長圍困之，其所畏也。

儋州諺 又：儋俗事神。有上帝會、天妃會、鄧天君會、羊元帥會，鑾輿五采，迎神十百，大饗於村中。景泰、天順年間諺云：

柳英有銀，兒子跳神。洪全有金，阿母賣鍼。

粤西諺 又

思播田揚，兩廣岑黄。言宣慰氏族之大也。

永甯語 又：雲南永甯蠻塞矢不剌非，於宣德四年糾合四川鹽井衛土官馬剌非，殺永甯土知府各吉八合。已，命卜撒襲職，矢不剌非復殺之。永甯人語云：

土官數奇，逢兩剌非。

貴州諺 又：鄰水楊純以監察御史按貴州，任滿，百姓乞留一年，詔許之。民乃謡曰：

鄰水楊，但願年年巡貴陽。

蜀人語 又：安陽崔陞在四川參政，與僉事曲鋭竝有威名。蜀人語曰：

崔參曲僉，屹如雪山。

崇慶諺 又：崇慶俗尚浮屠。萬輔居喪，獨遵家禮，鄉人化之。諺曰：

萬輔一呼，喪禮皆儒。

翰林諺 又

翰林九年，就熱去寒。

蘭江諺 又

金家梁，舊酒香。

松江古語 《輟耕録》：松江古有此語。谷水、雲間，皆松江別名也。近代來作宦者，始則赫然有聲，終則闒茸貪濫，廉潔者鮮。兩句竟成詩讖。

潮逢谷水難興浪，月到雲間便不明。

都下諺 《日下舊聞》：成化間，都下諺云云。嘉靖間，都下又有諺云云。滕名祥，御用監。麥名福，掌團營。高名忠，内官監，監督諸工者。

韋英房，梁芳馬，尚銘銀子似磚瓦。

滕太監房，麥太監馬，高太監金銀似磚瓦。

閩人語《西墅雜記》：陶垕仲，甯波鄞縣人。初以國子生擢御史，彈劾不避權勢。上雅重之，陞福建按察使。時布政使薛大方貪暴自肆，垕仲劾奏之。大方有詞，逮坐垕仲至京師。事既白，詔垕仲復任，大方罷職。閩人爲之語云：

陶使再來天有眼，薛公不去地無皮。

明時諺《春風堂隨筆》：本朝國子監，自祖宗以來，例不刷卷，故諺云云。正德戊寅，予自編修轉司業時，適祭酒闕，予得旨，遂署印。稽攷錢糧，其實空虛，典簿廳至起息揭債。予問之前祭酒石熊峰邦彦，先生云：『自來如此。』余遂舉劾典簿王勤者黜之。適送供堂皂隸銀數兩，至色如黑銅。予笑曰：『正好謂之銅司業。』聞者絶倒。

金祭酒，銀典簿。

明時諺《語窺今古》：晉漢唐巾，乃先朝儒者之冠。我明興，甲科監儒兼而用之。數十年前，人心猶古，非真斯文盡安分焉。漸至業鉛槧賦詩章者戴矣，此猶之可也。邇來大可駭異，一介細民，耳未聞登兩榜而入黌宫，一丁不識，驟獲資財，不安小帽，巍然峩其冠，翩然大其袖，揚揚乎康曲里。此何巾哉？曰銀招牌也。至於諸人亦僭用之，曰省錢帽也。一人僥倖科第，宗族姻親盡換儒巾，曰蔭襲巾也。故諺有云：

滿城文運轉，遍地是方巾。

明時京師諺《野獲編》：京師向有諺語云云，蓋譏名實之不稱也。

翰林院文章，武庫司刀鎗。光禄寺茶湯，太醫院藥方。

成化間諺《嵩陽雜識》：成化間，太監汪直用事，朝紳謟附，無所不至。有諺云：

都憲叩頭如搗蒜，侍郎扯腳似燒葱。

土司諺 田汝成《炎徼紀聞·楊輝傳》。

骨肉齎醯，參商播凱。

土蠻諺 又《蠻夷傳》：諺云云。言其不可居解也。

苗家讐，九世休。

又《羅羅傳》：諺云云。言其相應若率然也。

水西羅鬼，斷頭掉尾。

又《猺人傳》：廣之東西，歲苦兵事。諺云：

比年小征，三年大征。

汪道一語

《江西詩徵》：道一，上清人。萬曆三十七年五月，忽赤腳道袍，手持箸擊碟，循街而呼云云。人以爲顛，或詢之，則曰：『水王氏，予去此二百四十餘年矣。』越四日，水暴至，惟登山者得免。

快行疊琵琶，山上好安歇。

白芒洲鬼語

又：正德辛巳，有鬼號於廣信白芒洲云云。江汝璧中二甲第一。

屈屈屈，狀元江汝璧。

明末語

《艮齋雜説》。

科衣道馬翰林房，吏部何曾少一椿。

吴人語

天下歇家王百穀，山中驛吏趙凡夫。《艮齋雜説》：相傳百穀家居，申少師予告歸里。車騎闐門，賓客墻進。兩家巷陌，各不相下。凡夫卜築寒山，搜剔泉石，又得卿子爲妻，靈均爲子，貴游麇至，幾同朝市。兩君可謂處士之特矣。然題之曰『歇家』，曰『驛吏』，豈非《春秋》之筆乎？

浙語

浙中三毛，文中三豪。謂毛先舒及大可、際可也。大可蕭山人，際可遂安人。